娘子扮豬吃老虎 1

文創風 1191

芋泥奶茶 著

風文創 1191

目錄

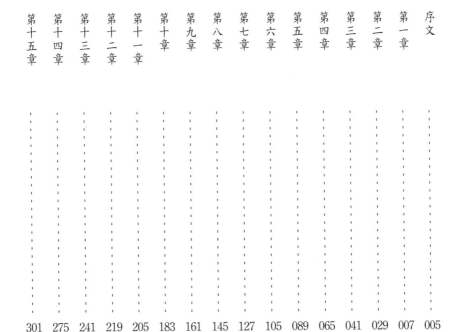

序文

芋泥奶茶

一開始的構想是想要寫一個輕鬆愉快的故事，畢竟現實已經這麼累了，希望這套書能夠輕鬆不動腦，開心就好。

關於人物設定，女主沈蘭溪是踩在前人智慧的腦袋上，所以她並不覺得自己有多聰明。她從現代而來，經過古代封建思想薰陶二十年，這種情況下很容易兩種思想碰撞，不是抑鬱就是瘋。

但沈蘭溪過得很好，最重要的原因是她沒有想要去改變什麼，她可以隨遇而安，最大程度的選擇利己、悅己。

她愛財、貪吃、愛漂亮，能在沈家混得如魚得水，沒有人來找麻煩，除了林氏敦厚、沈蘭茹單純善良，最重要的是，沈蘭溪對她們沒有威脅。

沈蘭溪雖是庶女，但也是官家小姐，林氏請人教她各種東西，她都學得很好，沈蘭茹以為她與自己一樣是學渣，那是因為沈蘭溪沒有在她面前顯露，從某種程度上來說，她也是保護沈蘭茹天真的人之一。而沈蘭溪沒有因為「學渣」而受罰，是因為林氏知道她的水平。沈蘭溪的優秀和貌美沒有傳出去，不是林氏壓著，而是她自己不想傳出去，這是她在向林氏投誠。而林氏也知道，所以沈蘭溪的吃穿用度很好。

所以，她們之間達到了一種平衡，這是她的聰明之處。
男主祝煊的人物設定則簡單許多——一個正直的清官。
他是一個標準的、教養得很好的世家子弟，關心朝政，也同樣關心祝家門楣。
這個故事寫了很久，感謝大家的陪伴，也祝各位看書愉快，生活順遂。

第一章

慶歷四年，時值隆冬，光禿禿的枝頭上簇簇雪白。

沈府西角小院裡，廊下立著一個憨態可掬的雪人，一旁的婢女正給那雪人白胖的臉頰塗胭脂。

木花窗支著，一顆腦袋從裡面探了出來，頭上點珠翠，手上戴碧環，手裡攏著一個金絲暖手爐，嘴角噙笑的瞧著。

「這陳記的胭脂做得是越發不如從前了，顏色差強人意也就罷了，便是這粉質都比不上雪沫子細。」

「娘子這就不知道了吧，前段時間聽坊間傳，說是那陳記的老闆娘與老闆和離了，還把鋪子裡的夥計和帳房先生都帶走了，這陳記如今雖是擔著名號，但東西做得就不比從前了。」婢女元寶嘰嘰喳喳的說著自己聽來的閒話。

她說著讓開了身，露出身後的雪人，笑盈盈的問：「娘子瞧瞧，可還行？」

雪人胖嘟嘟的臉頰被人作惡似的塗得粉紅，瞧著很是喜人。

沈蘭溪剛要說話，院外來人了。

「二娘子安，夫人吩咐婢子，尋您去正院。」紅袖匆匆行進院裡，屈膝行禮道。

沈蘭溪瞧她綳著臉，問：「母親可是說了什麼事？」

紅袖垂著頭，恭敬道：「夫人不曾說。」

沈蘭溪不動聲色的挑了下眉梢，被元寶伺候著穿好披風，這才出門。

兩人穿過一條長迴廊，行過兩個垂花門，方才瞧見了正院的門。

冬日裡，處處是光禿禿的凋敝景象，只正院門口擺放著兩盆鬱鬱蔥蔥的盆栽，讓人恍若瞧見了夏日光景。

沈蘭溪緩步入內，甫一掀起簾子，一股暖香風撲面而來，烘得人身上的披風都沈了些。

「母親安好。」她屈膝行禮，規矩端正。

林氏面色疲倦，卻是笑意溫和，與她抬了抬手，指著身邊的圓凳子道：「過來坐。」

這是林氏待沈蘭茹的態度啊！

沈蘭溪心中狐疑，面上不動聲色，待元寶替她解下身上的披風後，上前乖巧坐下，頗為自覺的鑽了她的籠套。

林氏抬抬手，身邊伺候的人立刻行禮退下，待門闔上，她緩緩開口，嗓音帶著煙雨江南獨有的軟。「今日喚妳來，是有件事與妳說。昨日茹姐兒留了封信出走了，府裡派出去的人到現在都沒尋到。」

她說著，嘆了口氣，盡是無奈。

沈蘭溪如遭晴天霹靂，也默默地嘆了口氣。只這一句，便已隱約猜到幾分林氏的目的。

月前，承安侯府的二公子祝煊與沈蘭茹訂了親，下了聘，奈何沈蘭茹心有所屬，死活不嫁。一哭二鬧三上吊的把戲試了個遍，家裡只差將她看管起來了，沒想到那混帳還會逃親。

「啊？這可如何是好，三妹妹年幼，這天寒地凍的，萬一出個好歹可怎麼辦？母親該早早與我說的，我也好帶人出去尋她才是。」沈蘭溪先是吃驚，後面露急色，說著便要起身去尋人，真真一顆赤誠心。

林氏胸口一哽，有些無言的瞧她。「妳我之間，何須作戲？」

沈蘭溪剛抬起來的屁股又訕訕的坐了回去，索性也不裝了，坦誠問：「母親是想要我替沈蘭茹嫁去侯府？」

林氏點點頭。「說來是對妳不起，但妳也應是知曉，這樁親事並不差。不然，妳父親也不會不顧茹姐兒的心思，作主替她定下這門親事。且不說正卿後院乾淨，沒有側房妾室，便是侯府門第，也是我們尋常人家等閒高攀不得的。」

祝煊，字正卿。

林氏說得委婉，實則承安侯府那樣底蘊深厚的人家，主動與沈家這樣在京中毫無根基的人家結親，約莫是沈家祖墳冒青煙，這幾十年來燒的高香顯靈了。

沈蘭溪重重的嘆口氣，似是想起了從前的傷心事。「母親知道的，二娘不想嫁人。」

林氏知她秉性，握著她的手，親暱的拍了拍她手背，和善相勸。「妳姻緣坎坷，那陳家三郎早有兒女了，徒留妳耽擱在家中。這幾年來，提親者也不乏有好兒郎，妳沒點頭，我也沒逼妳不是？只是如今家裡出了這麼一遭，千巧萬巧與妳撞上了，妳又怎知這不是天意？」

沈蘭溪心累。她竟是從不知林氏這般能言善辯，三言兩語便把沈蘭茹逃婚的事說成是她沈蘭溪的天賜姻緣！她意外穿來這朝代二十載，當了米蟲二十載，這便要將她踢出家門去宅鬥了？

但此事想成，並非易事……

「若是能幫上母親，二娘自當盡力，只是……」沈蘭溪話音稍頓，面色為難。「翻過年，二娘便二十有三了，這樣的老姑娘怎麼能高攀侯府？母親所提之事，怕是行不通的。」

「今日我與妳父親一同去承安侯府告過罪了，祝家也是允的，妳雖是年紀稍大些，但也穩重，不必妄自菲薄。」林氏親和的拍拍她的手背，寬慰道。

她妄自菲薄？所以，她只是被知會一聲？

沈蘭溪忍不住在心裡罵起那個逃婚的小混蛋，恨不得把她這幾年送出去的生辰禮都收回來，一根浮毛都不給她留！

林氏和善，嫂嫂潘氏也溫和，她早已將沈府視為養老地，如何能走？

林氏不動聲色的瞧了眼她欲要暴走的臉色，端起手邊的茶水潤了潤嗓子。

「我給茹姐兒準備的嫁妝是按嫡女的分例備的，若是妳嫁去祝家，這些嫁妝便是妳的。至於妳之前臨嫁時，我為妳置辦的那些嫁妝，也一併給妳帶去，除此，我再贈妳一物。」

沈蘭溪眼睛唰的一下就亮了。

林氏沒錯過她的神色變幻，眉間染了點笑意，把桌上的兩只匣子打開，繼續道：「我這裡還有一雙東蛟夜明珠，還有前些時候妳眼饞的這一套紅寶石頭面也一併給妳，日後妳子女娶妻出嫁，也有個可傳晚輩的物件。」

錦緞匣子一打開，沈蘭溪有種被晃瞎了眼的感覺。

她一雙桃花眼笑成了瞇瞇眼，嘴巴活似抹了二兩蜜。「哎喲，母親大氣！此生能有母親做嫡母，是二娘幾輩子修來的福分，旁人家的小娘子都羨慕不來的！」

「啪」的接連兩聲，木匣子被合上。

沈蘭溪抱起沈甸甸的寶貝，笑得見牙不見眼。「說什麼三妹妹逃婚，那分明是三妹妹不忍我這做姊姊的孤獨終老，讓了這一門親事與我，這般好意，待三妹妹回來，我是要請三妹妹吃酒的呀～～」

饒是知她性子，林氏還是沒忍住嘴角抽了下，伸手壓住直跳的眼皮，語氣有些無語的僵硬，點頭附和道：「啊，是。」

沈蘭溪抱著滿懷珠寶起身。「若母親沒有旁的事吩咐，二娘便不打擾母親歇息啦。」

一隻腳剛邁出去，又忽地回頭，對上林氏微詫異的臉。「母親既是沒尋到三妹妹，不如去找陸家四郎問問。」

林氏端著茶盞的手一頓，與門口剛進來的嬤嬤撞上了視線。

沈蘭溪點到為止，抱著匣子施施然的跑了。

這匣子在她來時便放在桌上，顯然是林氏早就想好了的。她也不想當這籠中兔，但誰讓主母大氣呢！

沈蘭溪勉強壓了壓飛起的唇角，止不住的喜色從眉梢眼裡跑了出來。如今不過是多了個郎君、多了個兒子，日後不僅夜間不必累手了，還無痛當娘了，如此算也是她賺了！

與來時不同，回去的時候，沈蘭溪腳步輕盈得險些要飛起來了，得虧懷裡的珠寶壓著她些。

「娘子怎麼這般高興，這匣子可重？讓婢子來拿吧？」元寶疾步跟在她身後。

沈蘭溪回頭，笑得眉眼盈盈。「妳家娘子要出嫁啦！」

元寶瞬間愣住，被甩開兩步才回神，急急追了上去。「是哪家公子？年方幾何？何時來下聘？要不要婢子去給娘子打探一番人品如何……」

兩人前後腳回了院子，沈蘭溪顧不得答她那些問題，留下一句「去把我早年繡的嫁衣翻找出來」，便飄回了屋裡。

檀香木匣子，兩顆雞蛋大小的夜明珠散發出柔和的光芒，在這日頭正好時不甚明顯，但也讓人瞧得歡喜。

另一只大了許多的匣子，一副紅寶石頭面熠熠生輝，比朝陽更烈，花紋繁複，珠翠連枝，她前些時日偶然瞧過一次，夜間夢裡都是它。

沈蘭溪深吸口氣，是金錢的味道呀！

承安侯府。

夜間，祝家主與祝煊父子倆一下值回來，便被人傳到正院了。

一家人在祝老夫人屋裡用過膳，祝允澄便自覺的去背功課了，好等父親一會兒抽查。

花嬤嬤收到祝老夫人的眼神示意，帶著屋裡伺候的婢女退了出去。

「今日沈家夫婦來了一趟，說是要換一庶女來嫁。」祝夫人言簡意賅道。

「換一女？」祝家主驚訝道，眉間的溝壑深深。「這是為何？」

「說是原訂親的沈三娘身子不好了，這幾日纏綿病榻，怕誤了正日子。」祝夫人說著嘆口氣，饒是她性子溫和，此時也是不悅的。「但是我偷偷讓人去打聽了，哪裡是纏綿病榻，是前兒個從家中跑了，如今還沒尋回來。」

祝老夫人壓了半日的火氣又冒了上來，在桌上拍了一掌。「既是不願便該早說，正卿又不會逼迫，眼瞧著要到正日子了，鬧出這麼一樁，是在落誰的臉面……」她說著，氣血上湧，氣得嘴唇都在哆嗦。「沈家……沈家是什麼人家，竟還敢提要換一個庶女來嫁！」她孫兒是頂頂好的兒郎，便是繼娶，也有的是名門嫡女可挑，如今倒好，偏是被沈家這般小門楣打了臉面！

「沈家的家教實在是差，這樣人家的女郎怎堪為我祝家宗婦？正卿，祖母知你心中是有成算的，但這沈家實在不像話，這婚事便罷了吧。」

祝煊放下手裡的茶盞，想到那朝堂之上的人，冷靜道：「不必，孫兒要結親的是沈家，至於沈家是誰來嫁，無甚要緊。」

「但是沈家家風不嚴。」祝夫人也忍不住勸說。

「家中有母親管著，澄哥兒過幾日便會搬到祖母院中，待她嫁過來，也只是折騰西院，掀不起多大風浪。」祝煊眉眼清冷，嗓音輕潤，半分瞧不出娶妻的歡喜。

五日後，沈府嫁女。

沈蘭溪一早便被元寶喚醒，呵欠連天的坐在梳妝檯前，全福婆婆笑咪咪的給她開臉。

「啵」一聲輕彈，沈蘭溪本還混沌的腦子，瞬間疼得清醒了。

一雙眼含淚，水汪汪的。元寶與幾個婢女卻是站在一旁笑得歡。

沈蘭溪瞪她們一眼，差使人端來糕點，邊吃邊瞧著銅鏡裡的人，從素淨變得珠光寶氣，一看就很貴氣。

沈蘭溪對自己這般模樣很是滿意。她俗人一個，就喜歡這樣的貴氣。

「二娘子，請起身更衣。」婢女恭敬道。

沈蘭溪雙手扶著自己沉甸甸的腦袋，緩緩起身，展開雙臂，由元寶伺候著穿婚服。

屋子裡兩套嫁衣被衣撐撐開，其中一套的顏色明顯黯淡了些許，不夠鮮亮。那是沈蘭溪之前讓元寶翻找出來的，只是塵封多年，雖是在箱籠中好生收著，但顏色也不復最初那般了。

繁複的婚服上身，沈蘭溪悠悠吐出一口仙氣，腰封生生勒出了巴掌腰。

「娘子，會不會太緊了？」

沈蘭溪提著一口氣，搖搖頭。「剛吃飽喝足，等會兒消消食就好了。」

元寶對她這話不敢苟同。就她家娘子這般饞嘴，哪有消食的時候？

不過，這話她可不敢說，會被她家娘子敲腦殼的。

不多時，屋外響起了鞭炮聲。

元寶小跑著回來，雀躍道：「娘子，郎君來接親啦！」

沈蘭溪貪吃又愛玩，若不是這是她的婚禮，她都想出去看熱鬧了。

屁股下墊針似的坐了片刻，門口終於傳來了動靜。

「娘子，扇子，扇子！」元寶小聲提醒她手裡歪了大半的卻扇。

沈蘭溪訕訕的斂起好奇的眼神，把喜扇端正。扇面繡著並蒂蓮，勉強能瞧見來人的輪廓。

長身玉立，頭戴冠帽，一身紅色喜服，伸到她面前的手，骨節分明，五指微張，藏著男人的力量。

沈蘭溪伸手搭在他的手上，腰桿筆直的起身，與他一同大步離開自己待了二十幾年的屋子，寬大的袖襬甩出了一朵花。

廳堂，兩人跪禮辭別沈父和林氏。

「出嫁從夫，能教妳的，我已全數交給妳了，日後要與夫君和睦，琴瑟和鳴。」林氏端和叮囑。

「多謝母親教誨，二娘記下了。」沈蘭溪頷首。

林氏接過喜盤裡的蓋頭，傾身為她覆上。

兩人起身，祝煊低聲知會了她一聲，一手攬腰，一手勾腿，把人穩穩抱起。

甫一失重，沈蘭溪條件反射的抓緊了他的肩。

「怎麼？」祝煊問。

「無事。」沈蘭溪答得敷衍。

她身子動了動，在他懷裡找了個舒服的姿勢窩著。祝煊身子一僵。

兩人挨得極近，沈蘭溪能清晰感覺到他溫熱的呼吸和平穩的心跳，還有一股極淡的清香。察覺到他腳步頓住，她不解的催促。「走啊。」

祝煊愣住。

元寶跟在他們身後聽得著急，哪有她家娘子這般恨嫁的啊！

耳邊鞭炮齊鳴，四處都熱鬧得緊。

迎親隊伍離開沈家又折回祝家，跨過門檻，拜了祖先，夫妻對拜之後，沈蘭溪方才被送到了婚房。

屋外吵鬧，屋裡也不遑多讓，眾人聚在一處，等著祝煊揭蓋頭。

他動作慢條斯理，緩緩露出紅蓋頭下的一張芙蓉面。

伊人紅妝，蛾眉淺畫，眉間一顆硃砂痣紅得奪目，面映熒霞，美目流盼，唇角含笑的瞧來，嬌豔不似人間色。

祝煊手執秤桿，視線定在她臉上。

屋中靜默幾瞬，一道嬌嬌的聲音打破了沈寂。

「嫂嫂長得真好看。」一位綰著婦人髻的夫人道，眼神澄澈。

聽見這話，沈蘭溪才想起林氏先前與她說的，祝煊有一位妹妹，同父異母，是承安侯院裡的姨娘所生，想來就是眼前這位了。

沈蘭溪與她點頭致意，也毫不吝嗇的誇讚。「妹妹也好看。」

倚著門框的一位女子，束著高髮，身著絳紫色勁裝，聞言嗤笑一聲，不輕不重的吐出幾個字。「馬屁精。」

屋裡氣氛一僵，眾人眼觀鼻、鼻觀心的不出聲了。

祝煊朝身邊的婢女側了側頭，淡聲道：「送丹陽縣主出去。」

沈蘭溪看看那氣紅了臉的丹陽縣主，又看看面色不改的祝煊，眼睛裡閃爍著八卦的精光。

「好你個祝正卿！」丹陽縣主氣得咬牙，又瞪了沈蘭溪一眼，不等婢女走過來，便推門出去了。

沈蘭溪滿頭問號。真是的，罵祝煊就罵唄！作何要瞪她呢？她也是被塞過來的好嗎？

祝煊像是無事發生一般，掀袍坐在沈蘭溪身側。

喜婆立刻上前，將他們的婚服一角打了結，禮畢，女客們才出了婚房。

祝煊撫了撫縐了的衣角，起身背對她。「我出去了，門外有婢女候著，想吃什麼，就差她們去拿。」

沈蘭溪展了展肩，渾身痠疼，含糊的「嗯」了一聲。

祝煊突然回頭，便瞧見她雙手撐著腦袋，一副生怕它掉了的模樣。

他掃了眼那紅寶石髮冠，又瞧了眼烏黑髮間的珠翠，有些無言。

……當真是雍容華貴。

沈蘭溪一臉莫名的瞧他，微微側頭。「還有事？」

「熱水已備好，妳可先行梳洗。」祝煊說罷便抬腳出了屋。

門剛闔上，沈蘭溪立刻叫嚷道：「快來快來，幫我把這髮冠拆開！」

元寶嘿嘿笑了一聲，扶著她起身往梳妝檯前坐。

沈蘭溪上半身靠在元寶身上，沒骨頭似的。

褪去喜服，拆了一頭珠翠，她才打著呵欠。「我去沐浴，妳吩咐人去拿些吃食來，好餓。」

外面賓客盡歡，沈蘭溪在屋裡大快朵頤，換上輕薄的衣衫，釵環盡卸，整個人都輕快了不少。

她吃完，剛漱了口，祝煊就回來了，身上帶著些酒氣。

他一身紅衣淡了幾分清冷，多了些絕色的驚豔。

沈蘭溪自己本就長得好看，見到這樣一張驚豔絕絕的臉也只是多瞧了兩眼。

元寶剛要上前伺候，卻被祝煊躲開了。「不必，下去吧。」

元寶連忙看向沈蘭溪。沈蘭溪倒是無所謂，衝她擺擺手，元寶會意退了出去。

屋子裡霎時靜了下來，沈蘭溪坐在榻上等人。

祝煊沐浴完，一身水氣走來，就與等得煩躁的某人對上了視線，絞髮的動作一頓。

褪去珠釵華服，她依舊鮮亮，臉上帶著些許神色，卻不似新嫁娘那般嬌羞。

兩人對視幾息，沈蘭溪忽地打了個呵欠，手背掩唇，很是秀氣，一雙眼瞬時霧濛濛的，瞧著有些無辜。「還不安置嗎？」

祝煊在原地立了一瞬，轉身把絞髮的帕子放回去才朝她走來，步伐穩當，不疾不徐。

雙紅燭，鴛鴦被，寶帳流蘇金爐暖。

沈蘭溪甚是自覺的躺下，雙手擱在身側。「來吧。」

祝煊腳步一頓，忽地打了個冷顫。

床幔放下，金絲拔步床上，他覆身，對上她亮晶晶的眼。

祝煊呼吸一滯，嗓音含了幾分無奈。「閉眼。」

沈蘭溪「哦」了一聲，乖覺的閉上眼睛，卻是腹誹道：這人事情真多，還不給看。

祝煊長得好看，面皮白淨，一雙眼眸清澈，鼻梁挺翹，唇紅而——

忽地，她臉上一熱，觸感溫軟，是他的唇覆了上來。

身上的衣帶被扯開，君子端方，謹而有禮，動作輕微又克制，便是連呼吸都未亂。

沈蘭溪閉著眼，忽地渾身一顫，眼睛倏地睜開。

祝煊的視線撞進她微濕的眸子。「可還好？」

沈蘭溪緩了一息才點頭，不等他催促，眼睛再次閉上。

卻不承想，這人——

她再次輕顫，忍無可忍的翻身換位。

祝煊對她這舉動始料未及，眼裡的詫異都沒來得及藏，整個人茫然又無措的瞧著她。

「你做得不好，我來吧。」沈蘭溪邊說邊打了個呵欠，語氣裡是毫不遮掩的嫌棄。

祝煊霎時血氣上湧，一張臉紅得徹底，氣得低吼。「沈蘭溪！妳是女子！」

沈蘭溪垂著眼眸，一副睏倦急了，但是又不得不應付的神色，與他對視半晌，才啟唇。

「郎君，我疼～～」

故作的嬌聲嬌氣，便是連裝都懶得裝得像一些，敷衍得他一眼便看穿了。

祝煊額角的青筋跳了下，垂在身側的手捏緊。

兩人僵持幾息，他合上了眼。

這般明顯退一步的動作，沈蘭溪卻是瞧得歡喜，睏意散了些，嬌聲嬌氣的要他配合。

「閉嘴，莫要出聲！」祝煊紅著臉捂住她的嘴，原本清冷的面容飛了幾朵雲霞，是被她強勢侵犯的緋紅，極像是清冷的月被豔陽拉入人間，染上了它的光。

沈蘭溪得了樂，也願給他幾分薄面，將唇齒間的輕哼聲掩於他滾燙的掌心。

呼吸漸亂，驟雨一次，她心滿意足的背對他昏睡了過去。

祝煊深吸口氣，平躺著合上眼眸。

半晌後，他終是紅著耳朵起身，撿起衣衫再次去沐浴，半刻鐘後才出來。

祝煊是被凍醒的。

五更天，外面天還黑著，屋裡的紅燭燒得只剩一截，照亮了床上的景致。

一床鴛鴦交頸的喜被滾成一團貼著他手臂，某人縮在裡面酣睡，只有少許髮絲從喜被裡跑了出來，垂在他的肩側。

祝煊嘆口氣，揉了揉隱隱泛疼的額角，坐起了身。

那睡得香甜的人似是有所察覺，滾著被子又往他這邊蹭了蹭，直至碰到他的腿才消停。

他動作輕緩的披衣起身，從箱籠裡拿了一床厚被來蓋著，身上的寒意方才散去。

那人蓋了兩床被，此時倒也不再緊貼著他了，一頭烏髮滾得亂糟糟，身子舒展，睡得紅撲撲的半張臉從被子裡蹭了出來。

天色漸亮，元寶在外面候了小半個時辰，都不見屋裡的人喚她伺候。不可再等了，一會兒娘子敬茶該晚了。元寶當機立斷，上前叩門。

祝煊睜開睏倦的眼，緩了緩神，胸口沈甸甸的，他垂眸，胸膛上橫著一條腿，紅色的褲腿往上縮了一截，露出瑩白如玉的小腿。

他神色淡然的伸手挪開，坐起身。

睡夢中的人顯然是不講理的，那人不滿的哼了一聲，腿腳朝他蹬了過來。

「嗯！」

祝煊悶哼一聲，一隻手攥著她的腳腕，竭力克制著沒去揉腿間抽疼的某處，只一張臉青了白、白了紅。

沈蘭溪被惹煩了，氣得睜開了眼。「幹麼捏我！」

祝煊無語。

兩人收拾妥當，沈蘭溪跟著祝煊出門，她落後他半步，卻也能瞧見他略白的臉色。

昨夜出力的明明是她，怎麼反倒是他瞧著疲累，一張臉泛著白，不似昨夜那般豔？

「怎麼？」祝煊終是受不住她灼灼的視線，側頭問。

沈蘭溪聽出他嗓音裡的沙啞，憋了又憋，還是關切的吐出一句。「郎君還是得多補補身子。」只是那神色頗為一言難盡。

祝煊眼前忽地閃過昨夜床上之事，額角的青筋跳了兩跳，咬牙道：「沈蘭溪！」

落後兩步的元寶聽得這一聲，心驚肉顫得厲害。

反觀沈蘭溪，卻是面色無辜，狀似小心翼翼地問：「關切郎君也是錯？」

不待祝煊開口，沈蘭溪一臉無奈的妥協道：「罷了罷了，我不多說便是，郎君身子是極好的，不必滋補。」

祝煊深吸口氣，欲辯而無方。

不成體統！

誰家新婦夜裡會那般！又是誰家新婦會捲走被子呼呼大睡，讓自家郎君凍醒的！還是誰家新婦一早會踹自己郎君？

這也便罷了，還氣人！

「阿嚏！」沈蘭溪走在他後面，掩著帕子打了個噴嚏。

她吸吸鼻子，十分寶貝自己的喚了元寶上前。「一會兒讓人給我準備碗熱湯，許是郎君昨夜搶我被子，使我著涼了。」

祝煊無言。

兩人行至主院時，正是卯時中。不算晚，但老夫人幾人已經到了。

昨夜西院洞房，其他兩院也不得安。

直到今早起來，身邊的嬤嬤說，西院昨夜只叫了一回水，祝老夫人和祝夫人才齊齊鬆了口氣。

昨兒宴席上，她們便聽女客說，沈氏長得甚好，那容顏堪稱絕色，只是奇怪，京城之中竟是從未聽聞此事。

婆媳兩人惴惴不安了一夜，生怕一向內斂端方的祝煊亂了分寸，被哄騙了去，日後澄哥兒在繼母手中討生活怕是艱難。

祝煊帶著沈蘭溪上前給老夫人行禮。

沈蘭溪臉上擺著端莊的笑，一行一跪甚是端正，絲毫瞧不出是小門戶教養出來的女郎。

祝老夫人瞧在眼裡，臉上的笑實在了些，伸手接過她敬的茶，身後的嬤嬤立即會意，捧了賞禮來。

一枚玉墜子，瞧著成色甚好。

「謝祖母。」沈蘭溪真心實意的道，眼尾勾起的弧度更深了點。一早便反覆跪拜，也就這些見面禮讓她歡喜了。

祝家主面色嚴肅，祝夫人倒是笑得可親，喝了茶，也給了賞，說了幾句叮嚀語。

沈蘭溪收下那翡翠鐲子，對她的話自是含笑應下。

祝夫人身後側站著另一女子，身姿豐腴，梳著婦人髻，眉眼隱隱有些熟悉。

「這是韓姨娘，妳昨日見過的妹妹祝窈，便是二娘所出。」祝煊與她道。

沈蘭溪微不可察的皺了皺眉，與她頷首見半禮。

「妾見過少夫人。」韓氏回她全禮。

她一妾室，本是不該來的，但是祝家主寵她，再有，今日認親，也不算是太出格。

祝家主支人丁稀少，但是旁支卻不然，另一側是幾位德高望重的長輩，身後站著他們的子女。

祝煊帶著她一一敬過茶，沈蘭溪只覺手臂瘦得微顫。

她剛坐下，一半大少年郎便上前來，婢女端了茶呈到他面前。

少年一身水青色衣袍，本應清冷如松竹，但那眉眼間的桀驁與微揚的下巴，生生壓住了衣衫本色，瞧著像是一頭幼狼站在她面前。

「兒子祝允澄見過母親，請母親喝茶。」他如是說。

沈蘭溪神色一動，莫要當她沒瞧見，這小子是被祝煊瞧了一眼，才不情不願、極其不走心的說了句。

不過，她也不計較便是，笑盈盈的伸手接過，雙唇抿了一口。

他不當她是母親，她也不曾把他看作自己孩子，面子上過得去便夠了。

沈蘭溪端得一副慈母姿態，笑得和藹。「母親入府倉促，也不知你喜歡什麼，只來得及讓人備了這些，送你做見面禮，還望莫要嫌少。」

元寶立刻上前，把讓人辛苦捧來的樟木箱子打開，露出裡面的驚喜。

厚厚一摞書冊，足夠一人不眠不休的讀大半年了！

祝允澄瞬間瞪大眼睛，氣得臉紅脖子粗。

便是連祝煊都一時沒克制住神色，嘴角抽搐了下。

廳堂內，最滿意不過便是祝家主了，還起身翻看了兩本，而後贊同的點頭。「少年人當勤勉，二郎媳婦兒有心了。」

沈蘭溪笑得謙遜。「父親所說便是二娘所想，二娘也盼著澄哥兒奮發讀書，日後能成為郎君這般的君子，撐起家中門楣。」好讓她這個米蟲能一世無憂～～

祝老夫人與祝夫人對視一眼，面色均詫異。

用飯時，沈蘭溪這個新婦要在旁布菜，伺候長輩用膳。

忙碌一早上，她也餓得飢腸轆轆了，飯菜剛一端上來，她扶著老夫人坐下，肚子便咕嚕嚕的響了。

廳堂內寂靜，這一聲足夠眾人聽見了，一時氣氛沈默得緊。

沈蘭溪剛入府，不想丟這個臉，只當作什麼都沒發生，在眾人瞧來時，故作詫異的垂眸瞧向老夫人。

於是，眾人的視線轉了個彎，皆落在老夫人身上。

祝老夫人氣得深吸口氣，但好歹是見過大風大浪的人，面色從容的指了指祝煊身旁的位置。「妳既是餓了，便不必跟在我身邊伺候了，去坐下一起吃吧。」

沈蘭溪一臉疑惑的指了指自己。「我？」

在老夫人面色不善的抬眼要看來時，她立刻渾身一抖，乖覺又老實的應下。「哦，是，多謝祖母體恤，二娘確實餓了。」

眾人面露了然，但卻是識相的，誰都沒有多說什麼。

祝老夫人眼沒瞎，瞧的見他們臉上寫的字！

韓氏伺候在祝夫人身邊，為她布菜。

沈蘭溪暗戳戳的看了幾眼便收回視線。

祝家不愧是林氏多次讚嘆的清流人家，禮數多。祝家主便是喜歡韓氏，允她今日上廳堂，但到底也是遵循禮法，給了祝夫人身為主母的體面。

沈蘭溪暗戳戳的思量，日後出了西院，她只能規矩些了。

用過飯，祝老夫人還是氣不順，指著沈蘭溪讓她回去，不必伺候。

沈蘭溪樂得自在，笑得真心實意。「祖母心慈，二娘謝祖母體恤。」

眼不見為淨，祝老夫人扭頭不看她。

沈蘭溪又與祝夫人行禮，樂顛顛的退下了，雖是恪守禮儀，但任誰都能瞧出她腳步輕快。

祝老夫人有些心梗，指著那道出了廳堂的身影。「妳瞧瞧，妳瞧瞧，就知道氣我。」

祝夫人張了張嘴，上下嘴皮子一碰，道了一句。「沈氏心思淺，母親多擔待。」

倒不是她偏頗，方才沈氏確實只說了句感念老夫人的話，只是不知是哪個字惹得她不喜了。

「……她心思淺？我瞧她聰明著呢！」

「沈氏給澄哥兒的禮，母親怎麼看？」祝夫人問，端了杯茶給她。

「時日尚淺，便是有什麼牛鬼蛇神的心思也會藏一藏，且看著吧。」老夫人接過茶水，喝了一口才繼續道：「這沈二娘瞧著比沈三娘好些，更落落大方，也更聰明，方才禮數周到，不像是庶女，看來沈家夫人也沒誇大，是仔細教養著的。

「不過啊，還是得多看看，先莫讓澄哥兒跟她太親近。」老夫人又叮囑道。

祝夫人頷首應下。

回到西院，沈蘭溪便大步進了堂屋，催促道：「好元寶，快快去拿些煎果子來。」

高門大戶講究養生，方才那桌清淡的飯菜，她也就是餓極了，勉強吃了兩碗粥墊了個底，嘴裡無甚滋味，腹中也空空。

「婢子已經讓人去端了，除了娘子要的蘑菇湯，還備了小菜。」元寶笑得見牙不見眼，揚著小下巴等人誇。

「長進了！」沈蘭溪立刻豎起拇指誇讚道。

沈蘭溪吃得兩頰鼓起之時，祝煊忽地推門進來了。

第二章

四目相對，皆是無言。

祝煊先是瞧了眼她碗裡的肉湯，視線又不動聲色的掃過她的肚子。

几案上還擺著兩碟煎果子和小菜，配著肉粥，甚是豐富。

沈蘭溪愣了一瞬，沒想到他這時會回來，這般模樣，倒像是她吃獨食被逮著一般。

她嚥下嘴裡酸辣爽口的小菜和煎餅，主動招呼道：「郎君可要喝一碗？」

祝煊收回視線，淡聲說了句「不必」，想了想，又留了句「不可過量」，便抬步走進西側的小書房。

沈蘭溪撇撇嘴，與元寶低聲道：「就吃了兩碗粥，哪兒過量了？」

元寶點頭，無腦附和。「郎君不懂疼人，娘子您昨夜受累了，多吃些是在補身子，況且您才喝了兩碗粥，哪裡夠？您在府裡時，吃得比這還多呢，夫人都養得起——」

祝煊拿著本書出來時，聽見了最後一句。

觸到他的視線，元寶立刻慫噠噠的閉上嘴，垂首站在沈蘭溪身邊裝鵪鶉。

門打開又闔上，沈蘭溪有些無語的覷她。「沒出息。」

元寶吐了吐舌，還誇張的拍了拍胸口。「郎君好冷，娘子不怕嗎？」

沈蘭溪喝完最後一口湯，用絹帕擦了嘴，輕聲道：「怕他做甚？他又不會吃人。」

她又不對祝煊抱有什麼情愛的期待，即便二人不和，她揣著銀子也可以過得很好，有什麼好怕的？就是高門大戶規矩多，怕是日後打牙祭，還要分他一杯羹。

嘖！肉疼！

元寶撓了撓頭，沒聽懂她的話。

沈蘭溪吃飽喝足，起身往內室走。「我去躺會兒，有人來便說我身子不適，晌午再喊我起來用飯。」

元寶應下，幫她拆了髮髻。

沈蘭溪倦鳥歸巢似的縮進了被子裡，一沾枕便沈沈睡了過去。

一刻鐘左右，西院來了人。

元寶忍不住腹誹，她家娘子的嘴怕不是開了光。

一位身著桃色衣裙的女子打頭進來，後面跟著一位婢女和兩個小廝。

元寶正與她家娘子出嫁時，沈夫人派來的婢女綠嬈在院裡說話，瞧見他們，迎了上去。

「這位姊姊是——」

「我是春芍，去與少夫人說一聲，郎君差我把西院的帳目拿來了，順便帶著西院的人與少夫人見見。」桃色衣裙的女子說著，視線上下打量了她一圈。

元寶皺起眉，剛要開口，被身後的綠嬈拉了一下。

「勞姊姊走一趟了，只是少夫人身子不適歇下了，這帳目便先交給我吧，至於認人，等少夫人身子便宜了再說吧。」綠嬈面上含笑，態度卻是不卑不亢。

「妳算什麼？這帳目如何能交給妳，若是出了差錯，郎君怪罪下來，你們誰能擔著？」春芍面露不屑道。

綠嬈神色未變，依舊含笑。「姊姊若是信不過我們，那這帳冊便先帶回去吧，等少夫人醒來，我會去尋姊姊的，屆時再一併請安也成。」

「妳這嘴一張一閉，便是要哄我們白走一趟？我們都是在郎君前院伺候的，哪來那麼多工夫來回？今日郎君既是吩咐了我們來，我們自是要見到少夫人的，這冊子，我也得親手交給少夫人，妳去通傳一聲。」春芍頤指氣使道。

「妳口口聲聲都是郎君，莫不是忘了，這西院之事都是少夫人作主的？」元寶跟被點著的炮仗似的懟道，下巴揚得比她還高。

一旁的青衣女子上前打斷她們的爭執。「兩位姊姊莫怪，實在是前院的事離不開手，我是秋瑩，與春芍同是伺候在郎君書房的，春芍性子急，衝撞兩位了，我替她跟兩位姊姊賠個不是。少夫人既是歇下了，我們便在這兒等等——」

春芍哼了一聲。「等什麼等，郎君身邊此時無人伺候，妳我哪有工夫在這兒耽擱？」

她說罷，又瞧向元寶，不屑一顧道：「後院是少夫人作主不錯，但是我們是在前院伺候。再者，我們是先少夫人的婢女，先少夫人故去，郎君和小郎君便是我們的主子，我自是以郎君為先，妳若是不服，便讓妳家娘子來與我說。」

「妳——」元寶氣得臉紅，恨不得打她一頓，好讓她囂張不起來！

只是，話到用時方很少，笨嘴拙舌的，竟是被氣得說不出一句話來。

「要本夫人與妳說什麼？」一道清淡至極的嗓音插了進來。

沈蘭溪靠在門邊，雙手環胸，便是披頭散髮，在這日光下也美得讓人驚心，只是面色算不上好。

「是說妳仗著先少夫人的勢，言行無狀，不敬主人？還是說妳拿著雞毛當令箭，來欺負本夫人身邊的人？」沈蘭溪說得緩慢，視線落在她身上，不挪一寸。

春芍臉色難看，剛要開口，秋瑩扯了扯她衣袖，帶著她行禮。

「奴婢秋瑩，見過少夫人。奴婢與春芍一同伺候在郎君書房，這是阿年，是郎君身邊的小廝，這幾人負責前院的灑掃。先少夫人去後，郎君便不常回西院，所以把人都調到了前院伺候，只留了阿芙姊姊看顧西院，昨夜未曾見，郎君便讓奴婢帶他們來見過少夫人。」

「見過少夫人。」眾人一同行禮。

沈蘭溪掃了一眼，涼聲道：「我問妳這個了？」

她還沒這麼好糊弄。那春芍是個仗勢欺人的，這個叫秋瑩的卻是心懷鬼胎。

「郎君身邊離不得人，春芍方才也是情急之下失了禮數，還望少夫人見諒。」秋瑩道。

沈蘭溪沒應，目光淡然的瞧著她，秋瑩也回望著。

「問妳話了嗎？她是突然啞了？」沈蘭溪突然厲聲呵斥道。

秋瑩面色僵了僵，臉上火辣辣的。

「奴婢春芍，無意失了禮數，還請少夫人見諒。」春芍不情願的道。

沈蘭溪輕笑一聲，擺了擺衣袖。「回吧，你們既是郎君身邊的人，那便好好伺候他。」

秋瑩瞧向春芍懷裡的帳冊。「這冊子——」

沈蘭溪已經轉身進了屋，揚聲喚人，語氣盛怒。「元寶，備水！」

這澡，沈蘭溪足足洗了一個時辰，光是水便換了三回，身上的皮膚被她擦得通紅，瞧著都滲出了血點子。

元寶瞧著都疼，自責道：「娘子別氣了，都怪婢子不中用，那兩人若是再敢來，婢子替您用大掃帚把她們轟出去！」

她口舌不行，但是力氣還是很大的！

沈蘭溪臉色依舊難看，她一想到昨夜用了剛被旁人用過的東西，便覺得一陣噁心。

沈氏說祝煊後院沒有侍妾通房，更是常宿在書房，她便信了他是端方持重，身邊無人，哪知道是她想少了，那混帳竟是將人留在了書房，也不知昨夜一次，她會不會染上什麼亂七八糟的髒病！

晌午，祝煊才聽阿年說了這事，一開門，便迎上了剛出浴的沈蘭溪，她身上的香氣滾著熱浪撲鼻而來，與他身上的冷寒相撞，他受不住的打了個噴嚏。

沈蘭溪瞬間黑了臉。她還沒說他髒呢，他竟還有臉打噴嚏！

「備水！」沈蘭溪氣得折身往回走。

元寶急忙小聲勸道：「娘子，不可再洗了，該破皮了……」

「髒了！」沈蘭溪氣道，走出兩步，便被身後的人扯著手腕拉到了身邊。

祝煊這才瞧見，她裡衣下的肌膚不似昨夜那般凝脂如玉，一片深紅下泛著痕跡，足以想像方才是被主人如何擦洗過。

「不髒，很乾淨。」

沈蘭溪此時瞧見他便氣不打一處來，連虛與委蛇的表面工夫都懶得做了，她抽了下手。

祝煊順勢鬆開她，與一臉忐忑的元寶吩咐道：「去擺膳。」

元寶看了沈蘭溪一眼，見她沒說話，便行禮退了出去，腳下生風，逃也似的。

待門闔上，祝煊才問：「阿年與我說，春芍今日出言頂撞妳了，可有此事？」

沈蘭溪臉沈著，聞言冷笑一聲。「怎麼，郎君是要為她說情？」

這話也不知是在作踐誰，刺耳得厲害。

祝煊皺了皺眉。「春芍和秋瑩雖是澄哥兒他娘留下的婢女，但賣身契還在府裡，西院是妳作主，下人犯錯，妳懲治便是，何故生這般氣？」

他說著，瞧見她濕濡的髮，拿了巾帕給她。「身子可還難受？」

沈蘭溪到了嘴邊的話，頓時被他這句噎了回去，一時竟分不清他這話是真心還是假意。

「把頭髮絞乾，天冷，容易著涼。」祝煊見她拿著帕子不動，催促了一句。

沈蘭溪斂了斂神色，努力擠出一點女兒家的嬌柔來，造作道：「我手痠，郎君可否幫幫我？」

祝煊一怔，注視著她，眼神清凌無波。

他沈默幾息。

沈蘭溪眼裡閃過幾分了然，準備往回收收試探他底線的爪子。

她遞出去的巾帕剛收回半寸，卻被他伸手拿走了。

在沈蘭溪略顯詫異的神色中，祝煊面色如常的起身站在她身後，細細的用帕子包裹住她濕漉漉的長髮。

沈蘭溪垂下眼瞼，咬了咬唇，又試探。「我剛入府，今日便與先夫人的婢女生了不愉快，怕是會惹母親和祖母不喜。」

她語氣低落，垂頭耷腦的模樣似是很苦惱，還帶著些委屈，比她方才矯揉造作的模樣真多了。

「她們原本是先夫人的貼身婢女，以你和澄哥兒為先也是合乎情理的，是我不該計較，打罵懲治會落人口舌，傳出去還以為是我妒忌不容人，罷了，我躲著些便是。」沈蘭溪添火加柴的道。

這話說得委委屈屈的，因她聲色低軟，越發顯得可憐。

祝煊眉眼凝色，竟是不知她會有這樣軟弱可欺的一面。

「一會兒用過飯，我讓元寶把她們送回去。」祝煊淡聲道。

他微頓，又無甚語氣的安撫一句。「祖母和母親皆明理，妳不必害怕。」

沈蘭溪臉色微僵，乾巴巴的道：「多謝郎君。」

是他對「妻子」的容忍程度太高，還是那兩個婢女不夠重要？

晨昏定省是孝道，用過晚膳後，沈蘭溪與祝煊一同去了主院。

祝老夫人對祝煊雖是不及對曾孫祝允澄那般逗趣親和，但也很是和藹，嘘寒問暖。

沈蘭溪便沒有這般待遇了。

老夫人不願跟她說，囟巴巴的指了離自己最遠的凳子讓她坐。

沈蘭溪乖乖的行禮後坐了過去，臉上掛著端莊的笑，像是廟裡捏的泥菩薩，沒有半點脾氣。

祝煊腳步微頓，跟了過去，在她旁邊的位置落坐。

老夫人張了張嘴，但到底是沒說什麼，只與自己的乖曾孫和煦的說話。

祝夫人臉上帶著笑，轉頭與沈蘭溪說起了上午的事，語氣殷切的叮囑。「妳是府裡的少夫人，剛進府，又年歲淺些，難免會被府裡的刁奴看輕，不把妳的話放在心上，但是遇事莫怕，只管整治便是，奴大欺主，該收拾便要收拾。雖我如今掌家，但內宅之事，妳還是要學著管，有什麼拿不準的便來問我，日後祝家的中饋，是要交到妳手裡的。」

「是，二娘記下了。」沈蘭溪頷首應道。

祝夫人滿意的點點頭。

晌午剛過，春芍和秋瑩便被阿年送回梁王府了，高門大院裡沒有秘密，上午那事自是傳到了她耳裡，只是沒想到是沈氏會借力打力，讓二郎作主把人送走了。

這法子雖是妙，但是威懾不夠。

她索性藉著那兩個婢女發作，給府中奴僕都緊了緊皮子。

沈氏是二郎明媒正娶抬回來的媳婦兒，便是小門小戶，也由不得他們這些奴僕輕看。

老夫人身邊的老人更是人精，一個個會瞧眼色。老夫人年紀大了，做事說話隨興些，但只怕是那些老人會藉此給沈氏上眼藥。

沈蘭溪不知她心裡這些事，安安分分的坐在凳子上發呆，不大會兒便睏得打了個呵欠，手伸出去，拿了旁邊的點心來吃。

唔？

沈蘭溪眼睛亮了亮，一口點心一口茶，甚是舒坦。

她身側的祝煊也不發一言，默默喝茶。

暖閣裡只有老夫人與小郎君的說話聲，祝夫人間或的說一句，熱鬧是他們三人的，她和祝煊活像是過來吃吃喝喝蹭飯的。

只是那熊孩子沒了在她面前的不好相與，怯怯懦懦的，說話中規中矩，且說幾句便要看一眼自己的父親，似是生怕說錯什麼一般。

偏生祝煊像是未曾察覺，只垂首品茶，眼皮都不抬一下。

祝老夫人被自己乖曾孫那一眼又一眼瞧得失了興致，沒好氣的轉頭看向坐在下首的蹭茶夫妻，嫌棄道：「行了，這茶也用過兩盞了，回去吧。」

祝煊神色如常的起身行禮，好似老夫人凶的人不是他一般。

沈蘭溪被殃及池魚，有些遺憾的放下手裡的點心，隨之起身行禮。

老夫人這兒的點心可真好吃，日後得來得勤快些～～

「嗝！」

沈蘭溪用帕子掩嘴，假裝無事發生，只是身邊的人還是瞧了過來。

她在心裡罵一句，面上端莊地道：「許是著涼了，郎君莫怪。」

祝煊瞧了眼她的肚子，又看了眼桌上只剩半個點心的空盤，眼角抽搐了下，喉間逸出一聲。「……嗯。」

極為敷衍。

沈蘭溪臉上掛著端莊的笑，不甚在意。

祝煊挪開視線，與坐在老夫人身邊的祝允澄道：「今日功課還未查看，你同我來。」

祝允澄向來是怕他的，便是身邊有疼愛他的曾祖母和祖母坐著，也絲毫不敢耍賴，起身像模像樣的行了禮。「曾祖母與祖母早些歇息，我明日再來。」

祝老夫人揮揮手。「去吧，莫要氣你父親，好生與先生學。」

三人出了正院，祝煊與祝允澄要往前院書房去，與沈蘭溪要岔開了路。

「我晚些——」

不等他說完，沈蘭溪打了個激靈，立刻接話道：「郎君是要歇在書房嗎？」

昏暗的燭火下，祝允澄的視線在兩人身上繞圈圈，最後停在了沈蘭溪身上，似是有些不解她怎會如此愚笨，臉上神色滿是奇怪。

便是連他都聽出來了，他父親方才明明是想說晚些回去的。

一陣沈默後，祝煊點了點頭。「嗯。」

沈蘭溪微不可察的鬆了口氣，語氣輕快了些。「那郎君早些歇息，我就回去了。」

她說罷，與他屈了屈膝，便帶著元寶轉身走了。

冬日披風厚重，擦過她綴著珍珠的鞋面，露出一截裙襬。

「父親？」祝允澄小聲喚了一聲，順著他注視的目光瞧去，那女人已經走遠了，便是連身影都模糊了。

祝煊聞聲收回視線，教育道：「日後見到你母親，不可失禮。」

祝允澄知道他是說，方才自己仗著在曾祖母面前，沒有起身與沈氏行禮的事，也不敢反駁，小聲應了一聲。

「今日我見了你身邊的小廝，聽他說，前幾日遇見你在街上捉弄了陳記胭脂鋪的老闆，毀了人家的貨沒賠銀子？」

祝煊聲音平和，祝允澄聽在耳裡卻是莫名的怕，忍不住在心裡罵了那嘴巴不嚴的小書僮。

但想起那日街上發生的事，他便想哼一聲，只是到底在父親面前忍住了，只小聲為自己辯解。「是那陳記老闆先行不義，他鋪子裡的脂粉差得很，那姊姊用了他家的胭脂，臉上都起了紅疹，反倒是被那老闆冤枉說是在訛銀子。」

祝煊不與他分辯錯處在誰，只是批評他的行事張狂無忌。

「便是那脂粉劣質，你也不該砸了他的東西。萬事有律法為依，是非曲直有京兆尹、大理寺評斷，你一介白衣，做不得斷案之事，更不該私自毀了店家的東西。賠的銀子，從你下個月的分例裡扣，此事只一次，下不為例。」

祝允澄不情願的應了一聲，不敢反駁。

第三章

官員成婚可休沐五日，一連三日，祝煊都是歇在書房，辰時回西院與沈蘭溪一同去給祖母請安。

兩人不似新婚夫婦那般如膠似漆，瞧著客氣疏離，祝老夫人看得直皺眉。

請安後，祝老夫人忍不住衝沈蘭溪抬了抬手。「你們各去忙吧，沈氏留下與我說說話。」

沈蘭溪面露詫異，對上祝老夫人的視線，又乖順的坐了回去，一副「您罵吧，我聽著」的模樣。

祝夫人聞言，也坐下了。「媳婦也一同說說話。」

祝老夫人沒趕她。

祝煊瞧了眼乖順安分的人，收回視線，跟在父親身後一同出了堂屋。

祝允澄滿臉苦澀的落後半步、腳步沈重的跟在他身後側。

這幾日，祝煊得了空閒，有大半日都在考校他功課，他過得委實不易。答得出來便罷了，答不出來，祝煊就睐子平靜的盯著他，似是要在他身上盯出一個血窟窿一般。

他不打不罵，偏生自己怕得緊，恨不得找個地洞鑽進去，好躲開他的注視。

暖閣裡，祝老夫人頭疼的瞧著那鵪鶉似的人，恨鐵不成鋼地道：「便是他要歇在書房，妳也要開口要他留宿啊。新婚都不黏糊，要等到什麼時候黏？」

她本還擔心沈氏模樣好，若是沈家夫人沒教好，只怕她會做出什麼狐媚子的事來，敗壞門風不說，府裡也不得安寧。

如今倒好，除了新婚那夜，兩人都沒同房，便是來請安也是各自坐著，一人喝喝，一人吃吃吃，半句話不說，這還能行？

雖說她已經有澄哥兒這個曾孫了，但是同氣連枝，還是得多兩個孩子才好啊。

更何況，親兄弟是打斷骨頭連著筋的，多個兄弟，便是在朝堂上也能互相照看著些，二郎便是一個人，苦了些。

澄哥兒他娘當年也是，瞧著是個聰明的，但就是不會籠絡郎君，兩人過得清淡，一個月同房也就一、兩次，還不如祝家主與那韓氏呢。

澄哥兒他娘出身高，生來便是郡主，骨子裡透著驕矜，做不出放下身段來討好郎君的事也就罷了，怎麼這沈氏出身小門小戶也是這般？

祝老夫人越想越氣。

沈蘭溪一副任打任罵的受氣包模樣，垂頭小聲說：「是二娘做得不好，祖母別生氣。」

「是我生氣嗎？枉費妳長了這麼一張臉，竟是什麼都不會！」祝老夫人瞧她那畏手畏腳的模樣簡直要火冒三丈，但又耐著性子循循教導。「二郎對情事不上心，妳就主動些，書房雖是不宜去，但也能時常給他送些湯羹、點心之類的，讓他知道妳是想著他的，如此他還能不留宿？女子是該矜持，但也不能什麼都不做，不然時日長了，他被哪個不長眼的爬了床，妳便是來我這兒哭訴也無濟於事了。」

祝夫人剛想附和一句，唇微啟，復又閉上，臉上的笑淡了幾分。

祝老夫人也是嘴快，說完才反應過來，抬手扶了扶額角，又瞧了一眼那朽木疙瘩，氣得不打一處來。「行了行了，妳回去吧，自己上點心。」

沈蘭溪頷首應了一聲「是」，起身行禮告退。

轉過身，她才鬆了口氣，神色有些一言難盡。這是……老太太在教她夫妻之道？

沈蘭溪打了個哆嗦，大步流星的往外走。

她不知道祝煊如何想，但是這半個月她都不想跟祝煊同房，行那等子事。

祝夫人也適時站了起來。「耽擱了會兒，母親，兒媳也先去忙了。」

祝老夫人點頭。「去吧。」說了一句，又忍不住補充。「方才那話不是成心的，沈氏不開竅，話趕話就說多了，妳別往心裡去。」

祝夫人銜她笑了笑。「媳婦明白，母親不必掛懷。」

剛走出堂屋的沈蘭溪耳朵動了下，眼睛裡亮起了八卦的光。

回門禮是祝夫人準備的，沈蘭溪沒有過問，一出府瞧見那馬車上堆成小山似的東西時還愣了下。

元寶也驚了，悄聲道：「娘子，這祝家還挺有錢的。」

沈蘭溪如今腰包鼓鼓，膨脹道：「妳家娘子我現在也很有錢，收起妳這一副沒見過世面的樣子。」

祝家與沈家不同，是京城中有名望的世家大族，底蘊深厚，這財富是幾代人積累來的，自然是多。只是，她沒想到祝夫人會給她準備一馬車的回門禮，多少是有些受寵若驚了。

「怎麼了？」祝煊端倪她神色，幾步過來問道。

「母親怎的準備這麼些東西……」沈蘭溪故作為難的問。

祝煊順著她的視線看過去，語氣無甚起伏。「不算多，這是嫡妻的分例。」

沈蘭溪無言，是她沒見過世面了。

兩人往馬車那邊走，沈蘭溪不知出於什麼心理，問了一句。「你原配夫人的回門禮也是這麼多嗎？」

祝煊掀簾子的手一頓，回頭看來。

沈蘭溪被他平靜無波的眼神瞧得忽然有些不自在，小聲道：「我只是隨便問問，你不願說就罷了。」

「時隔太久，記不清了。」祝煊微頓。「母親那裡應當有禮單，妳若是想知曉，我讓阿年去找母親要來。」

沈蘭溪忽覺得臊得慌，連忙擺手。「不必，我當真只是隨口一問。」

她說罷，推開擋在馬車前的祝煊，踩著腳凳鑽了進去。

祝煊皺了皺眉。這禮數……

剛小跑著出來的祝允澄，卻被沈蘭溪方才的動作驚得瞪圓了眼睛。

他從未見過誰敢直接推他父親的！

便是他母親在世時，對他父親也是恪守禮儀，從未有過如此逾矩之舉！

祝煊一轉頭，就對上自己兒子嚇傻的臉，剛捋平的眉又皺了起來。

祝允澄被他看得連忙收起臉上的神色，疾步過去，規規矩矩的行禮。「父親。」

祝煊淡淡「嗯」了一聲。「出門在外，要注意禮儀。」

祝允澄撇嘴。好意思說我！剛才你媳婦兒的動作我可是看見了啊！你怎麼不說她，柿子就挑軟的捏！

「……是。」小兒郎忍氣吞聲。

沈蘭溪正挑荷包裡的葡萄乾吃，瞧見上來的高大男人時不免愣了下，脫口而出一句。

「郎君不騎馬？」

祝煊倒是坦然地坐下，撫了撫衣襬才答。「天冷。」

沈蘭溪挑起簾子看向外面，只見那棗紅色駿馬上坐著一小孩，臉上帶著些委屈與不忿，與在她面前的桀驁乖張如同兩副面孔。

「那澄哥兒也冷啊。」她有些無語的道。

祝煊從旁邊的小抽屜裡拿了本書出來，這次連眼皮都沒動一下。「少年郎，火旺。」

沈蘭溪嘴角抽了下，無言的撇開頭，默默地放下簾子，繼續捏著荷包裡的葡萄乾吃。

馬車出了朱雀大街後，逐漸熱鬧了起來。

沈蘭溪看了眼對面像是入定了似的人，悄悄把馬車簾子掀開一條縫。

正是半上午的時候，街道兩旁是小攤販，隔得老遠就能聞到各種吃食的味道。

祝煊掀起眼皮看了眼那條縫以及某個看得入迷的人，猶豫一瞬，垂下眼只當作沒瞧見。

外面的街景越來越熟悉，沈蘭溪忽然生出些許激動。

從前她只當自己是寄住在沈家的，與沈家眾人沒有情感牽連，只偶爾沈蘭茹來找她玩，她順便逗她解悶。

但是如今再回來，卻是莫名真的有種回家的感覺，不是隨便的某一住處，是回家。

「郎君。」沈蘭溪突然喚他。

祝煊抬眼，與她對視。「怎麼？」

「我餓了。」沈蘭溪摸摸肚子，一臉無辜道。

祝煊的表情有一瞬間龜裂，目光下移到她腰間癟了的荷包上，又看了眼她肚子。

沈蘭溪不看他的臉色，自顧自的說：「我想吃街角這家的醪糟湯圓。」

祝煊深吸口氣又緩緩吐出，與外面駕馬的人道：「在旁邊停下。」

沈蘭溪立刻笑咪咪的與他道謝，撩起簾子喚來元寶。「去買兩碗醪糟湯圓，問問綠嬈要不要吃，要的話就多買兩份，我出銀子。」

元寶欣喜的應了一聲，與綠嬈說了一聲，便跑去街角的小攤前。

林氏對子女不嚴苛，過節時也准許沈蘭溪出來逛逛，帶著一、兩個侍衛便是。

這家醪糟湯圓的味道極好，她與元寶都很喜歡，沈蘭茹也喜歡，只是她脾胃不好，吃不了幾個。

元寶手腳俐落，不過幾息便帶著打包好的四份醪糟湯圓過來了，遞給沈蘭溪兩份，自己帶著兩份，顛顛兒的上了後面裝回門禮的馬車與綠嬈同食了。

沈蘭溪迫不及待的吸了口氣——是熟悉的味道。

她吃了兩個，才想起對面看書的人，假惺惺的問：「郎君可要嚐嚐？」

祝煊瞧了一眼她手裡唯一的湯匙，搖搖頭，把書收了起來，開始閉目養神。

沈蘭溪毫無心理負擔的大快朵頤，吃兩口，喝口湯，真爽。

身處鬧市，馬車外喧鬧至極，祝煊耳邊卻只剩下她吃東西的聲音，聽著便覺得垂涎，馬車裡一股淡香的清甜味兒。

那東西……應該挺好吃？

他睜開眼，瞧向她旁邊的那份。「可否給我嚐嚐？」

沈蘭溪嘴裡含著湯，愣怔了一瞬。「……好。」

行在馬車旁的祝允澄，雖聽不見他們在馬車裡說的話，但也知道他們在吃東西。

父親也真是的，也管教訓他注意禮儀，那他自己呢？縱著沈氏在馬車裡吃東西，還兩份！都不問問他要不要吃！

雖然他矜貴，一般不吃外面的東西，但也該被問問啊！他勉強可以嚐嚐的。

沈蘭溪托著腮，眼睜睜的看著他慢條斯理的吃完一碗醪糟湯圓。

到底是勛貴家養出來的公子，便是進食也是好看的。

馬車停下時，祝煊剛好吃完。

沈蘭溪剛要下馬車，猶豫了一下，還是掏出自己的帕子遞給他。「擦擦嘴。」

那張緋色薄唇上沾了湯汁，濕漉漉的。

祝煊愣了下，伸手接過，帕子上還沾染著她身上的味道，很淡，是葡萄乾的香味。

他拭了拭唇，仔細把帕子疊好，與自己的放在了一處，這才起身下馬車。

祝允澄翻身下馬，跟在父親身後，一陣風吹來，他聞到方才那股甜絲絲的香味，目光瞬間變得不可置信。

父親也吃了！就他沒有！

沈蘭溪是高嫁，沈府一早就準備好了，門口街道灑掃得乾淨，林氏派了貼身婢女出來等待。

一瞧見馬車過來，紅袖便迎了上來，笑盈盈道：「二娘子總算到了，夫人都問了好幾次了。」

沈蘭溪也笑咪咪的。「勞母親掛念了，竟是還讓姊姊出來等，這天寒地凍的，姊姊臉都吹紅了。」

一行人往裡面走，剛過一道門，就瞧見了林氏和沈岩。

今日回門，沈岩特意沒出門，與兩個幼子一同接待女婿。

熱鬧的寒暄幾句，沈蘭溪帶著元寶，與林氏一同往後院去，祝煊被請去了書房。

路上，林氏帶著幾分慈母的語氣，細細的問了沈蘭溪這幾日過得如何。

沈蘭溪也一一答了，忽地問：「蘭茹可回來了？」

林氏點點頭。「妳出嫁時就找到了，妳料想的不錯，是在陸家的莊子裡，之前不肯回來，躲去了咱家在郊外有溫泉的那個莊子，前兒才回來，方才要她與我一起她也不敢，怕妳罵她。」

沈蘭溪笑了。「罵是要罵的，膽大包天了，竟是敢做出這樣的事，尋常也不見她有這樣的膽子。」

林氏剛要說什麼，瞧見沈蘭溪身側跟著的小兒郎時頓了下。「是得多教訓，不然膽子養大了，日後若是做出什麼有辱家族門楣的事，便是追悔莫及了。」

這話另有其意，沈蘭溪聽懂了，只是含笑應下。「母親說得是。」

祝允澄抬眼看了眼笑盈盈的人，不輕不重的哼了聲，揚著下巴，模樣傲慢又驕矜。

他才不信她會收拾他呢！更何況，他又不怕她！

林氏把他臉上的神色收入眼底，在心裡嘆了口氣。

這麼大的孩子，已經不好管教了。

一進正院，沈蘭溪就瞧見了那倒楣催的沈蘭茹，後者一臉心虛的站得老遠，小聲的喚道：「二姊姊。」

沈蘭溪哼了聲，故意不搭理她，隨著林氏進了屋，沈蘭茹自知理虧的跟了進來。

許是林氏提前吩咐過，幾人一進來，便有婢女端上熱茶，還有好幾碟的煎果子。

林氏叫坐，幾人才解下披風陸續坐下。

剛坐下，又傳來動靜，是沈蘭溪的嫂嫂帶著孩子過來了。

又是一頓行禮問安，人一多，七嘴八舌的好不熱鬧。

祝允澄本是不願跟在祝煊身邊聽他教訓，此時跟著沈蘭溪坐在女人堆裡才覺不適。他瞥了一眼坐在人堆裡的沈蘭溪，那人正含笑聽著旁人說話，嘴裡的點心卻是不斷。

真能吃，不是才吃過一碗醪糟湯圓嗎？難不成是父親與她搶了，她還沒吃飽？

祝允澄想了想那般嚴苛板正的父親，只覺得荒唐。

幾個小孩都不大，正是喜歡亂竄的年紀，不讓阿娘規矩抱著，自己邁著小短腿噠噠噠的在屋子裡亂跑，貼身伺候的奶娘不敢錯眼的跟著，生怕小祖宗摔著了。

一個梳著羊角辮的小女童，雪雕玉琢似的小人兒，穿著一身喜慶紅衣，唆著手指，瞪著一雙圓眼睛站在他面前，似是好奇的瞧他。

祝允澄與她對視一瞬，從碟子裡拿了一個小果子給她，把她含得滿是口水的手指解救了出來。

一旁的奶娘喊了一聲，衝過來把小女童要往嘴裡餵的果子拿走，皺眉道：「我家小娘子且年幼，吃不得這果子。」

那一道喊聲險些破音，尖銳刺耳，頓時引得屋裡人側目。

祝允澄面色尷尬，被眾人瞧著，不自覺的站起了身。

沈蘭溪掃了眼那奶娘，又看向祝允澄。

少年郎此時臉紅脖子粗，一臉窘迫，但也沒為自己辯解什麼。

若是被祝老夫人瞧見自己曾孫這模樣，還不定怎麼心肝寶貝的心疼呢！

那瑩姐兒，便是她未出閣時，也不敢去逗弄的小孩啊！

嫂嫂潘氏是商戶出身，見多了自己爹娘後院裡的骯髒事，對自己的一對兒女最是緊張。是以，瑩姐兒雖生得跟個雪團似的，玉雪可愛，但沈蘭溪也從未伸過「魔爪」，生怕給她磕著、碰著生麻煩。

潘氏過去把自己的閨女抱起，扯出些笑。「祝小郎君別怕，無大礙。」

沈蘭溪收回視線，笑與潘氏道：「祝家這曾孫輩，只這孩子一個，這是瞧著瑩兒惹人喜歡，這才想給瑩兒果子吃，不想這麼小的孩子吃不了這個，倒是險些惹了禍，二娘替他給嫂嫂賠個不是，好在沒出什麼，還望嫂嫂大人大量，能寬宥他一回。」

「二娘說的是哪裡話，都是一家人，說什麼惹禍寬宥的，沒什麼大事，不必記掛在心上。」潘氏道。

她雖心高氣傲，但也知道眉眼高低，別說今兒沒出大事，便是出了，她也不能真的把祝家這位小郎君如何。

沈蘭溪笑笑，忽地側頭與林氏說：「這瑩兒身邊的奶嬤嬤是先前母親的人？都說孩童鬧人，我瞧著這奶嬤嬤精神頭倒是挺好的，嗓門也大，想來是二嫂嫂待下人寬和，奶嬤嬤也盡心。」

林氏瞪她。又想整什麼么蛾子？

沈蘭溪上了一劑眼藥，眼風掃過潘氏稍變的臉色，見好就收。「惦記著今兒回門，我昨夜便沒怎麼睡好，母親和嫂嫂若是沒旁的事吩咐，二娘便先回院子了？」

「去吧，屋子我讓人打掃過了，一會兒去前廳用飯我再差人去喊妳。」林氏一點都不想留她，順著話茬道。

「多謝母親，二娘告退。」

沈蘭溪說罷，與還面紅耳赤的站在椅子旁的祝允澄招了招手。「既是認過了人，便隨我去瞧瞧院子吧。」

祝允澄此時自是不會駁她的話，拱手與眾人行禮告退。

兩人出了門，他才彆彆扭扭地小聲道：「我不是故意的，我不知道她吃不了那果子。」

日照當空，沈蘭溪沒披披風，慵懶地伸了伸筋骨，敷衍的「嗯」了一聲。

幾息沈默，祝允澄輕咳一聲，吐出一句。「方才……謝謝。」

沈蘭溪忽地停下腳步。

祝允澄跟在她身後半步，也隨之停下，白玉臉再次浮上血色，先開口道：「妳幹麼，妳不要以為我跟妳說了謝謝，妳就——」

沈蘭溪抬手，在他腦門上輕敲一下，眼裡閃著壞笑。「沒規矩，該喊我什麼？」

祝允澄還呆愣於腦門上一觸即離的溫熱感，便聽她又開了口。

「重新謝我一遍。」

「妳！」祝允澄如同一隻炸了毛的貓，面紅耳赤的說不出話來。

哪有女子如她這般，竟然敲他頭！他爹爹都沒敲過他！就是他母親還在時，也、沒、有！

舉止簡直輕浮！

沈蘭溪面目澄澈。「若是你不說，那便我說了。」

「妳說什麼？」祝允澄不明所以。總不能是她要謝自己吧？

「嗯……就簡單跟你父親說說，你如何喜歡那個小妹妹的。」沈蘭溪故意使壞，威脅道。

這話聽在祝允澄耳裡，倒是像在說，她要跟他父親給他生個小妹妹似的。

他傲嬌又彆扭，半天才哼哧出一句。「妳不要生妹妹——」若是妹妹，會被她帶壞的！

沈蘭溪挑眉。怎麼就到了這個話題？

「生個弟弟吧。」祝允澄挪開眼，避開她的視線，又小聲的補了一句。「我可以帶他抓蛐蛐兒，父親給我做的小木劍、小馬，我……咳，我也可以送給他玩。」

曾祖母早就跟他說過了，他是家裡的嫡子、嫡孫，以後還會有弟弟妹妹，他要保護他們。

先生也說過，兄弟如手足，他長大了要愛護幼小。

但是那些小孩都哭哭啼啼惹人煩，如果是個弟弟，約莫就不會哭了吧？那他也可以喜歡他多一些，把那些讀不完的書都給他讀。

沈蘭溪不明所以，莫不是家裡的兩位長輩說了什麼，這小孩在這兒試探她呢？

他且年幼，她這個繼母入府，別是害怕她生了孩子，會奪了他的家財爵位，搶了他父親的寵愛吧？她嫁入祝家，本就是沈家的無奈之舉。她不想當惡毒後娘，也當不了賢良後母，和諧相處最好。

沈蘭溪裝模作樣的嘆口氣。「這話你與我說可不成，得跟你父親說。」

她說罷，又彎下腰，似是與他講悄悄話一般，一手攏在嘴邊，在小孩驚詫的神色中開口。「實話與你說吧，我有些怕你父親，他好凶。」

她模樣真誠，神色認真。

祝允澄眼前忽地閃過，今早在府門前，她扒拉他父親的畫面。難不成，那是因為父親罵她了？

他只覺得一道驚天悶雷砸在頭頂，他父親還會罵人？還是說，父親打她了？

可憐少年郎被唬弄得恍恍惚惚，走在前面的那個解悶逗趣了一番，興甚至哉，腳步輕快。

行過迴廊時，沈蘭茹從後面追了上來，懷裡還抱著一個小孩。羊角辮、紅棉襖，又在吃手手，身邊沒有跟著婢女和奶娘。

祝允澄一眼就瞧見了那滿是口水的胖手，他深吸口氣，眼不見為淨的垂了頭。

沈蘭茹累得不輕，把懷裡的小胖墩放在地上，扶著一根柱子直喘氣。

「追我做甚？」沈蘭溪立在一旁沒走近，睥睨的瞅她，一副餘氣未消的樣子。

沈蘭茹瞧了眼旁邊的祝允澄，扯了扯沈蘭溪的手臂，把她拉到一旁說話。

「好姊姊，我錯了～～」

沈蘭溪被她抓著手臂晃，斜眼睨她，不為所動。

「妳也知道我跟四郎的事，此生我非他不嫁，我不能棄了他嫁到祝家。再者，祝家雖然門第高，但規矩也多，我太害怕了，且那個孩子一瞧便是不好相與的，我、我嫁不了。」沈蘭茹急急的道：「我先前都說了不嫁，父親、母親絲毫不聽我說，執意定了這門親事，我什麼招式都使了，妳也瞧見了，但都無甚用，眼瞅著要到正日子了，我就——」

說到這兒，聲音戛然而止。

沈蘭溪不搭理她前面的一番話，卻是問：「出走這事，是誰的主意？」

「是四郎說的，但我也實在是沒法子了。」沈蘭茹說得小聲。「好姊姊，我真的不知道父親、母親會把妳嫁過去，我以為我出走了，他們就會去退親。」

沈蘭溪倒是不計較替嫁之事了，畢竟她從中獲了利，出力也是應該的。

倒是沈蘭茹，與她一同長大，雖是沒有親緣，但也有情誼在，瞧她行將踏錯，便恨鐵不成鋼的伸手在她腦門上戳了一下，與方才敲祝允澄腦袋的力度全然不同。

「他陸翰羽雖允妳正妻之位，但是陸家可不是他作主，便是他的親事也不是他說了算。他若是當真要娶妳為妻，便該好好與家裡說，早日登門提親才是。但是你們二人心意相通都多久了，他可說了何時來下聘？什麼都沒說定，妳便敢聽他的話躲婚出走！沈蘭茹，妳的腦子呢？妳可知妳出走一事若是傳揚出去，不光是丟祝家和沈家的臉，便是妳自己，有名望的好人家也不會來與妳提親了，屆時妳要如何？」

沈蘭茹被她問得面色訕訕，覺得委屈又丟人，吶吶道：「四郎說了，他與家裡說過與我的事了，但是他母親還不同意，得先等等，他會說服他母親娶我的。」

沈蘭溪輕呵一聲，有些無奈，這話她聽得耳朵都要起繭子了。

她不欲與她辯解這話真假，只是納罕。「妳是看上陸翰羽什麼了？那文弱模樣都禁不住我踹一腳，空口白牙一張嘴，不是子曰便是之乎者也，唯有一張臉算得上清秀，但妳也不能只看他的臉吧？」

沈蘭茹委屈的嘟了嘟嘴。「我跟妳說過的，我喜歡他身上的書卷氣，四郎還特別溫柔體貼——」

不等她說完，沈蘭溪抬手打斷她的話，不想聽她一個戀愛腦的發言稿。

勸不動，多說也無益。

她親爹親娘健在，也無須她在這兒苦口婆心的惹人煩。

沈蘭溪回頭，剛想喊人隨她回院子，只見瑩姐兒眼巴巴的站在祝允澄跟前，沾了口水的手抓著他腰間的玉珮，元寶蹲在瑩姐兒跟前小聲勸著什麼。

半大少年郎，一雙淡眉緊蹙，罕見的手足無措，站在那兒一動不敢動。

沈蘭溪愣了一瞬，又忍不住笑。

還以為是老虎，沒想到是隻貓啊！

沈蘭溪回門後一日，天大雪。

她且在被窩裡臉頰紅撲撲的夢周公時，被帶著一身寒意的元寶進來晃醒了。

「哎喲，好娘子，快醒醒，今日請安要晚了！」元寶一臉焦急的拽著她的胳膊，硬生生把人從床上拉起身，又慚愧道：「外面落了一夜的雪，天色暗，奴婢也起晚了。」

沈蘭溪還頂著一頭亂髮，坐在被窩裡，耷拉著腦袋，眼皮掀開一道縫，嘟囔道：「幾時了？郎君可來了？」

綠嬈也端著水盆進來伺候，規矩答話道：「稟娘子，辰時了，奴婢未瞧見郎君。」

元寶一邊手腳麻利的給她拿來衣服套上，一邊猜測道：「外頭雪好厚，人踩上去，腳踝都能陷進去，郎君說不準直接去老夫人處請安了，作何累得多跑一趟？」

「瑞雪兆豐年。」沈蘭溪思緒遲緩，不走腦子的附和一句，又打了個呵欠，腦子裡冒出自己在厚重的風雪裡步履蹣跚的模樣，只覺得越發可憐，連忙道：「這麼冷的天，我還得去請安，回來說不定會染風寒，妳去小廚房吩咐燉點排骨湯來，順便放點蓮藕，發發汗便不會病了。」

元寶對她這話不以為意。她家娘子哪裡是怕染風寒，怕不是夢裡夢見肉湯饞了嘴吧！

「多燉點，銀子不必走公帳，從我這兒拿，給院裡伺候的人都分一碗，年關了，可別病了。」沈蘭溪又補了一句。

有了好吃的，元寶笑得眉眼彎彎，把自己腹誹人的話拋到九霄雲外。「多謝娘子，奴婢這就去。」

她說罷，屈了屈膝，便一溜煙的跑了。

見狀，沈蘭溪沒好氣的道：「就這德行，成日裡還好意思說我饞嘴？」

綠嬈站在她身後伺候她梳髮，聞言忍不住笑了一聲。「是娘子體貼。」

一頭凌亂長髮梳順，門外進來一嬤嬤。

「少夫人安，老夫人差老奴與少夫人說一聲，這幾日風雪大，不必去正院請安了，待日頭好了再說。」

沈蘭溪愣了一瞬，隨即喜上眉梢，殷切道：「哎喲，祖母真是心慈！初初兒見時，我便覺得祖母慈眉善目，溫和得緊，果真如此。身為晚輩，我本該不辭辛苦的去給長輩請安，侍奉在跟前，但既是祖母的好意，我也不好駁了，再者，我若是病倒了倒是不美了，反倒給長輩添亂，嬤嬤回去與祖母說，二娘定當聽祖母的話。」

一番言辭懇切，那副乖巧模樣，像是不見風雨的兔子。

花嬤嬤傻了眼，這還是她頭回見少夫人這般生動……

沈蘭溪瞧她呆愣的神色，眉梢動了下，恢復了一貫的端莊溫和。「這事隨便打發個小廝來說一聲便是，祖母竟是還差了嬤嬤來，這天寒地凍的，凍壞了可怎好？去給嬤嬤倒杯熱茶暖暖身子。」

綠嬈額角的青筋直跳，憋得著實辛苦，垂首應聲，去倒了熱茶。

花嬤嬤這才回神，趕忙道：「老夫人身邊還等著人伺候，老奴便不喝少夫人這杯茶了，多謝少夫人。」

沈蘭溪一臉惋惜。「嬤嬤辛苦了，既是祖母等著妳，那我也不留妳了，回去與祖母說，二娘定會乖乖聽話。」
這麼冷的天，她正愁不想出門呢！
花嬤嬤嘴角抽搐了下。「是，老奴記下了。」
元寶從小廚房出來，便瞧見一道落荒而逃的身影，納悶的撓撓腦袋，掀起棉簾子進了屋。
「娘子，小廚房的排骨不夠了，奴婢就讓人單拿出來給娘子燉了湯，還把雞肉剁成了肉糜熬粥給大家分！」元寶興沖沖的稟報道。
不用冒著風雪去請安，沈蘭溪心情甚好，抬手點了下她腦門，嗔道：「就妳會吃。」
元寶嘿嘿笑，轉眼瞧見她還散著的髮，又焦急起來。「娘子快快綰髮吧，今日著實是晚了！」
「剛才花嬤嬤來了，說是老夫人吩咐的，娘子這幾日都不必去請安了。」綠嬈一臉笑意的解釋。
元寶又樂了，立即扭頭又問：「娘子要去床上再瞇一會兒嗎？約莫還得半刻鐘才能擺膳呢。」
沈蘭溪看著她那一臉的真誠，有些無言。
她開始反思自己，她做了什麼，怎就給她們留下一個好吃懶做的形象？
一炷香後，祝煊身披風雪推門進來，與裹著被子躺在榻上、手捧書卷的人對上了視線。

兩人皆是一愣。

沈蘭溪沒想到他這個時辰會過來，訝異道：「郎君怎麼過來了？」

這話倒像是西院是她的，他成了不速之客，擾了她的清淨。

祝煊憋了憋，吐出一句。「……來吃飯。」

他神色淡然、語氣尋常，但又讓人能從其中聽出幾分憋屈與無語。

沈蘭溪張了張嘴，小聲的「啊」了一聲，眼風掃到他肩頭雪化之後洇濕的一塊，殷勤道：「還得等一會兒才能擺膳，郎君先去換身衣裳吧，可莫要著了涼。」

這模樣，倒是有幾分關切自己郎君的意思。

祝煊「嗯」了聲，受了她的好意，抬腳往內室走。

綠嬈看了眼又縮回被窩裡看話本的沈蘭溪，依然伺候在外間，沒有跟過去。

沈蘭溪眼角餘光看見祝煊進去，立刻與綠嬈招招手，待她附耳過來，悄聲道：「妳去與小廚房說一聲，多做一份膳食。」

今日祝煊遲遲沒來，她還以為他是去給老夫人請安了。

祝老夫人最是喜歡自己的曾孫，第二喜歡的便是祝煊這個嫡孫了，怎會不留他用飯？是以，她差元寶去吩咐廚房時，根本沒算上他的飯菜……

祝煊換好衣裳出來時，膳食已經擺好在桌上了。

酥餅、肉包子、一小碟的酸黃瓜、小炒肉，還有兩盤點心。

他面前放著一碗雞絲粥，對面那人跟前是一個白陶罐子，上面還蓋著蓋子。

「郎君換好了？那便吃飯吧，等你等得我都餓了～～」沈蘭溪嬌嬌的說了一句，迫不及待的打開自己面前的罐子。

熱氣混著香味跑了出來，醇香濃郁，帶著一股子淡淡的清甜，她深吸口氣，嗅了一鼻子的香。

頭頂上的視線著實有些擾人，沈蘭溪眨巴著眼睛抬頭，與他解釋兩人飯食為何不同。「雞絲粥做得不多，我喝這個蓮藕湯就行了，郎君不必歉疚。」

祝煊無語。上面還漂著一層淡淡的油星兒，只是蓮藕？當他瞎了嗎？他著實不瞎，還能瞧見裡面剁成小塊的排骨！

祝煊無言了一瞬，忽地逗弄心起，掀袍在她對面坐下。「妳雖是剛入府，不知府中銀錢多少，但也不必緊衣縮食，且事事緊著我，今日便罷了，這粥給妳吃，我來喝湯。」

說著，他把自己面前的雞絲粥端給她，作勢要換了她的「蓮藕湯」。

沈蘭溪瞬間警鈴大作，條件反射的抓住了他的手腕。

搶她吃的可還行？不行！

立在一旁伺候的元寶見狀，也瞪圓了眼睛，恨不得幫她家娘子搶回來，屏著呼吸，一副緊張模樣。

主僕倆簡直是一個模子裡刻出來的，護食得緊。

「嗯？怎麼？」祝煊狀似不解地問，眉眼間滿是真誠。

沈蘭溪張了張嘴，扯出一抹尷尬的假笑。「夫君身子羸弱，我特意讓人在這雞絲粥裡加了幾味溫補的藥材，想著給夫君補補。」

她說罷，又一手抓著帕子半遮臉，一副嬌羞模樣。「妾身知道郎君心疼人，不願委屈我，但妾身不覺委屈，郎君安好，妾身才能真的好，難道郎君真的要拂了妾身的一片心意嗎？」

這……情真意切的一番話，祝煊聽得眼皮直跳，盯著她那張櫻桃唇看了半晌，不知道那嘴裡還能說出多少哄人的話。

明知她是哄人，但也聽得歡喜。

「罷了，既是妳的一番心意，我便嚐嚐。」他順勢收回手，拿起湯匙吃了口粥。

沈蘭溪鬆了口氣，剛要動筷子，便聽他疑惑出聲，她瞬間心又狠狠一跳，雙手護著自己的白陶罐子排骨湯。

「怎麼沒吃到藥材味兒？」祝煊如是問。

沈蘭溪沒抬頭，悄悄翻了個白眼，她就沒讓人加，又怎會有？

她敷衍道：「許是放得少，郎君多吃些便能嚐出來了。」

祝煊垂首，眼眸含笑，聽話的又吃了幾口。

桌上飯菜皆是葷腥，唯有一道酸黃瓜清爽可口，那一小碟，一想便知是端來給她解膩的，倒是對了他的胃口。

「呀！這怎麼還有排骨呢？」沈蘭溪驚呼出聲，彎著的粉唇裡吐出一小塊乾淨的骨頭，眉眼清澈懵懂又無辜，簡直把「不知道」這三個字演繹得淋漓盡致。

還知道作戲作全套。祝煊無奈的笑了一下，也不戳穿她，嚥下嘴裡的酸黃瓜，配合道：「許是下面的人覺得妳操持內務辛苦，特意給妳放的。」

沈蘭溪眼睛閃了閃，驚喜從裡面跑了出來，煞有介事的點點頭，一臉認真。「大家都好好哦～～」

祝煊無言。還沒完了？

第四章

一連三日大雪，沈蘭溪舒服的窩在屋裡，大門不出二門不邁，也沒人來擾清淨，過得實在恣意。

奈何祝煊卻是不爭氣，被沈蘭溪說中了似的，剛銷假上了兩日值，夜裡便發了熱。

書房的床冷硬，這人也著實是個能忍的，一聲沒吭。

還是在外間守夜的阿年，聽見他幾聲囈語，進去查看時才發覺他發熱了。

下人稟報到了沈蘭溪這裡，元寶和綠嬈趕忙把她從被窩裡挖了出來，一個伺候穿衣，一個被她靠著。

沈蘭溪還迷迷糊糊時，被她們倆攙著出門，寒風兜臉撲來，她瞬間清醒了一半。

「這是怎麼了？」沈蘭溪吶吶地問。

元寶語氣焦急。「郎君發高熱了，好娘子，咱們得快些了，不然若是老夫人她們先一步過去，倒是顯得娘子您不緊張郎君了。」

沈蘭溪心累的嘆口氣。「這更深夜重的，怎會驚動老夫人？」

主僕三人到了前院時，書房亮著光，裡面人影綽綽。

「真來了？」沈蘭溪傻眼了。

書房裡，老夫人坐在一旁的椅子上，面色焦急，祝夫人立在旁邊，瞧著大夫把脈。

沈蘭溪幾步進來，一副行色匆匆的模樣，壓著聲音行禮。「祖母安好，母親安好，二娘來遲了。」

兩人都無甚心思放在她身上，敷衍的抬了抬手，示意她別說話。

沈蘭溪有眼色，閉了嘴，乖覺的立在一旁。

「稟祝老夫人，祝郎君這是邪風入體，引發了高熱，用熱帕子擦擦身子，喝完藥，明早若是散了熱，那便無大事了。」大夫道。

「那便好，那便好……」祝老夫人鬆了口氣。

祝夫人身邊的婢女立即上前給了診金，送人出去了。

元寶端著熱水進來，剛擰乾熱帕子，便被阿年接了過去。

他走到榻前，把祝煊露在外面的臉、脖頸和手都擦了兩遍。

「我不是與妳說了嗎？要留他在屋裡歇息，這天寒地凍的，他一人歇在書房，妳也不聞不問！」老夫人散去憂心，立刻擰眉問責。

沈蘭溪正站著犯睏時，被她倏地提高的聲音嚇得回了神。

老夫人往日雖是待她可有可無，但也沒說過什麼責怪的話，瞧得出來，祝煊這個孫子在她心裡是疼得緊的，就是一寶貝金疙瘩。

沈蘭溪不吭聲，站好挨罵。

老夫人繼續道：「正卿身邊沒有婢女伺候，妳這個做娘子的就得多上心，天冷添衣、添床被褥，吃住出行等大事小事都得操持，妳倒好，整日在西院閉門不出，既是不喜歡出來，那便禁足——」

「祖母，咳咳咳……」榻上一道沙啞的聲音打斷她的話。

祝煊撐著身子要坐起身，被祝夫人過去攔下了。「你發了高熱，好生躺著。」

「無礙。」祝煊半坐起身，側頭道：「更深夜重，祖母、母親，妳們都回去歇息吧。」

老夫人對他疼惜得緊，撇了沈蘭溪，過去瞧他，溫和慈愛道：「你啊你，快躺下，莫要惹我與你母親心疼，身子是自個兒的，不舒服便要請大夫瞧瞧，萬不可忍著，這書房冷，還是得回西院睡才是啊。」

「孫兒記下了，祖母莫要擔憂。」祝煊應聲道。

祝夫人適時插話。「母親，時辰也不早了，咱們還是早些回去吧，煊哥兒還病著，讓他睡吧。」

又是一番溫情話語，老夫人和祝夫人才帶著婢女走了。

書房裡頓時安靜了下來。

祝煊看向站在一旁的人，腦袋耷拉著，看不清眉眼，瞧著有些可憐。

他嘆口氣，輕聲喚她。「過來。」

沈蘭溪不明所以的抬頭，抬腳走到榻邊，沒出聲。

豆大的燭火似是要燃盡了，光線昏暗得厲害，他依舊瞧不清她的神色。

「祖母方才的話，妳別往心裡去，她是見我發熱，心焦擔憂才說了那些，並未是有意訓斥妳。」祝煊與她解釋。

沈蘭溪還是沒說話。她倒是不在意這個，而是在想另一事。

「時辰不早了，妳且回去睡吧，禁足之事待我明日去給祖母請安再說，別憂心。」祝煊覷她神色，又寬慰一句。

沈蘭溪沒動，而是問：「你要喝水嗎？」

許是因發熱，他聲音乾啞得厲害，不似往常那般清淡溫潤。

祝煊喝了一杯熱水，那廂湯藥也煎好了，他接過阿年遞來的藥碗，吹了吹，一飲而盡。

沈蘭溪站在一旁瞧著他，骨節分明的手端著碗，經絡微微凸起，蘊藏著力量。他的手腕處有一顆紅豆似的痣，像是戴了一顆瑪瑙紅的珠子，有點好看。

沒等沈蘭溪上前，阿年已經接過空藥碗。

祝煊擦了擦嘴，察覺到那灼灼視線，抬頭瞧她。「怎麼？」

沈蘭溪咂巴了下嘴，覺得有些苦，問：「你要吃蜜餞嗎？」

三更天，沈蘭溪坐在床榻旁，不時地往嘴裡送一顆甜絲絲的蜜餞，看著祝煊睡覺。

這人被世家規矩熏陶，便是睡覺也十分規矩。被子蓋至胸口處，露出一截素白的裡衣，肩寬平直，往上，喉結凸起，頭髮乖順的壓在軟枕上，閉著眼，呼吸均勻。

簡直比辭世之人睡得還安詳。

「啊！」

沈蘭溪忽地驚呼一聲，與那「詐屍」之人大眼瞪小眼。

「嚇到了？」祝煊語氣歉疚的問。

這話喚回了她的神，沈蘭溪氣得抬手就在他胸口拍了一巴掌。「人嚇人，嚇死人啊！」

祝煊身子僵了一瞬，隨即只當作什麼都沒察覺，無奈道：「妳在這兒瞧著我，我睡不著。」

「你沒睡著？」沈蘭溪訝異，隨即又了然。

躺的那般平直，誰能睡著？

祝煊再次勸說。「妳回去睡吧，不必在這兒守著我。」說罷，他忽地想到什麼，又遲疑的詢問。「或是上榻來與我一同擠擠？」

沈蘭溪順著他的動作瞧去，暖和的被子被他掀開一角，他往裡面挪了挪，給她留出了一塊，似是還冒著熱氣。

她向來不是心志堅定之人，立刻被這暖和的被窩勾了去，隨手把裝著蜜餞的食盒放在椅子上，脫了披風、鞋襪便要上榻與他一同睡，卻是被人伸手攔了攔。

沈蘭溪一臉疑惑，男子漢大丈夫，一言九鼎，怎能出爾反爾？

她不悅的瞧他，似是他若敢說一句反悔的話，她便要抽他。

祝煊對上她的視線，指了指那挨著床榻的食盒，支使道：「放到外間桌上去。」

酸甜可口，讓人口齒生津，如何能安睡？

沈蘭溪一副「嫌他事多，但又不得不做」的嫌棄之色，不情不願的抱起那食盒往外走。

夜裡便是點了炭盆也冷得很，她縮著脖子踮著腳跑回來，踢了鞋子便手腳麻利的鑽進了他的被窩。

暖烘烘的，身後的人也好暖和！

沈蘭溪眉眼一轉，沒掖緊身後的被子，而是不要臉的往後蹭一蹭，再蹭一蹭，直到她的後背貼上他才停休，心滿意足的閉上了眼。

床帳被放了下來，榻上光線暗得瞧不清。

祝煊平躺著，手臂貼著她的後背，毫無睡意。

她方才悄悄的靠近自己，是在害怕嗎？也是，她一個剛出嫁的姑娘，在府裡沒有一個親人，出了西院，性子都收著，乖順柔和，便是如此，今夜也還是被祖母訓斥了一番……

祝煊嘆口氣，動作輕微的翻了個身，二十幾年來頭一遭沒平躺著睡，伸手把她抱進懷裡，手腳都僵硬得厲害。

沈蘭溪剛要睡著，忽地腰間一沈，思緒清明了一瞬。

祝煊抱住了她？罷了，左右兩人都是夫妻了，隨沒有恩愛兩不疑的甜蜜，但他既是給她取了暖，她也大氣點，給他抱抱吧。

沈蘭溪重新合上眼，瞌睡蟲再次襲來。

祝煊思索片刻，還是出聲安慰道：「妳不必害怕，安心睡覺，萬事——」有我在。

啪！

那攬在人腰上的手臂挨了一巴掌。

「睡覺！」語氣凶巴巴的。

祝煊愣了一瞬。「哦。」

翌日一早，外邊剛傳來些動靜，祝煊便睜開眼睛，垂眸掃過身上的「掛件」。

他無語的嘆息一聲，伸手推推自己胸口上的腦袋。「沈蘭溪，妳該起床了。」

呼吸綿長，紋絲未動。

「沈蘭溪，醒醒。」他繼續喚。

「別吵……」沈蘭溪趕蚊子似的動了動手，腦袋一轉，換了一邊繼續睡。

祝煊瞧她這般，忽地生出幾分意趣，手捏上她的耳朵，心念一轉，道：「沈蘭溪，祖母要到了。」

靜默一息，他胸口上的腦袋動了下，繼而那睡得紅撲撲的臉揚了起來。

一頭烏黑長髮有些亂，眼皮沈沈，但是一張臉像三月桃花般粉嫩，唇不點而朱，帶著些肉感的翹著，一副不設防的純粹模樣。

祝煊瞧著，一時微怔。

「嗯？」沈蘭溪睡眼惺忪的咕噥一聲，下頜撐在他的胸口，沒骨頭似的，不願出一點的力。「祖母什麼？」

祝煊回神，輕咳一聲掩飾自己方才的愣神。「祖母快要過來了，妳起床吧。」

沈蘭溪嘆口氣，不情不願的從溫暖的被窩裡爬出來，哆嗦著套上冰涼的衣裳。

她剛穿戴好，不等她整好頭髮，門口就傳來了動靜。

烏泱泱的一撥人進來，老夫人帶了兩個婢女，一個提著溫補的湯，一個提著清淡的菜食。後面進來的是祝夫人，也是帶著兩個婢女，阿年捧著藥碗跟著。

沈蘭溪不由看得發愣。一大早的便這般陣仗？

不過，祝煊這個孫子，倒是熟知自己祖母的習性。

「祖母安好，母親安好。」沈蘭溪屈膝行禮。

老夫人因昨夜的事還氣著，此時也不給她一個好臉，哼了一聲不搭理。

祝夫人倒是與她招招手，沈蘭溪碎步上前。

「照看了二郎一宿，妳也累了，好孩子，回去歇息吧，吃了飯補會兒眠，晚些再過來。」祝夫人拉著她的手道。

沈蘭溪有些心虛的慚愧，實話實說道：「倒也不覺得多累。」

作夢能算累嗎？

祝夫人笑了笑。「去吧，這兒有我和妳祖母照看著呢，妳去歇歇。」

沈蘭溪沒再推拒，識相的不再打擾他們祖孫三人，帶著元寶和綠嬈走了。

祝夫人瞧著她規規矩矩的行禮出門，無奈的嘆了口氣。

昨夜老夫人那話，還是嚇到這孩子了。

「人都走了，莫要瞧了，快嚐嚐這湯，這可是花嬤嬤五更天就讓人燉上的。」祝老夫人伸手探了探祝煊的額頭，催促道。

祝煊從門口收回視線，有些不自在的輕咳一聲，掩飾自己微微發燙的臉，伸手接過湯碗。「勞祖母掛念，是孫兒不孝。」

「不必與我說這些虛的，摸著是退熱了。」老夫人擺擺手，又悄聲問：「昨夜沈氏照料你可用心？」

其實，這話她問得多餘，只自己孫子方才眼睛像是長在那沈氏身上一般，便瞧的出來，小夫妻倆是生了些情愫的。

祝煊斂著眉眼，眼前閃過昨夜那人坐在他床邊吃蜜餞的模樣，後來被他哄上床榻相擁而眠的模樣，面色不改的「嗯」了聲。

嘴裡的湯嚥下，他又開口。「祖母，沈氏剛進府幾日，難免疏漏，祖母便莫要與她計較了，年關將近，母親那裡忙得厲害，讓她去幫幫母親可好？」

祝夫人站在一旁，面露詫異。

先前澄哥兒他娘在時，言行謹慎，內宅之事照料得妥帖，難有錯處，二郎也不插手內宅之事，夫妻倆相敬如賓。如今換作沈氏，雖也規矩，但到底是沒對二郎上心，母親昨夜說的話不無道理，但這會兒瞧來，二郎這是護上了？

老夫人有些吃味，瞪眼瞧著自己的乖孫，酸道：「這才幾日，你便替她說話了？昨夜那話我可是替你說的，轉過頭來，你倒是自己先心疼上了，反倒你祖母我成了惡人。」

祝煊想起方才喚她起床，直至他搬出了祖母，那人才醒神，便覺得祖母最後一句話說的沒差。

他汗顏道：「祖母和善，沈氏心裡是知道的。她初為人婦，身邊沒有血緣親人幫襯、疼惜，若是她沒顧及到什麼，或是做錯了什麼，還請祖母、母親提點一二，她膽子小，本就在後院謹小慎微，祖母便莫要再嚇她、訓斥她了。」

祝老夫人哼了聲。「就你是長了心肝的，不願與你說了，自己在這冷屋裡挨餓受凍吧，我與你母親就是多餘來瞧你。」

她說罷，氣哼哼的起身，被婢女攙著走了。

祝夫人笑了聲，過去在椅子上坐下，眉眼溫和的瞧他。「你祖母心裡是知道的，她也盼著你與沈氏能和睦恩愛，早些給家裡添丁進口。昨夜她也是著急，你幼時出痘，連著幾日發熱，太醫都是住在院裡的，幾次凶險，她不眠不休的照顧你，著實是被嚇到了。

「昨夜那話，你祖母說過了便罷了，你寬慰沈氏幾句，莫要往心裡去，若是她樂意，便來幫襯我一二，這段時日，各個莊子上和鋪子裡的帳冊都送來了，好多活兒等著呢。」

「多謝母親，兒子記下了。」祝煊道。

話說完，祝夫人也不久待，起身道：「那你先歇著，你父親今早給你告了假，你也不必著急去上值，多歇歇，我回去了。」

「好，母親慢走。」祝煊點頭應下。

西院，沈蘭溪縮成一團坐在榻上，眉頭擰著。

元寶以為她是難過昨夜受了斥責，一張圓嘟嘟的臉也不高興的皺著，蹲在榻前安慰道：「娘子不必難過，老夫人昨夜說得有失偏頗，郎君都那麼大的人了，哪裡不知道天冷添衣？明明是老夫人心疼孫子，這才怨怪娘子了。」

沈蘭溪掩唇打了個呵欠，伸手點了下她腦袋。「撒氣是真，但話也說得不錯，我這角色是沒當得稱職。」

元寶不解，歪著頭瞧她。「角色是何意？」

沈蘭溪沒答，神神叨叨的碎碎念。「從前在沈家時，我是沈二娘，只要不闖禍惹事，跟著母親學好規矩，受先生教導識文斷字，我便能在沈家過得滋潤。

「但如今，我多了幾個身分，為人婦，為人母，是祝家的少夫人，也是祖母和母親的孫媳、兒媳。晨昏定省是孝道，這個我做到了。但是旁的，確實如老夫人所說，沒有上心。」

元寶聽得認真，但也不是很懂，圓溜溜的眼睛裡盡是茫然。

「我雖是替沈蘭茹出嫁，但既是拿了錢財，便要做好這份事。小郎君既是住在老夫人院裡，那每逢十五初一，或是時節之日，送些東西過去便可。就送書吧，能體現我督促他上進的心思。府裡中饋是母親管著，無須我操心，只要管好西院的帳冊便好。

「重中之重，便是為人婦這一角色了，日後要多給祝煊送東西，吃食衣裳厚被子都要送，還得大張旗鼓一些，讓府中的人都知道，我這個做娘子的，是關切自家郎君的。這還不夠，每月西院的帳冊送來時，都要讓伺候在郎君身邊的人說說郎君近日都去了哪裡、做了什麼，一傳十、十傳百的，都會知道我沈二娘恨不得把祝煊拴在褲腰帶上，這個角色我也就做完美了。」

沈蘭溪說罷，神采奕奕的抬頭，對自己的規劃十分滿意。

元寶卻是癡了一般，兩隻眼睛瞪圓，嘴巴微微張開，把目瞪口呆四個字表現得淋漓盡致。

娘子……娘子剛剛說什麼？她要把郎君拴在褲腰帶上?!

沈蘭溪在她腦門上輕彈了下。「愣什麼神？都記住了嗎？」

「啊？」元寶傻眼了。

「罷了，先去擺膳，一會兒我給妳寫下來，妳照著做便是。」沈蘭溪擺擺手，示意她先去。

元寶起身，一臉懵的走了。

吃飽喝足，沈蘭溪就開始幹活了。

宣紙平鋪在桌上，素手執筆，一手簪花小楷寫得甚是秀氣。

一個月四週，週一送吃食，她想吃什麼，就讓廚房多做些，給他送一份。

週二送湯，她可以蹭一碗。

週三送……送什麼好呢？

沈蘭溪咬著筆桿思索，眉頭緊鎖。

忽地，門口出現了一個身影。

「我的啟蒙先生教導我，不可咬筆桿。」少年郎如是說，批評的視線落在她唇齒與黑色狼毫上。

沈蘭溪訕訕的移開毛筆，坐直了身子問：「你怎麼來了，不去學堂嗎？」

祝允澄無語的撇了撇嘴。「我都兩日沒去學堂了。」

沈蘭溪震驚。這也沒人與她說啊。

祝允澄上前兩步，端莊的與她見了一禮，自顧自的與她解釋。「這幾日雪太大啦！先生和離了的妻子家中房頂都塌啦，先生去幫忙修葺了，要好些時日呢。」

他語氣裡是壓抑不住的竊喜，喜的是這幾日不用去學堂讀書。

沈蘭溪眼睛亮了亮，好奇的問：「你先生和離了？」

祝允澄「嗯」了一聲，不解她為何開心，忽地又想起今早聽來的閒話，瞬間瞪大了眼睛。

她……她莫不是因受了曾祖母的訓斥，便生了與父親和離的心思吧！父親做錯了什麼？不過是凶了點、冷了點，也不至於要成三次親吧！

沈蘭溪剛要再次發問，突然被他的咳嗽聲打斷了。

「咳咳！」祝允澄咳得臉頰都紅了，語氣焦急道：「曾祖母很疼我的！」

「嗯？」沈蘭溪面色疑惑的瞧他。

這說的是什麼？她知道啊。莫不是在炫耀？

「曾祖母罵妳的話不必放在心上，她都是說過就忘的，妳若是記著，也只有妳一個人不快，待我晚上回去，替妳跟她老人家求個情，曾祖母就不會惱妳了，妳大可放心，我說話還是有分量的。」祝允澄信誓旦旦的拍著胸口跟她保證，只想讓她消了跟父親和離的心思。

京城裡夫妻和離不是什麼新鮮事，但是新婚幾日便和離的，怕是能被說書先生嚼爛舌根。再者，若是父親知道，是他無意間的一句話讓他和離了，三次成婚，他約莫會屁股開花吧。

沈蘭溪愣了愣，忽地勾唇笑了，面容鮮豔得像是三月春桃。

她動了動眉，促狹地問：「為何要幫我求情？」

祝允澄認真道：「妳之前幫過我一次，我幫妳一次，扯平了。」

況且，在沈家那事，她也沒跟父親告狀。如此瞧來，她還……不錯？

「哦。」沒逗到小孩，沈蘭溪也不氣餒，再接再厲。「澄哥兒不必客氣，我是你母親，自是該護著你。」

祝允澄剛要羞臊的惱，聽見後面那句時，心裡忽地生了些異樣。

她說，會護著他？

一張臉忽地染上了紅，他彆扭的轉開腦袋，不過一息又轉了回來，哼哧道：「說話要算數。」

壞了，逗過頭了！這小孩該不會真把她當娘吧？

祝允澄腳尖動了動，還是遵從本心的又上前一步，立在案桌前一寸的地兒，沒話找話道：「妳這是在寫什麼？」

「嗯？」沈蘭溪順著他的視線垂眼，忽地靈光一閃。

對呀！她不知道還能給祝煊送什麼，但是祝允澄這個兒子知道啊！

「嗯……你知道你父親喜歡什麼嗎？」沈蘭溪虛心請教。「我想送他些東西。」

祝允澄立刻想到還在自己屋裡吃灰的那箱書冊，渾身一顫，急忙答道：「父親喜歡看書。」說罷，他頓了一瞬，補充道：「可多送父親一些，不必送我了。」

沈蘭溪敷衍的應了一聲，埋頭在週三的框框裡鄭重其事的落下一字。

祝煊確實需要多看點書了，祝允澄都七歲了，他房事竟然還那般糟糕！先天不足，那便後天努力吧！總不能次次都要她出力吧，多累人呀！

沈蘭溪寫完，喜孜孜的抬頭，確認似的問：「你當真不喜歡收禮？」

祝允澄心有戚戚的連忙點頭，語氣堅定。「不喜歡！」

他與父親不一樣，看見那箱書，沒有如珍如寶的感覺，反倒覺得頭都大了。她可千萬別送他書冊，不然……不然他會翻臉的！

沈蘭溪一臉遺憾。「那罷了。」

祝允澄鬆了口氣。

沈蘭溪咂了咂嘴，有些饞火鍋了。

她眼珠子轉了轉，打開了思路。「你喜不喜歡吃暖鍋，晚上一起吃？」

是夜，祝允澄留在西院吃暖鍋了，不只老夫人知道，便是祝夫人也聽說了，很是詫異他們母子倆何時這般親近了。

沈蘭溪對元寶辦的這事十分滿意，獎勵了她一隻燒雞，也不用人在旁伺候，允她們下去用飯。

元寶喜得見牙不見眼，但還是幫沈蘭溪調好了蘸料。

「這是什麼東西？」祝允澄瞧著那土色的黏稠汁液問，一臉惡寒。瞧著是有些噁心，但是聞起來倒是香。

「這是我家娘子自己做的芝麻醬，專門用來配鍋子吃的，可香啦！再擱點麻油、蒜泥、辣椒和小香菜，肉片在裡面滾一圈，吃起來滋味別提多好啦！」元寶與有榮焉的介紹，說話脆生生的，像是滾落玉盤的珠子。

沈蘭溪樂得她幫忙，拿著筷子坐在桌前等。

祝允澄看了眼自己空蕩蕩的碗，厚著臉皮道：「我嚐嚐。」

元寶轉頭看自家娘子。這芝麻醬做得不多，只剩這一瓶了，平日裡可是寶貝得緊。

注意到她的視線，沈蘭溪立刻瞪她。「瞧著我做甚？我還沒這麼小氣。」

元寶嗯嗯嗯的點頭。她家娘子是不小氣，但是護食呀！

切得薄薄的肉片在辣椒紅鍋裡一滾，瞬間變了色，蜷縮起來。

一大一小的兩人剛要大快朵頤，門被推開了。

六目相對，沈蘭溪驚訝，祝允澄尷尬，唯獨祝煊一臉平淡，視線從兩人臉上掃過，落在了沸騰的鍋子上。

辣椒放得多，又嗆又香。

桌上擺滿了菜品，冬瓜片、馬鈴薯片、綠油油的青菜、蕈菇……還有整整三盤肉、兩盤丸子。

「郎君？你怎麼過來了？」沈蘭溪筷子上還挾著蘸了料的肉片，沒禁得住誘惑，問完直接塞進了嘴裡。

又燙又香！

祝煊直接氣笑了。他們倆撇下他，倒是自己在這兒吃香喝辣。

阿年一臉尷尬的把食盒提了進來，眼觀鼻、鼻觀心的大氣都不敢出，手腳麻利的把裡面的餐食擺在桌上。

那是沈蘭溪讓綠嬈送去的，白粥、清淡小菜、烙餅，跟桌上這油汪汪、紅燦燦的暖鍋極不相稱，還顯得有些可憐。

祝允澄乖覺的站起身，把位置讓了出來。「父親。」

祝煊掃他一眼，在椅子上坐下，淡淡道：「吃得挺豐盛啊。」

可憐小孩被嚇得抖了個激靈，立刻把自己還未用過的碗筷推到他面前。「父親可要嚐嚐？這是母親自己做的芝麻醬，甚是好吃！」

沈蘭溪看他這副諂媚模樣直搖頭。「你父親風寒未好，吃不了這些，你自己坐著吃吧。」

她說罷，又看向對面冷臉的人。「郎君快些喝粥吧，再耽擱該涼了。」

祝煊差點一口氣沒提起來！

沈蘭溪絲毫不見心虛，反倒是語重心長的教訓他。「郎君莫要貪嘴，我都特意讓人給你送去了飯菜，誰知你又回來了，倒是惹得自個兒難受，快喝粥吧，不必眼饞我與澄哥兒的飯菜，待你好了再吃，乖～～」

這勸諫饞嘴孩童似的話，聽得祝煊額角青筋直跳，羞恥難當，怒喊一聲。「沈蘭溪！」

沈蘭溪咬了顆丸子吃得正香，無奈的嘆口氣，敷衍道：「郎君，我餓~~」

祝允澄呆若木雞的瞧著他倆，碗裡突然多了一塊肉。

「快下筷子，一會兒肉不鮮嫩了。」沈蘭溪催促他。

祝允澄悄悄瞧了眼父親微微脹紅的臉色，吸了吸鼻子，嗅了一鼻子的香，挾起那肉片送進嘴裡。

哇！真香！

他眼睛瞬間亮了，但礙於父親在旁邊坐著，整個人都規規矩矩的，只伸筷子的速度比平常快。

祝煊閉了閉眼，像是一拳打在了棉花上，眼不見為淨的垂眼喝粥。

白粥，沒什麼味道。

明明尋常也沒有口腹之慾，現在卻是覺得自己甚是可憐。

祝煊這病好得很快，翌日便去上值了。

他動作輕，也沒喚人進來伺候，床上酣睡的人呼吸綿長，一副沒心沒肺的模樣。

祝煊不覺勾起了唇角，無奈的搖頭輕笑。

沈蘭溪一覺睡到日上三竿，醒來時整個人都懵懵的。

元寶聽見動靜，端著熱水進來，伺候她穿衣梳洗。

「幾時了，怎麼沒人來叫醒我？」沈蘭溪怔怔的問。

元寶最是疼她家娘子。「左右娘子被禁足了，也無須去老夫人院裡請安，娘子願意睡便多睡會兒，外面若是來人，有婢子替您攔著，沒人知道的。」

沈蘭溪贊同的點點頭。她前夜都沒睡好，今早起晚一些也無可厚非，女人就是得對自己好一點！

梳洗完，綠嬈便端著早膳進來了。

沈蘭溪吃了兩個包子和一碗粥，菜盤也空了。

吃飽喝足，她剛起身，忽地想到了什麼，瞬間身子一僵。若是她沒記錯，祝煊那狗東西昨夜睡前好似說了句話。

她……今日要去幫祝夫人查帳？

沈蘭溪如遭雷劈的站在那兒，面色錯愕。

「元寶！來幫我綰髮！」她連忙揚聲喊，手忙腳亂的從箱子裡翻出一套衣裙換上。

主僕兩人一通忙活，匆匆去了東院。

「母親安好，方才被一點事絆住了手腳，來得遲了，還望母親見諒。」沈蘭溪一臉歉疚的道。

元寶垂著眉眼，也是一臉正色。

祝夫人拍拍她的手，溫和道：「不礙事，就是些帳冊，我不大瞧得過來，這才尋妳來，院裡若是有要緊事，這些帳冊妳帶回去看也是一樣的。」

咦？這是給她送枕頭了？

沈蘭溪趕緊接下。「二娘慚愧，多謝母親體恤。」

元寶在一旁打了個冷顫，一張臉苦巴巴的皺了起來。

她也不喜歡看帳冊啊！娘子若是再推給她，她晌午還要吃燒雞！

沈蘭溪也沒急著走，翻開一本帳冊，挑了幾個淺顯的問題拋給了祝夫人，一臉無知的迷茫。

祝夫人眉頭微皺，抬眼對上她求知若渴的視線時，在心裡嘆了口氣，細語輕聲的與她講。

從前瞧她禮數周到，還以為沈家夫人是把她當作嫡女來教養的，如今瞧來，還是差了一截，只怕沈夫人也沒想這個女兒能當嫡夫人吧。

沈蘭溪聽得認真，渾身散發著清晰的愚蠢，聽過一遍，眼眸依舊閃著些茫然。

「可聽懂了？」祝夫人問。

沈蘭溪咬了咬唇，點點頭又搖搖頭，把三個問題裡最難的那個又拿了出來。

這般容易便聽懂，她怕不是會被以為天賦異稟，繼而委以重任。

她懶，不願幫別人數錢。但若是什麼都沒懂，那約莫是會被當作傻子了。

祝夫人又與她講了一遍。「可懂了？」

沈蘭溪思索片刻，一臉真誠的發問。「郎君可懂這些？」

祝夫人無語。

「母親有事便忙吧，待郎君下值回來，我問他也是一樣的。」沈蘭溪甜甜的笑，一副嬌羞模樣。

祝夫人倒吸一口涼氣，心疼她兒忙活公務回來，還要被後院瑣事所累。

「帶著這些帳冊，妳隨我來。」祝夫人果斷道。

「啊？」沈蘭嚥了嚥口水，心虛又茫然的應了一聲。

一息後，婆媳倆站在主院院裡，沈蘭溪傻眼了。

這……這怎麼跟她所預想的差了十萬八千里！

「老夫人正看著小郎君讀書呢，夫人和少夫人快進來。」花嬤嬤笑著道。

祝夫人面色一喜，腳下生風的帶著沈蘭溪入內。

兩人見過禮，一旁讀書的祝允澄也起來與她們見禮，眼神好奇。

沈蘭溪裝鵪鶉，垂頭耷腦的立在一旁。

「抬起頭來，含背縮肩的像什麼樣子，小家子氣。」祝老夫人看不慣道。

沈蘭溪很聽話，一副軟包子任人揉捏的怯弱模樣，她恨不得老夫人能立刻指著她的鼻尖讓她滾出去，她真的一點都不想留在這兒學習啊！

祝夫人回頭瞧她一眼，上前與老夫人道：「母親別動氣，今日過來，也是兒媳著實需要母親幫把手。」

對這個自己挑選的兒媳，祝老夫人甚是滿意，和顏悅色道：「有什麼難處妳說便是，我有何沒應過妳？」

「二娘這孩子可憐，做姑娘時也沒學過理帳冊的學問，這嫁過來，本該是我這做婆母的教她，奈何這段時日實在是忙得腳不沾地，這才斗膽來跟母親說，她也聰慧，權當是來這兒陪您了，您得了閒，指點她一二，也夠她用了。」祝夫人循循道。

「哼！她就會氣我。」祝老夫人瞧了眼沈蘭溪，鼻子不是鼻子，眼不是眼的。

沈蘭溪咬唇，努力壓住心底的狂喜。

但在旁人瞧來，卻像是被嫌棄的可憐模樣。

「曾祖母，您就留下母親吧。」祝允澄突然開口。

唰的一下，沈蘭溪的眼神掃了過來。

祝允澄目不斜視，有些不好意思的彆扭。「左右您也是盯著我讀書，就當是多了個學生吧，您就教教母親嘛。」

沈蘭溪這心裡氣啊！她與他往日無怨、近日無仇，她甚至還請他吃暖鍋，他就這麼以怨報德的嗎！

第五章

祝老夫人佯怒。「你們祖孫倆莫不是先前說好的，竟都替沈氏說話？」

祝夫人一番心思天地可鑒，她壓低聲音道：「她是二郎的媳婦、是祝家的宗婦，若是不會這些，怕是會讓人看輕。」

「罷了，妳難得有求於我，我怎會不應妳？」老夫人很是深明大義。「且先說好，她若是個榆木疙瘩，明兒我就讓人給妳送回去。」

祝夫人無言。那約莫是明兒就要被送回來了。

沈蘭溪站在一旁，心裡把祝允澄這個小混蛋罵了千百遍，直至聽見老夫人後面一句，才又高興了些。

榆木疙瘩？她擅長啊！

老夫人和藹地與自己的乖曾孫道：「繼續讀書，莫要耽擱時辰。」說罷，又不情不願的看向沈蘭溪。「妳拿一本帳冊過來。」

「是。」沈蘭溪乖巧應聲，轉身從元寶抱著的一疊帳冊裡拿了一本，上前。

老夫人坐在暖炕上，接過那冊子翻了兩頁，隨手指了一處與她講。

沈蘭溪深記榆木疙瘩一事，聽得認真，問題也頗多。

「這處為何要這樣算？」

「祖母是怎麼看出來的？」

「這兩處有何不同？」

老夫人深吸口氣，還是沒壓住怒氣沖沖的聲音。「我方才不是說了嗎？」

被凶了。沈蘭溪一臉慚愧的垂頭不語。

老夫人深呼吸幾次，又與她講了一次。

「哦。」沈蘭溪恍然大悟的出聲。

瞧她似是懂了，老夫人這才氣順了些，喝了口茶，矜持地問：「這下懂了？」

沈蘭溪眼睛裡透著清澈，在她的注視下，緩慢的搖了搖頭，委屈道：「不太懂。」

老夫人閉了閉眼睛，胸口快速起伏兩下，還是沒忍住，指著那扇門發飆了。「妳給我出去！」

一旁的祝允澄一副不忍直視的模樣，伸手捂住了臉。

他都聽懂了，母親也太丟臉啦！

沈蘭溪甚是乖順，還求知若渴。「那祖母先用飯吧，二娘午後再來聽祖母教導。」

老夫人說了一句。「我午後要歇晌。」

沈蘭溪又道：「那二娘晚些再來，不打擾祖母歇息。」

「我要睡到晚上用飯才會醒。」

沈蘭溪一臉惋惜的神色，試探的問：「那二娘只能明日再來了？」
老夫人深吸口氣，老神在在的「嗯」了一聲，能偷得半日清淨也是好的。
沈蘭溪臉上的惋惜深了些，這次是發自真心的。
她竟然沒當好這榆木疙瘩，明日還要來學習！
「母親，我送送您。」祝允澄起身，隨她一同往外走。
這母慈子孝的，祝老夫人酸得哼了一聲。枉她對他那般疼愛，也沒換來他送送她這個曾祖母。
兩人出了門，祝允澄才小聲道：「妳、妳不必難過。」
觸到沈蘭溪詫異的神色，他輕咳一聲，避開她的視線，繼續道：「曾祖母講得是有些快，不過不打緊，等我再弄弄清楚，晚些時候跟妳講。」
他都聽懂啦！但若是這般說，她會沒有臉面的。
沈蘭溪呆若木雞的瞧著他。
她安分守己的待著，吃吃喝喝玩玩樂，是礙到他們的眼睛了嗎？
祝煊夜裡下值回來，廊下亮著幾盞燈火。
他一入內，便瞧見那向來癱躺在榻上的人，此時卻是一手拄著腦袋，一手瀟灑隨意的撥弄著算盤珠子，一副苦惱模樣，祝煊頓時眼皮狠狠一跳。

果不其然，那人聽見動靜，抬眼看來，明眸皓齒在燈火下甚是鮮亮。「郎君回來啦！我今日與祖母學了如何看帳冊，還有幾處不懂，郎君教教我？」

祝煊壓了壓跳個不停的眼皮，脫去沾了風雪的大氅，抬步過去。

他方才一回府，便被母親喊去了，委婉告知他，沈蘭溪在看帳簿一事上毫無天分，明日不必去東院幫她了。

祝煊視線落在她面前的帳簿上，只翻了兩頁，一頁是封皮，一頁便是她手指壓著的這頁了。他眉梢微動，問：「哪處不會？」

纖細的手指指了幾處，他的視線跟著游移。

「祖母沒有講嗎？」祝煊問。

沈蘭溪理直氣壯。「講了，但是祖母好兇，我都沒聽懂。」

這話從她嘴裡出來，帶了幾分嬌憨。

祝煊捏了捏眉心，轉而問：「用過飯了嗎？」

「沒有。」沈蘭溪搖頭。

祝煊鬆了口氣，牽著她起身，喚人擺膳。

「那些帳冊，我一會兒讓阿年給母親送去吧，母親這些時日事忙，怕是沒工夫教妳，明日不必過去了，待我休沐再與妳仔細講講，慢些來，不必心急。」他寬慰道。

沈蘭溪垂著眼，心裡哼了一聲。不就是覺得她笨嘛！

「我明日本就不去母親那裡，我得去跟祖母學習。」沈蘭溪一臉認真道。

「祖母……祖母還願教妳？」祝煊語氣遲疑。

沈蘭溪狀似仔細想了想，鄭重點頭，一臉傻氣的道：「祖母今日教了我兩個時辰，下午沒讓我過去，祖母說要歇息，歇到晚飯前才會醒，我就說我明日再去學習。」

祝煊額頭的青筋直跳，張了張嘴又閉上，復又張開，無奈道：「祖母年紀大了，動不得氣，妳、妳別去了，等我講給妳聽吧。」

「好，二娘聽郎君的。」沈蘭溪乖乖應道。

哼！讓他再給她沒事找事！還讓她去看帳？

傻子能看帳嗎？不能！

不必再去聽講和幹活，沈蘭溪胃口大好，吃了兩碗飯。

祝煊坐在對面等她吃完，忽地道：「出去走走吧。」

兩人一高一低，並肩而行，男人手執一盞燈火，暖黃的光暈照亮了腳下的路。

身上的披風被寒風吹得獵獵作響，沈蘭溪縮了縮脖子，不解他為何出來找罪受，還要拽著她一起。

「夏日裡，這水塘養了些紅鯉魚，還是挺好看的。」祝煊緩緩與她道。

沈蘭溪瞧著那厚重的冰面，能想像他說的畫面有多熱鬧，好奇的問：「那那些魚呢？烤來吃了嗎？」

祝煊無言以對。

「嗯？你怎的不說話了？」沈蘭溪歪著腦袋，就著燭火瞧他。

「那些魚太小，都是刺，不好吃。」

沈蘭溪卻是認真道：「騙人，小魚的刺烤熟了也可以吃，炸的也好吃，又酥又脆，加點椒鹽……」

兩人往前走，祝煊指著一處門戶緊閉的院落與她道：「那個院子，是從前我住的。」

「嗯？你不是住在西院嗎？」沈蘭溪順著他手裡的燭光瞧去。

長廊過去有一道拱門，裡面似是有一座院落。

「西院先前是大哥住的，後來大哥不在了，母親便讓我搬去了。」祝煊稍頓，側頭瞧她，眼眸閃過些無奈。「我行二，與妳一般。」

沈蘭溪粉唇微啟，瞇起了眼。「後面這句，我知道啊，郎君懷疑什麼？」

她反客為主的逼問，倒是惹得祝煊神色有些狼狽，他挪開視線，不自在的摸了摸鼻子。

「無甚。」說罷，他指了另一邊的小閣樓與她瞧。「那是尋芳閣，祝窈出嫁前的院子，她幼時喜歡高處，父親便讓人建了那小閣樓給她。」

沈蘭溪若有所思的點點頭。

那日成親時她便知道，那樣澄澈的眼神，定是被家人好生護著長大的。

想起什麼，她忽地壓低聲音，腦袋湊近了他。祝煊身子一僵，微怔瞧著自己胸口處仰著的腦袋。

一雙不笑自彎的眸子閃著光亮，頭上熠熠生輝的步搖在兜帽裡輕顫了下，那或是哄人、或是氣人的唇翕動了幾下，吐出一句讓他眼皮直跳的話，明明喚他郎君時，甜得似是剛吃了蜜餞。

「郎君，父親與韓姨娘是怎麼回事？」沈蘭溪八卦道。

祝煊壓了壓自己跳個不停的眼皮，聲音清冷道：「長輩之事，不可妄議。」

沈蘭溪不滿的瞥他。無趣的男人！

祝煊瞧見她的失落，思索一二，道：「韓姨娘是母親懷我之時，父親主動納了的。她是母親的陪嫁丫鬟。」

只這兩句，便能讓人腦子裡出現好幾個故事了。

「日後在母親面前別提韓姨娘的事，可記住了？」祝煊不放心的叮囑道。

沈蘭溪若有所思的點點頭。

兩人並肩往回走，皆沈默，沈蘭溪忽地停下腳步。

兩人間隔一步之距，祝煊回頭。「怎麼了？」

「祝煊，我們約法三章吧！」沈蘭溪腦子發熱，聲音脆生生的。

祝煊還在震驚她喚他之名。「妳……」

「我沈蘭溪，要跟你約法三章。」沈蘭溪眉眼裡透著一股執拗的認真。

這事她想了好久，還未想好該如何與他說。但她現在不想等了，氣氛烘托到這兒了，不用就浪費了。

祝煊唇角勾起了些弧度，不知道她想鬧哪樣，無奈開口。「妳說。」

「祝煊……」

又是直呼其名，被喊得人眉心一跳。

「你可以納妾，我不會攔著，我理解你們男人對好顏色的姑娘和風情萬種的女子都守不住心，你納入府裡來，我會好生安排她們，不會搓磨她們，也不會找你的茬兒，但是你要記住，元寶和綠嬈是我帶來的人，我用慣了，你不能對她們下手。你納妾之後，我不會再與你同房，我這人護食，不願與人分享什麼，若不能全部給我，那我就不要了。我理解你，你也要理解我。」沈蘭溪強買強賣似的理直氣壯。

「其二，我不確定我會不會生孩子，沈家對我沒有要求，只要我一日是祝家少夫人，於他們而言便是臉面有光。嫡孫這一輩，已經有澄哥兒了，日後祝家門楣自有人撐著，你不可逼我。相對的，你若是與旁人有了孩子，我也會待他們好，悉心教導。

「其三，自古盲婚啞嫁，結髮為夫妻的兩人，情分多過感情，你可以另有喜歡的人，但是你要如父親待母親那般，給我體面。相對的，我會替你照料後院，讓你不必為後宅之事煩心。」

她一口氣說完，擲地有聲，顯得格外強勢。實則，沈蘭溪心裡也東一下西一下的在打鼓，不確定他會不會答應。

若是不答應，她要如何？

她只想安安穩穩、快快樂樂的過完這一生，不想有亂七八糟的事來打擾她。

如果她在祝家得不到她想要的生活品質，那便走吧。她有銀子，離開這兒也能過得好。

就在沈蘭溪把和離後要買什麼樣的宅子都想好了時，一步遠的人終於有了反應。

「沈蘭溪。」他也學她，直呼其名。

「嗯？」她在寒風裡應他，眼眸裡是明晃晃的期待。

祝煊嘆口氣。

她一向如此，什麼心思都寫在臉上，讓人瞧一眼便心下了然，清澈、透亮，像是一塊碧玉。

「沈蘭溪，我不會納妾，生不生孩子妳決定，眼下沒有感情多於情分的心上人。」他在這樣的風雪夜與她許諾，臉如刀刻，眉眼堅毅又鋒利，壓下了滿身的書卷氣。

君子一諾，重如千斤鼎。

「好！」沈蘭溪眉眼彎彎，在這一瞬是信了他的。

翌日，沈蘭溪不用對帳、聽講，又是閒人一枚。她起來時，元寶已經備好了膳食。

正吃著，綠嬈匆匆進來稟報。「娘子，夫人過來了。」

沈蘭溪三兩口把包子嚼了吞下。「趕緊把盤子撤下去。」

她說罷，起身相迎。

祝夫人瞧見她出院裡來，笑道：「不必這般客氣。」

沈蘭溪屈膝給她行禮。「母親安好，不知母親過來，可是尋二娘有何事？」

「沒什麼大事。」祝夫人說著，從袖袋裡掏出一張契子遞給她。「妳年紀淺，管家之事且先擱下，對帳核帳之事，我騰出手來慢慢教妳就是。這是座三進院宅子的契子，在臨安大街上，若是無事便去瞧瞧可喜歡？」

她昨夜睡得不甚安穩，心裡記掛著讓二郎傳的話，唯恐那笨嘴拙舌的哪句沒說好，傷了沈氏的心。一家人要齊心協力才能同舟共濟，若是在心裡留下疙瘩就不好了，這才巴巴地過來送這契子。

如今瞧她模樣，倒是還好，祝夫人安了心。

這是飛來橫財?!

沈蘭溪一雙眼睛唰的一下開始放光。「母親給我的？」

雖是這般問，雙手卻是實誠的接了過來。

祝夫人點點頭。「這是我陪嫁的院子，裡面佈置還算雅致，妳若是不喜歡，讓人重新修葺也是可以的。」

沈蘭溪笑得見牙不見眼，雙手自動挽上她的手臂，親暱道：「母親給的，自是好的～～二娘真是幸運，有那樣好的郎君不說，便是婆母也這般好，這樣貴重的禮，二娘本是不該收的，但母親一番好意，二娘自當珍視再珍視，萬不敢拂一絲，多謝母親～～」

祝夫人微微張嘴，眼角的細紋都笑出來了幾分，詫異又欣慰，拍拍她的手道：「一家人不必言謝，妳喜歡便好。」

「嗯嗯，喜歡的！」沈蘭溪點頭如搗蒜。

她的小私房錢又多啦！

「難得今日放晴，屋子裡都亮堂了幾分。」沈蘭溪鋪墊一句，迫不及待的說出自己的目的。「母親，我想出府去瞧瞧～～」

祝夫人被她蜜罐子的嘴哄得心情舒暢，對她的話自是無有不應。「去吧，讓人套好車馬，帶兩個人護著妳。」

「好，多謝母親！」

沈蘭溪換了一身羅裙，帶著元寶和綠嬈出了府。

「娘子，我們去看宅子嗎？」元寶樂顛顛的問。

沈蘭溪剛要回，馬車忽地一晃，車裡坐著的三人頓時倒向了一側。

「吁——」車夫勒馬，面色不悅的瞧著突然冒出頭的小童。「你是誰家的，作何擋道？」

「對不住，對不住！」小童梳著兩個髻，與車夫作揖。「勞駕，車裡是祝家少夫人沈娘子嗎？」

話音剛落，羅錦簾子被掀開，裡面冒出一顆圓腦袋來，語氣詫異輕揚。「小五？」

那小童瞬間鬆了口氣，隨即笑逐顏開。「姑娘還記得小的，勞姑娘與沈娘子稟報一聲，我家藍音娘子等沈娘子救命啊！」

元寶腦袋縮了回去，不過一息又冒了出來，與小五招手。「你上來，與車夫小哥擠擠。」她說罷，又與車夫小哥道：「咱們去東龍大街的攬香樓。」

難得豔陽高照，街上來往的行人、車輛都不少，兩條街足足走了小半個時辰。

沈蘭溪扶著元寶的手下車，吩咐道：「去找個隱蔽處停車，別等在門口。」

若是被有心人瞧見，只怕會給侯府惹麻煩。

「是。」

攬香樓，樓前懸掛著一排紅燈籠，又被文人戲稱為「紅樓」，幾層樓拔地而起，夜夜熱鬧不斷，是爺兒們最愛來的地方。

青天白日裡，這裡不同於其他地方般熱鬧，門前冷清，一輛車馬停著，甚是顯眼。

「哎，澄哥兒，那不是你家的馬車嗎？」一身著褚紅袍的少年郎，說著用手臂頂了頂旁邊的玩伴。

祝允澄從鸚鵡堆裡抬頭，順著他的視線瞧去，倏地眼睛瞪大。

那是他父親平常用的馬車！

「欸，你去哪兒啊？」褚睢英揚聲喊，也顧不得挑選鸚鵡了，連忙抬腿跟上。

祝允澄跑到街對面，正巧與自家馬車錯身而過，他腳步不停，三步併作兩步便要入內，卻在門口被攔了下來。

穿著短打的打手上下打量他幾番，堵住門不給他進去。

「哪裡來的小兒郎，這裡不是你們可以進去的，到別處玩去！」打手趕人道。

「都是男人，為何旁人就進得，卻是偏攔我們？」祝允澄氣道。

他父親不好好上值，竟是與那些臭男人學壞，來這樣的煙花柳巷之地！虧得沈蘭溪那個傻子，還要送他禮，真是糟蹋！

打手直接聽笑了，旁邊又出來兩個人，笑著瞧祝允澄兩人的下三路。「兩位小郎君，毛長齊了嗎？就想來這兒？」

一句話，那幾人又是一陣哄笑。

祝允澄氣得面紅耳赤，抓了伏在他肩上的人，指給那幾人道：「他可是梁王府的，也是你們能攔的？都讓開！」

褚睢英氣得在他腦袋上敲了一下。「哪有你這樣的！若是被我兄長知曉咱們來這兒，又得用馬鞭抽我了！還要連你的那份一起抽！」

「我去替你跟大舅說情，有甚好怕的？」祝允澄急急道，又壓低了聲音。「那馬車是我父親用的，怕是他……」

褚睢英嫩白的包子臉瞬間圓了。「姊夫?!」

祝允澄恨鐵不成鋼的一把捂住他的嘴。「你再喊大聲點，讓整條街的人都聽見！」

「去去去！管你們是哪家的小郎君，長大了再來！」打手不耐煩的道。

褚睢英拽著祝允澄往旁邊走，小聲勸道：「咱們又沒瞧見姊夫進去，這樣硬闖太冒失了。再者，若進去的人真是姊夫，你又能如何？哪有你管你爹的分啊，小心他又罰你背書。」

祝允澄一張臉憋得通紅，哼哧半晌，憋出一句。「他不能來這兒！這事就是他錯了！」

褚睢英一屁股坐在旁邊的石墩子上，笑得賊兮兮的。「姊夫為何不能來這兒，這是爺兒們紓解的地方，聽說那回事很舒服的——」

「啊！你打我做甚？我可是你小舅舅！」褚睢英捂著腦袋，一臉委屈的控訴道。

祝允澄冷著臉哼了聲。「趕明兒我就把你這混不吝的話說給大舅聽，看他抽不抽你。」

褚睢英不服，小聲嘟囔。「我哪句說錯了嘛，好些男人還從這兒把人納進府裡呢……」

祝允澄懶得與他說這些，眼睛直勾勾的盯著門口。

納妾？可別！要那些妻妾做甚？家宅不寧，沒有安生日子！

裡面的沈蘭溪不知道有人在外面惦記著她，還一派輕鬆的與攬香樓的老鴇周旋著。

「藍音怎麼把妳這個小祖宗招來了呢！」穿紅戴綠的趙嬤嬤抖著手帕道，頭疼得緊。

沈蘭溪攏著梅花暗紋的手爐在椅子上坐下，含笑道：「嬤嬤都不想我，著實讓人心寒啊。」

這話本是帶著些親暱，卻被她說得隨意又散漫，裡面情義真真假假全憑人猜。

趙嬤嬤哪裡不知道她，嗔道：「妳就這張嘴呀！」

沈蘭溪抬手摸摸臉，與她眨眼戲謔。「我這張臉嬤嬤都瞧不上嗎？」

「沒個正形！」趙嬤嬤抬手用香帕狀似抽她。「都做官夫人了，這骯髒地便不要來了，仔細回去有妳吃不了兜著走的。」

聞言，沈蘭溪挑了挑眉，手摩挲著衣袖上的繡花，都不好意思跟她說，自己袖袋裡裝著婆婆給的契子呢！

惦記著去看宅子，沈蘭溪也不與她兜圈子了，坦言道：「那陳大人就是個人渣，三天兩頭的往這兒鑽，這次跟嬤嬤妳要藍音，下次保不齊還要梅香和鴻雁，他如今是靠著三皇子，嬤嬤妳不願得罪權貴，想捨了藍音，但是妳仔細想想，給了他一次就會有第二次、第三次，等他想要攬香樓的花魁姊姊時，嬤嬤又如何？」

沈蘭溪覷著她的臉色，手指在手爐上輕敲，繼續道：「一個藍音，捨了便捨了，於嬤嬤無足輕重，但是嬤嬤可想好了，一旦開了這個口子，這攬香樓的門可就關不上了，到時這樓裡的小娘子可就任那陳大人挑了，若是再多幾個如他一般的，嬤嬤約莫是離關門不遠了。」

「我不知道嬤嬤身後是何方神仙，但那既是神仙打架，嬤嬤何必摻一腳呢？折了夫人又賠兵，得不償失啊。嬤嬤算得清嗎？要不我幫妳仔細算算？」

趙嬤嬤揮揮手，氣道：「就妳小嘴叭叭的，說得我頭都疼了。」

「商人重利，但也要有情，不然又有幾個能真心實意的跟著嬤嬤呢？樓裡啊，一枝獨秀固然好，但是滿園皆是春，才更能留人，不是嗎？」沈蘭溪喝了口熱茶，慢悠悠的道。

「去去去，茶也喝了兩盞了，快回去吧，仔細些，莫要被人瞧見了。」趙嬤嬤氣得趕人。「藍音也是，偏生招了妳來說情，一張嘴就堵得人半句說不出。」

沈蘭溪順從起身。「藍音幫我一次，我念著她的恩，自是要好生與嬤嬤說道說道。」

趙嬤嬤嘆口氣。「曉得了，藍音這事我會好好想一想，妳不必操心，回去好好當妳的官夫人。」說著，又想起另一事。「以後妳娘來信，我讓人給妳送去祝府？」

沈蘭溪整了整裙襬，漫不經心道：「不必送了，妳幫我告訴她，我一切都好，不必惦念，若是她哪日回了京城，我在薈萃樓請她吃酒。」

「成，不送也好，若是被人知曉妳娘是……」趙嬤嬤說著又停下。「我就不送妳了，妳自己注意些。」

「知道。」沈蘭溪應了一聲，走到門口忽地又回頭。「再幫我給她捎句話，她前半生過得苦，既是脫了籍，便好好生活吧，人這一世，最要緊的便是珍重自己。」

門扉闔上，沈蘭溪一腳踏入了光明。

暖橙的光灑在身上，臉上細小的絨毛都似是在發光。

第六章

沈蘭溪一出來，就看到旁邊的兩人。

都是半大的小孩，一個還是她家的，只是兩人的表情都太過震驚，生生破壞了那張臉的俊美。

祝允澄盯著那一身青綠衣裙的女人瞪圓了眼，後知後覺的才去捂旁邊人的眼睛。

他都把沈蘭溪知曉父親去「紅樓」後的反應想了一遍，誰料從那扇門裡出來的人竟是她！

「咳……其實，我都瞧見了……」褚睢英小聲道，乖乖被捂著眼睛，也不掙扎。

祝允澄鬆開手，一臉的焦急。「你……你沒看見！」

褚睢英撓了撓腦袋，不解道：「你做甚護著她？」

「你只說你沒瞧見！」祝允澄要他保證。

沈蘭溪思索一瞬，無奈的嘆口氣，抬腳朝那兩人走去。

這個年紀的小孩喜歡什麼？送他們兩本書，可以忘記方才的事嗎？

「出來玩？銀子可夠？」沈蘭溪笑得慈愛，說著就要元寶把錢袋拿來，作勢要給他們發零用錢。

祝允澄怒其不爭的瞪她，但還是回道：「夠用的。」

沈蘭溪停下動作，暗自鬆了口氣。「那你們去玩吧，早些回府。」

是他不要的哦！

她說罷，便要轉身離開，準備去瞧瞧自己新得的宅子。

祝允澄連忙跟上，急急追問。「妳要去哪兒？」

沈蘭溪回頭，不解的瞧他。「怎麼？」

「我要跟妳一起去！」祝允澄脫口而出道。

她也太不知分寸了，他要跟著監督她！

「欸，澄哥兒，你說要陪我去買鸚鵡的。」一旁的褚睢英趕忙道。

沈蘭溪不想帶小孩，一副慈母模樣的幫腔。「你們既是有事，那便去吧，不必跟在身邊孝順我。」

祝允澄嘴角一抽，頗為無語的瞧她一眼，轉頭與褚睢英道：「你不是都挑好了嗎，過去付了銀子便是。」

他話音微頓，又湊過去與他交頭接耳。「我得看著她，今日之事你回去別跟大舅說，誰也不許說。」

褚睢英側過身，自以為悄悄的看了沈蘭溪一眼，也小聲道：「你怎麼這般護著她？這事若是跟姊夫說了，她必定會受罰的。」

祝允澄故作老成的搖搖頭，吐出三個高深莫測的字。「你不懂。」

褚睢英愣住。

「改日再與你細說，千萬記住別說出去。」祝允澄皺著眉反覆叮囑，還是不放心的又補了一句。「到時我把前些日子得的那隻蟋蟀送你。」

褚睢英的驚喜之色溢於言表，立刻拍著胸脯保證道：「你放心！」

沈蘭溪瞧著那兩人說完悄悄話，互相拍拍對方的肩告別，到底是模樣好，站在一處還挺好看的。

「走吧。」祝允澄道。

兩人上了馬車，沒有祝煊在，都放肆的掀起簾子瞧著外面。

元寶眼尖的瞥見了前面的陳記，連忙問：「娘子的胭脂所剩不多了，上次買的也塗了雪人兒，可要進去買些新的？」

她家娘子的胭脂水粉，一向只用陳記的，獨獨上次買的那幾盒成色差了些。

不等沈蘭溪開口，坐在另一側的祝允澄便義憤填膺地道：「陳記那家的脂粉不能用，前些時日有位姊姊買了他家鋪子裡的胭脂，都塗壞了臉！那掌櫃的不賠銀子，爭執間還要打人！」

他說著，聲音漸低。「我上前去攔了下來，動手時卻是壞了他家一些貨品，父親還用我的分例銀子賠了。」

沈蘭溪只瞧一眼便知，他是因祝煊那一板一眼的教訓而不服，笑了聲。「你可確定，那女子是因陳記鋪子裡的胭脂才傷臉的？」

祝允澄不解的瞧她，沒吭聲。

沈蘭溪眼瞼垂下，手指在手爐上輕敲兩下，視線移到外面，瞧著那純黑色牌匾，緩緩道：「若是我沒記錯，前段時間，陳記的老闆娘與老闆和離了，那老闆娘帶了一批人下了揚州，這陳記的胭脂雖是成色不如之前，但也不至於讓人用了傷臉。那女子若真是有冤屈，就當報官，莫說是賠她銀子，便是陳記，在這京城裡也得銷聲匿跡了，你若是想知道後續，派人去打聽打聽便是。」

她話沒說得透澈，但是話裡的意思已經足夠淺顯。

祝允澄回想那日的事，眉頭緊皺，困惑地問：「容貌對一個女子何其重要，她為何要自毀容貌來誣陷店家？」

沈蘭溪瞧著街道上往來的行人，神色淺淺的回了一句。「對有些人來說，生存已經足夠困難，容貌就變成了不值一提的東西。」

若真是絕色，反倒讓人處於危險。

「你可打那掌櫃的了？」沈蘭溪忽地問。

祝允澄愣了一瞬，又悶悶不樂的點點頭。

沈蘭溪卻是高興撫掌，語氣爽快。「你賠了的銀子，回去我讓元寶拿給你。」

「啊？」祝允澄疑惑出聲，連忙擺手。「不用了。」

「若是有錯，你父親也當罰。」沈蘭溪靠著窗，寒風吹動她髮髻上的步搖，一張臉俏生生的，笑得卻像是狐狸，她慢條斯理的說完後半句。「畢竟，子不教，父之過。」

所以，用祝煊的例銀也合理～～

祝允澄倏地瞪大眼睛，神采奕奕的模樣像是受了仙人的教化。

這話還能這麼用?!那他日後犯錯，父親豈不是要與他一同受罰啦？

馬車停下，沈蘭溪沒去陳記，反倒進了隔壁的鋪子。

祝允澄瞬間一張臉苦巴巴的皺了起來。「怎的又要買書啊？」

沈蘭溪也是臨時起意，瞧見書肆，忽地想起自己的計劃表。更何況，她今日還收了祝夫人的禮，自是要「疼疼」她兒子啦！

「你就在車上吧。」沈蘭溪囑咐道。

她還暫時不想帶壞小孩子。

「不行，我與妳一起。」祝允澄腦袋搖成了撥浪鼓，生怕她會撇下他幹什麼事。

「隨你。」

小孩不聽勸，沈蘭溪也懶得多言。左右她是勸過的，除了她身邊的婢女，這車夫都能作證。

兩人一前一後進了書肆，沈蘭溪往裡面走，祝允澄停在門口。

元寶跟在沈蘭溪身後，想起她方才在馬車說的話，納悶道：「娘子怎知那老闆娘帶了夥計出走了，還下了揚州？」

青蔥指尖在一本書冊上停頓一瞬，沈蘭溪沒轉身，聲音與尋常無二。「妳與我說的呀，忘了？」

元寶詫異，手指指著自己。「我說的？」

她仔細回想了一番。「我好似是聽小紅莓說過，竟還跟娘子說了，嘿嘿……」

沈蘭溪眉眼彎了彎，沒再說這事。

小姑娘還是這般好騙啊！

書肆不算大，書冊卻齊全，沈蘭溪帶著兩人往裡面鑽，在一箱的春宮圖裡挑挑揀揀，旁邊的元寶和綠嬈默契的紅著臉走開了些。

挑了小半個時辰，沈蘭溪才心滿意足的把懷裡的五、六本冊子給了元寶，讓她去付銀子。

元寶有些崩潰，哪有姑娘家來買這……這冊子的！她還得去結帳！

她哭喪著臉看向旁邊的綠嬈。

綠嬈渾身一抖，立刻朝她搖頭，平日裡素來穩重端莊的人，差點當場哭出來。

沈蘭溪兩手空空的出來時，便瞧見祝允澄正盯著一方硯臺瞧，明顯是喜歡的。

「若是喜歡，買了便是。」沈蘭溪豪氣道。

祝允澄忽地面露窘迫，兩隻手交握著捏了捏，哼哧出一句。「我有。」
「差生文具多，多買一個也無妨。」沈蘭溪安慰似的拍拍他的肩。
祝允澄無語一瞬，懶得再掙扎，直言道：「等我下個月發了例銀再買。」
他這個月的例銀都被拿去賠那胭脂水粉了，餘下的買了一串糖葫蘆吃了，哪還有銀子買這硯臺？
沈蘭溪最是知曉喜歡得不到是什麼滋味，小手一揮，與跟過來的元寶道：「這方硯臺一起結了。」
祝允澄只覺得全身的血液都衝到了臉上，難為情道：「不用妳給我買。」
沈蘭溪還記著自己從攬香樓出來被他瞧見的事，心想著銀貨兩訖，收了她的禮，便不能告她的狀了，笑咪咪道：「客氣什麼，我是你母親。」
祝允澄無語。
幾人先出去，留元寶在裡面結帳。
掌櫃的是個年輕男子，身著深灰色棉袍，綴巴巴的，坐在櫃檯前一副沒睡醒的模樣，伸手接過那幾本書算錢，邊看便讀。
「《春宵一刻》一本，三貫錢；《活色生香》一本，五貫——」
元寶瞬間如遭五雷轟頂，一張臉紅得似要滴血，想都沒想，急急地伸手便捂住了那人的嘴，抓狂道：「別唸出來！」

那迷迷糊糊的眼眸愣怔一瞬，繼而又清明，腦袋點了點，示意她可以鬆手了。

男人滾燙的呼吸噴灑在手心裡，元寶嗖的縮回了手，抓著衣角手足無措的不敢抬頭。太燙了！她的手心像是著了火一般！但是又有些濕……

那男人把幾本書看過，又拿了那方硯臺瞧，曲起手指敲了敲櫃檯，懶洋洋的道：「三十五貫錢。」

元寶的耳根都燒了起來，手忙腳亂的從荷包裡掏出銀子給他，垂著腦袋抱起櫃檯上的書和硯臺便要走。

「等等。」男人再次出聲，喚住她匆匆的腳步。「急什麼，拿來我給妳包一下。」

元寶只得轉回去，把東西放下。

「這不是妳家娘子買的嗎？」與他俐落的動作不同，他說話很慢，像是冬日裡在屋簷下曬太陽的貓。「她一個看的人還沒羞臊，妳這個結帳的倒是臉紅得像是猴屁股，真乃奇觀。」

元寶瞬間像是一隻被戳了尾巴的兔子，紅著臉抬眼瞪他。「你！」

她胸口快速起伏兩下，道：「你胡說八道！莫要敗壞我家娘子的名聲！」

那男人笑了，把包好的書冊和硯臺推到她面前，眼底一片揶揄色。「哦，那是我誤會了，原來是妳要看這春宮圖啊。」

不等元寶開口，他又道：「日後來，不必花銀子買了，瞧妳長得喜人，我不收妳銀子便是，省下這錢，還能去隔壁多買兩盒胭脂添色，是這道理不？」

「是你個混蛋！」元寶抱起東西，留下一句罵，步履匆匆，羅裙盪起了漣漪。

那男人瞧著那疾步出門的背影，笑出一口白牙，喃喃道：「是說錯了，妳不需要胭脂添色了。」

元寶一出門，便與綠嬈撞在了一起。

綠嬈趕忙扶住她，道：「娘子瞧妳半天沒回來，便讓我來看看，方才聽見妳罵人，那店家可是為難妳了？」

元寶氣悶。「那就是個登徒子！是個混蛋！」罵完，又趕緊道：「沒事了，別跟娘子說了。」

綠嬈瞧她一張緋紅臉，點了點頭。「好。」

時辰不算早了，難得出來一趟，沈蘭溪也不急著回府，帶著人往薈萃樓去了。

那裡的燒鵝是京中一絕，只是想想便饞得厲害。

正是晌午人多時，廳堂內熙熙攘攘的，吵得人耳膜生疼。

沈蘭溪向來是不委屈自己的主兒，與引路的小二道：「要一間廂房。」

店小二一臉難色。「這位夫人，小店的廂房都滿了，要不您在廳堂坐？」

「我們是承安侯府的，在三樓有一間廂房。」祝允澄捧著自己新得的硯臺，人小氣勢卻足。

沈蘭溪挑了挑眉，到底是大家族裡教養出來的，身上的氣度不是小門戶家的孩子能比的，那種身後有靠山的底氣著實讓人生羨。

「夫人和小郎君莫怪，是小的眼拙，竟是沒認出夫人來。」店小二立刻點頭哈腰的賠罪。「只是今日您府上的廂房有少郎君在，您看您二位是不是要一同入席？」

祝允澄瞬間警鈴大作，他父親午時一向是在府衙用飯，哪裡會出來？

莫不是……

沈蘭溪不知他心中的猜想，倒是高興自己可以省一筆銀子了，攛掇身邊的小孩。「我一介婦人，也不知郎君是不是在裡面與人談事，要不你上去瞧瞧？」

正中他下懷！

「那母親便在此稍等，我去瞧瞧！」祝允澄說著，一手撩袍，跑了上去。

樓上廂房很靜，祝允澄輕車熟路的走到自家廂房門口，規矩的叩了三下門。

「……三皇子近來勢頭正盛，底下那些人藉著他的勢甚是得意，他也是睜隻眼閉隻眼，你要當心些了——」身著一身玄色勁裝的男人曲起一條腿坐著，叩門聲響起時，話音戛然而止。

他瞧了眼桌上的菜，又看向對面正襟危坐的人。「你喊了人？」

「不曾。」祝煊放下筷著，側頭看向門口。「進。」

門打開，祝允澄看見那男人時，瞬間鬆了口氣，喜形於色的喊人。「大舅！」

祝煊皺眉，沈聲道：「規矩呢？」

「父親、大舅。」祝允澄立刻老實行禮。

褚睢安瞪向祝煊。「你凶他做甚，都是自家人，講究什麼虛禮？」說罷，朝祝允澄招了招手。「過來，讓大舅好好瞧瞧。」

祝允澄乖乖的走近給他看。

「好小子，有些時日沒見了，長得是越發結實了。」褚睢安抬手拍了拍他的肩膀和手臂，笑得爽朗。

祝允澄立刻道：「我身子壯實，不必去軍營操練了。」

褚睢安被他這話弄得一愣，繼而又哈哈大笑，便是連對面坐著的祝煊也無奈的勾了勾唇。

祝允澄抓抓脖子，道：「父親，母親還在下面。」

祝煊眉梢微不可察的動了一下。「怎麼沒一同上來？」

祝允澄哪裡敢說自己猜測他是帶了其他女人過來吃飯，害怕被沈蘭溪上來撞見。「母親以為您與人在議事，不敢打擾，便讓我來問個安。」

「吃過了嗎？沒吃的話就一起吧。」褚睢安饒有興趣的先開口道，又與祝煊說：「你成親那日我沒趕回來，還沒見過你的新夫人呢。」

祝煊不理會他的打趣，與自己兒子道：「去喊你母親上來吧。」

「是。」

褚睢英曲起的那條腿放下，端起桌上的酒杯一飲而盡，眉眼間有些悵然若失。「我那妹妹啊，到底還是福薄。」

祝煊沒搭話，面色清淡。

「還好我爹娘先她去了，不然就成了白髮人送黑髮人，也撐不了多少時日。」褚睢安又道。

方才凝重的悼念氣氛瞬間被他這句話打散了。

祝煊頗為無語，喝了口茶，還是沒忍住道：「岳父、岳母若是泉下有知，今夜該給你託夢了。」

褚睢安一手撐著腦袋，好半晌，忽地抬眼問他。「你說，他們在下面過得好嗎？我爹娘都沒給我託過夢，今夜若是來，那我改日請你吃酒。」

祝煊謝絕。「不必。」

「知道。」褚睢安覷他，滿臉嫌棄。「請你喝茶。」

說罷，他又好奇。「你夢見過阿雲嗎？」

拖家帶口走到門口的沈蘭溪腳步停下，一時不知道該進還是退。若是她沒記錯，祝煊的髮妻名字裡便有一個「雲」字。

沒有聽到回答，後面跟上來的祝允澄以為她不敢敲門，越過前頭引路的小二，抬手叩門。

「進。」很清淡的一聲。

祝煊在裡面，祝允澄規規矩矩的推開門讓沈蘭溪先進，自己跟在後面。

「郎君。」沈蘭溪屈膝行禮，面色嫻靜。

她垂著眉眼，只當未曾察覺桌子對面的男人的打量，與他也淺淺屈膝。「見過梁王。」

男人身形寬闊，皮膚顏色深了些，鼻梁高挺，眉眼深邃豁達，渾身都透著股不羈，像是大漠的蒼鷹。

但沈蘭溪那溫柔端莊的勁兒，卻是瞧得褚睢安眼睛疼，他隨意的抬抬手，客套道：「今日不巧，趕明兒我讓人備份厚禮送去府上，當作是給你們二人的新婚賀禮了。」

聞言，沈蘭溪連忙朝祝煊看去，一副由他定奪的模樣。

倒不是她變了性子，送上門來的禮都不要，而是這樣的禮來日還得還，著實讓人心懶。

這一眼讓祝煊很受用，他朝她伸手。「過來坐下吃飯。」

沈蘭溪一副夫唱婦隨的架勢，蓮步輕移，在他身邊坐定。

祝允澄沒等人招呼，自覺的跟了過來，挨著沈蘭溪一側坐下。

「禮就不必送了，還是留著給自己娶媳婦吧。」祝煊神色放鬆了些，話也帶了幾分調侃。

褚睢安「嘶」了聲，拿起盤子裡一顆花生米朝他丟過去，砸在了祝煊肩上。「你小子！」

祝煊笑著撫了撫肩，側頭問沈蘭溪。「還想吃點什麼？」

沈蘭溪不著痕跡的掃了眼被她帶上來的小二，這是被發現了小心思？

不過，他既是遞來了臺階，她又怎有不接的道理？

「這燒鵝有些涼了，我想吃個熱的。」沈蘭溪嬌嬌軟軟的報菜名。「還想吃小酥羊排、梅花燻肉、三鮮湯，再來一壺梨花白。」

她說一道，旁邊的祝允澄便嚥一下口水。心中疑惑，莫不是沈蘭溪想討好他，故意點了他愛吃的？

祝允澄鼓了鼓臉，有些不太高興。

她便是不做這些，他也不會跟父親告狀她去攬香樓。

「梨花白太容易醉人，換青梅酒吧？」祝煊問。

沈蘭溪忽地想到自己方才在門口聽見的那句，直接道：「我不喜歡青梅。」

自幼訂親，青梅竹馬。

祝煊沒察覺到她思緒跑了，只當她是真的不喜歡，便道：「那梨花白，妳只許喝一杯。」

沈蘭溪剛要與他討價還價，忽地感覺到對面瞧得津津有味的視線，嚥下那到了嘴邊的話，很給他面子的乖順點頭。「都聽郎君的。」

祝煊無語。

褚睢英瞧著對面小夫妻倆有商有量的說話，忽地有種說不上來的感覺。

從前他便覺得，祝煊這人甚是規矩，一板一眼的，便是對他妹妹，也是相敬如賓，反倒少了許多夫妻間該有的親暱。

這倒也不是祝煊一人的毛病，他妹妹也是，被家裡教養得端莊溫順，行事說話都不會出什麼差錯，兩人被家裡的長輩定下親事，到了年紀成親，一個客氣，一個溫順，不像是夫妻，更像是一塊兒搭伙過日子的。

如今瞧著，祝煊倒是有些不一樣了。還有這沈氏，瞧著是個乖的，但是感覺又不像……

褚睢安從沈氏身上收回視線，勾著唇笑。「自是得多瞧幾眼，免得日後在街上遇見弟妹認不出來。」

「瞧什麼？」祝煊問。

聞言，祝煊挑了挑眉，卻不應聲。

這話一聽便是搪塞之言，沈蘭溪生得貌美，是那種與驕陽一般生輝的美，只要不是腦子不好，瞧一眼便不會忘。

褚睢安才不管他信與不信，提起桌上的酒壺與沈蘭溪說話。「弟妹可要嚐嚐這燒酒？與燒鵝絕配。」

沈蘭溪從碗裡抬頭，有些心動。

她喜歡酒，從前便喜歡，幼時就被爺爺用筷子沾著二鍋頭嚐過味兒，過年她陪他們喝酒，最後還能把一個個喝得橫七豎八的人扶回房間安頓好，自己再喝杯蜂蜜水上床睡覺。醉酒？對她來說不存在！

沈蘭溪剛要點頭，左手微動，忽地一熱。

「你別勸她酒。」祝煊瞥了眼褚睢安，一把握住那想要給人遞杯子的手。

褚睢安視線在他倆身上轉了轉，方才的隨口一問，此時卻是起了意，戲謔道：「祝正卿，你成親時我都沒喝到喜酒，不然你倆補個交杯酒？」

祝煊聽出他話裡的試探，卻是沒理會這茬兒，反而道：「你與丹陽縣主的喜酒，我不會錯過。」

褚睢安嘴角的笑意一僵，放下酒壺，自嘲道：「那你怕是等不到了。」

沈蘭溪耳朵豎得老高，重新打量對面的人，一雙眸子裡滿是好奇。

聽出來了，這也是個有故事的人啊，難怪要喝燒酒呢！

祝煊注意到她的視線，力道不輕不重的捏了捏手裡柔弱無骨的手，教訓道：「好好吃飯。」

「哦。」沈蘭溪收回視線，挾起碗裡一塊蒜蓉排骨放進嘴裡，一瞬又吐出一塊乾淨的骨頭。

啪嗒。

很輕的一聲，原本該落在桌上的骨頭，卻是落在他的手上，沈蘭溪有些愣的抬頭看他。
祝煊卻是神色自然，把她吐出來的骨頭放到另一側的骨碟裡，又把那碟子放到她面前。
「用這個。」
祝允澄和褚睢安直接看傻了眼。
誰能讓他父親（祝正卿）這麼伺候?!
沈蘭溪在心裡輕哼一聲，腹誹他事多，面上卻笑意盈盈的接了。「多謝郎君。」
「嗯。」祝煊面色如常，又挾起一塊排骨放進她碗裡。
祝允澄心裡大喊偏心，父親都沒給他挾過菜！
他哼哧的吃掉碗裡的肉，覥著臉把碗遞了出去，乖道：「父親，我也想吃排骨……」
祝煊掀起眼皮瞧他，定定的看了一瞬。
祝允澄被他瞧得毛骨悚然，剛要訕訕的收回手，忽地手腕一沈，一塊排骨躺在米飯上，顏色漂亮。
「吃點菜，食葷易上火。」祝煊收回筷子，神色淡淡的道。
祝允澄卻一副傻了的模樣，盯著碗裡的那塊排骨瞧。
他父親何時這般和煦了？沒提醒他注意規矩，還當真給他挾菜了！
菜上來得很快，燒鵝的香味瞬間占據了沈蘭溪的味蕾，她迫不及待的撕了一條腿啃。
元寶極有眼色的上前要為她斟酒，卻是被一隻手擋了下。

「我來吧。」祝煊道。

元寶立刻看向沈蘭溪，面露疑惑。

莫說她看不懂祝煊，便是沈蘭溪也不懂他今日的殷勤伺候，只覺得頭皮發麻，猜疑他有什麼算計。「這般伺候人的事，怎敢煩勞郎君，還是讓元寶來吧。」

祝煊沒出聲，手執壺柄，把面前的兩只白瓷酒盞斟了半滿，推到她面前。「兩杯。」

沈蘭溪看著那七分滿的酒杯，險些被氣笑了，但是當著外人面，也不好與他爭執，皮笑肉不笑道：「郎君真是大方。」

「嗯。」

……他是怎麼有臉應下這句「誇讚」的？

沈蘭溪被噎了一句，側頭吩咐元寶。「去再要三隻燒鵝，都打包。」

元寶福至心靈，瞬間眼睛唰的亮了，喜孜孜的應了一聲，屈膝行禮後退了出去。

門關上，對面看了許久戲的褚睢安才開口。「弟妹沒吃飽？」

沈蘭溪正啃得香，聽見這話，有些煩還得應話，拿起帕子敷衍的擦了擦唇上亮晶晶的油，道：「祖母、父親和母親沒吃到，再者，跟我來的兩個婢女也只聞了味兒。」

她說罷，繼續啃，一口肉，一口酒，快活似神仙！

「弟妹孝順，待身邊人也好。」褚睢安似是感嘆道。

沈蘭溪的嘴巴有些忙不過來，不願耽擱手裡的美食，右手肘碰了下旁邊的人。

祝煊停筷，側頭瞧她，沈蘭溪又碰了一下。

他微微皺眉，剛要開口，忽地明白了她的意思，唇角微彎，笑得有些無奈。

「吃飯，別那麼多話。」他道。

褚睢安無言。

桌上的菜不少，但是所剩不多，只一些青菜和半壺梨花白。

沈蘭溪吃飽喝足，舒服得揉了揉肚子，這才矜持的擦了嘴，漱了口。

祝允澄看著桌上的空盤，面色有些僵凝。

沈蘭溪哪裡是為了討好他才點那些菜，明明是她自己喜歡吃的！她吃得比他還多！

幾人下樓，沈蘭溪站在祝煊身後等他結帳，蹭飯蹭得心安理得。

祝煊瞧出了她的心思，伸向腰間的手忽地一頓，側頭道：「我出來沒帶銀子，妳結一下。」

這話如同一道晴天霹靂，沈蘭溪瞪圓了眼看他，努力壓著聲音問：「你出來吃飯不帶銀子?!」

祝煊眼底壓著笑意，面色坦然若君子，腰間的青色荷包裡卻是裝著兩個小金條。

「嗯。」

沈蘭溪苦著臉讓元寶拿銀錢袋子來，數了銀子給店小二，原本鼓囊囊的銀錢袋子，瞬間縮水一大半，她連繼續閒逛的心思都沒有了，垂頭耷腦的帶著人往外走，連安都忘記請了。

祝允澄急急與父親和舅舅行了禮，掀袍追了上去。

那道纖麗的身影，頭上的珠翠都顯得無精打采的，沒了鮮活與愉悅。

祝煊「嘖」了聲，手指捻了捻衣袖，有些悔了。

逗弄得過分了。

忽地，他腰間的荷包被人點了兩下，帶著疑惑又輕笑的語氣在身後響起。「做甚惹人不高興？」

褚睢安憋不住的問。

祝煊沒回頭，看著那道身影上了馬車。「不知道，就是想逗逗她。」

褚睢安驚得一個趔趄，連連搖頭。「你變了！祝二郎你變了！你還是那個古板的小老頭嗎？莫不是被人奪舍了？」

祝煊頗為無語的瞥他一眼，抬手擋開他作勢要摸他額頭的手。「子不語怪力亂神。」

說罷，他抬腳往外走。

褚睢安看得嘖嘖稱奇。「這才是你啊，一張嘴便是子曰長、子曰短的，甚是無趣。」

祝煊胸口忽地狠狠一跳，有什麼東西被人戳中了。

回了府，沈蘭溪去給祝夫人和老夫人送燒鵝。

痛失錢財，心情不佳，便是連哄人都懶得哄了。

「母親若是無事，二娘便給祖母送去了。」沈蘭溪道。

被人念著，祝夫人只覺心裡暖烘烘的，語氣輕軟溫和。「怎麼瞧著臉色不好，可是被誰欺負了？」

沈蘭溪搖搖頭。「沒有，只是吃了飯有些睏。」

「那回去歇會兒吧，明兒十五，記得去妳祖母院裡用飯。」祝夫人叮囑道。

祝家人丁雖少，但也各有院落，只有初一十五才會聚在老夫人院子裡用飯，大家一起說說話。

「是，二娘記下了，多謝母親提醒。」

「去吧。」

從東院出來，沈蘭溪又不辭辛苦的往主院走。

祝允澄幾步上前，輕咳一聲道：「妳若是累了，便回去吧，我捎帶手的幫妳拿給曾祖母。」

沈蘭溪搖頭，堅定的拒絕了他的貼心，義正辭嚴道：「孝敬長輩怎麼會累，我得自己來。」

做好事要留名，還要讓人都知道，否則那乾脆就不要做了啦！更何況還是她花了銀子的，自是要寫她的名兒，就這臨門一腳了，怎麼能貪圖省事呢？

兩人去得巧，祝老夫人還未歇覺。

「今兒出府了？」老夫人靠在迎春枕上問。

沈蘭溪乖覺點頭。「難得好天氣，我便與母親請了恩，出去瞧了瞧，正好碰上澄哥兒，便帶他去薈萃樓用了飯，這是給祖母帶的燒鵝，祖母晚上可以嚐嚐。」

花嬤嬤笑著上前接過，遞給在旁邊伺候的小丫頭。

老夫人也彎了彎唇，顯然是滿意的。「妳有心了。」她還花錢了。

想起空了的錢袋，沈蘭溪就笑不出來了。「二娘愚笨，也就孝順能入祖母的眼，時辰不早了，二娘便不在這裡打擾祖母歇覺了。」

「嗯，去吧，沒事多出來走動走動，一個人憋在院子裡，怎麼能親近？」老夫人動了動腿道。

沈蘭溪不動聲色的挑了下眉，笑盈盈的應下了。

這是……願意接納她了？

因為一隻燒鵝？

第七章

夜裡，祝煊下值回來，廊下亮著燭火，外室卻不見人。

他解下身上的大氅，抬步走進內室，床上的錦被凌亂，鼓著一個大包。

「怎麼這會兒就歇下了，身子不適？」祝煊問著，上前去瞧她。

不等他伸手把人從被子裡解救出來，一顆腦袋就冒了出來，綢緞似的長髮此時亂糟糟的，那張明媚的臉也委屈兮兮的，癟著嘴一副要哭的模樣。

「這是怎麼了？」祝煊在床沿坐下，伸手就要把人攬進懷裡。

裹著被子的人卻是縮成了一顆球。「我難受……」

這話倒不是作假，她午後回來還吐了，那麼貴的飯！頓時整個人更不好了。

「哪兒難受，可請大夫來瞧過了？」

「沒瞧，就是吃了涼了的飯菜，腸胃不適罷了，一會兒喝碗熱湯就好了。」沈蘭溪有氣無力的道。

她在沈家不曾受過苛待，腸胃養得嬌了些，稍吃些涼的便會難受。

「還是請大夫來瞧瞧吧，穩妥些。」祝煊說著便要往外走，讓人去請大夫。

沈蘭溪一把抓住他的手腕，祝煊回頭瞧她。

沈蘭溪眼睛瞇了一瞬，歪著腦袋打量他的神色。「你是不是以為我有身孕了？」

兩人也就成親時有過一次，之後他都歇在書房裡，直到前幾日才搬回來，夜裡也是分被子睡的。

祝煊明顯神色一愣，忽地輕笑一聲，一根手指抵在她額頭上，無奈又好笑道：「成親不過二十三日，妳如何有孕？」

沈蘭溪傻了，愣愣的看著他俯身靠近。

「更何況，我都沒給妳。」

兩人靠得極近，他滾燙的呼吸盡數噴灑在她耳畔，激得那片肌膚浮出細小的顆粒，低沈的嗓音摻著些曖昧往她耳朵裡鑽，砸得人心跳加速。

沈蘭溪唰的紅了臉，連帶耳根和脖子都染上一層漂亮的緋色。

他那話說得含糊，但她卻瞬間懂了其中意思。是了，那夜他沒有……

祝煊瞧著她臉上的雲霞，忽地心情舒暢，想起她一身紅衣坐在床上催促他快些安置的新婚夜，頓時一股燥意竄了上來。

「我去讓阿年請大夫來。」他說罷要提步。

沈蘭溪匆忙間扯住了他腰間的荷包。「真的不用——」

話沒說完，她手指捏了一下，硬硬的。

腦子比手更快的知道了那是什麼，一股火瞬間燒了起來。

「祝……你還說你沒帶銀子！」沈蘭溪立刻從被子裡竄出來控訴道。

祝煊被她喊得眉心一跳，迅速反應過來，果斷掏出荷包裡的小金條投誠。「這是我方才從書房拿來要給妳的。」

沈蘭溪半信半疑。「真的？」

嘴上這般問，手已經接過那兩個金條掂了掂。實心的，比她晌午花的銀子多了兩倍不止。

祝煊「嗯」了聲，雙手護在她身側，擔心她一個站不穩摔下來。

「哎呀～～郎君真好！」沈蘭溪笑得嬌滴滴的，麻利的把小金條塞進自己的荷包裡。

祝煊無語。

大夫終究是沒請，沈蘭溪吃了兩碗飯，還小意柔情的給他盛了碗湯，哪裡瞧得出半分不舒服的模樣。

大抵難受是真的，心疼她午時花出去的銀錢。

祝煊垂眸哂笑，受了她的好意，把那碗湯喝了個乾淨。

夜裡，兩人躺下。

沈蘭溪腦袋縮在被子裡，迷迷糊糊的剛要睡著，忽地身上一沈，有溫熱的呼吸拂在她耳後，瞬間趕走了她的瞌睡蟲。

「祝煊……」

身後的人一僵，聲音清明的「嗯」了聲，勾在她腰間的手卻是收緊了些。

身上的錦被被掀開，隨之而來的是滾熱的胸膛和男人有力的腿。

他的膝蓋不小心碰到了她的屁股，沈蘭溪如同驚弓之鳥般抖了下，一骨碌的翻坐起來。

「妳……」祝煊語氣遲疑，面色隱隱泛紅，被迫露在外面的身子僵硬著。

沈蘭溪嚥了嚥唾沫，腦子飛快轉著，在心裡琢磨著措詞，忽地靈光一閃，扔下身上裹著的錦被，抬腳跨過他，踩著鞋去重新點著燭火。

「你來，」沈蘭溪捧著燭臺喚他，神秘兮兮的道：「我有東西送你。」

藕色的裡衣，長髮披散，整個人甚是素淨，但那雙眼睛裡卻是閃著光，滿是狡黠。

祝煊收回視線，起身下床，跟著她出了內室。

沈蘭溪把案桌上包著油紙、有稜有角的東西推到他面前，示意他打開。

被她目光灼灼的瞧著，祝煊忽地喉嚨發緊，輕咳一聲，垂首拆開那紙包。

六本書，厚厚的一疊。

「怎麼想起給我買書——」祝煊問著，翻開最上面那本，視線撞上那光裸糾纏的人畫時，話音戛然而止，一張臉迅速充血變得緋紅，就連耳根和脖頸都通紅一片。

「沈蘭溪！」他氣極低吼。

沈蘭溪立刻伸手捂他嘴，小聲道：「別喊，大家都睡覺了！」

她不喜歡有人守夜，是以屋裡沒留人，都被趕去歇息了，但若屋裡動靜大些，只怕會驚動元寶過來。

祝煊深吸口氣，卻還是壓不下胸口的邪火，一把扯掉捂他嘴的爪子，氣道：「妳是女子！怎麼能買——」春宮圖。

那三字他著實說不出口，簡直有辱斯文！

沈蘭溪一臉無辜，說出實話。「是給你買的。」

祝煊一口氣憋在胸口，上不去下不來。她這話倒也不差，是送給他的，但是……

沈蘭溪多瞧了幾眼他緋紅的臉，寬慰道：「郎君不必羞臊，這事你雖是不精通，但我相信勤能補拙，笨鳥先飛，只要你多多看書學習，是能夠——唔——」

滾燙的唇貼了上來，堵住她喋喋不休的小嘴，把那些氣人的話又塞了回去。

身前的懷抱太熱，後背卻是隱隱泛著涼，胸腔裡的氣息越來越少，沈蘭溪渾身發軟，軟綿綿的手抵著他的胸口推拒。「唔……鬆……嘶……」

祝煊如她所願的鬆開她的唇，額頭抵著她的，一雙眼似是要瞧進她心裡。「我不精通？笨鳥先飛，嗯？」

他說一句，手往下移一寸。

沈蘭溪手忙腳亂的抓住他的手，唇肉滾燙又隱隱泛著疼，簡直欲哭無淚。

果然！男人都受不了質疑！

「是我說錯話了，郎君莫怪。」沈蘭溪認慫，但又不想這般丟盔棄甲的放棄，嬌嬌道：「是我想要更舒服，郎君就幫我學學嘛～～」

她的臉頰因方才的親熱染上雲霞色，嗓音矯揉造作，膩得厲害，卻是偏生讓他喉嚨發緊，說不出那拒絕的話。

祝煊深吸口氣，垂在身側的手捏緊又放鬆，終是閉了閉眼，抬手指向內室。

一息後，內室的人在大床上睡得香甜，外室的人挑燈夜讀，渾身燥熱。

清晨醒來，祝煊一如既往的不見人影。

沈蘭溪帶著院子裡的婢女堆雪人，上次沒用完的劣質胭脂被元寶翻了出來。

圓滾滾的身子，小圓滾滾的腦袋，上面眼睛是眼睛，鼻子是鼻子，還有兩團紅暈，怎麼瞧都喜人。

院子裡的嬉鬧聲甚是惹人。

祝夫人身邊的大丫鬟粉黛帶著量身的裁衣師傅過來，笑著解釋。「我家少夫人年紀輕，院裡的婢女難免活潑些，您別見怪。」

女師傅也笑著應道：「活潑些好，瞧著也歡喜。」

「稟少夫人，夫人差婢子帶裁衣師傅來給您量量尺寸，好做過年穿的新衣裳。」粉黛屈膝行禮道。

「好啊，煩勞這位姊姊了。」沈蘭溪拍拍手上的雪沫子，帶著她們進屋。「綠嬈，去端些茶水點心來。」

「是，娘子。」

女師傅給沈蘭溪量了尺寸，又拿了十幾個小布塊給她挑。「少夫人瞧瞧喜歡哪個？」

花花綠綠的布塊看得人眼花，沈蘭溪一一摸過，問：「祖母和母親可挑過了？」

粉黛笑道：「陳娘子是從夫人那裡過來的，夫人和老夫人都挑過了，不在這裡面，少夫人可安心挑選。」

沈蘭溪笑得歡喜，毫不吝嗇的誇讚。「粉黛姊姊不愧是母親身邊一等一的婢女，做事熨貼，真讓人喜歡。」

這直白的誇獎，粉黛瞬間覺得臉頰發燙。

「可選幾個？」沈蘭溪又問。

「少夫人的分例可做五套。」粉黛答。

沈蘭溪挑了挑眉，眼裡迸出驚喜。祝家果真是有錢！

「這個紅色的，裁一件衣裙，再做一件披風，披風要裡面有毛的，一定要暖和，下襬再縫一圈金絲線，瞧著貴氣，不必繡花。」

沈蘭溪說罷，又道：「這個做一套紅色衣裙，過年穿正好合宜，袖子上各繡一個金元寶，在手腕處，花色不要緊，師傅可看著做，但是元寶不可偷懶，定要逼真……」

「這個絳紫色布料，用銀絲線繡……」

「這個青黛色布料，要清爽些，不必用金絲銀線……」

粉黛聽得神色麻木，旁邊女師傅與沈蘭溪借了筆墨，正奮筆疾書。

仔細說完自己的要求，沈蘭溪口乾舌燥的直喝水，隨口一問。「郎君的新衣可裁了？」

粉黛回道：「尚未，夫人說讓人幫郎君挑選便是。」

沈蘭溪喝水的動作頓住，眼珠子轉了轉。這是……她能幫祝煊打扮了？

「好呀！」沈蘭溪一口應下。

夜裡，祝煊下值回來，直接去了主院。

他一進屋，就與沈蘭溪對上視線，那可憐巴巴的模樣，活像是被誰欺負了似的。

「祖母、母親。」祝煊拱手行禮。

老夫人氣得頭疼，指著身邊立著的榆木疙瘩道：「你快來，把你媳婦帶走！」

沈蘭溪也乖覺，垂首站在祝煊身後。

祝夫人瞧得好笑，與他解釋。「你祖母方才在給她講帳簿的功課。」

聞言，祝煊額角的青筋狠狠一跳，頓時懂了，側頭瞧了眼那委屈的包子臉，在心裡嘆了口氣。

「祖母別動氣，待我閒暇時慢慢教她便是。」他寬慰道。

沈蘭溪撇撇嘴，腹誹道：這事又不怪她，她好端端的過來吃飯，哪知道老夫人興致上來了，非要教她看帳的事，她當然學不會啦！

能者多勞，她一日不「能」，便一日不必「勞」，這是多大的誘惑啊！

「你、你們父子倆就護著她吧！」老夫人酸道，氣不打一處來。一大一小，簡直是一個模子裡刻出來的，便是連說辭都一致。

這話倒是讓祝煊挑了下眉，看向一端狀似認真讀書的人。

祝允澄裝作沒察覺，挺直脊背坐得端正，只是捧著書冊的手有些僵硬。

「不必看了，過來一起說說話。」祝煊開口道。

祝允澄吃驚得瞪圓了眼，一時懷疑自己莫不是聽岔了？

「父親真的要讓我先歇會兒？」他語氣裡的疑惑太重，尾音飄得打了兩個轉。

祝煊神色淡淡的瞥他一眼。「今日的功課我一會兒檢查。」

「……是。」這才是他父親啊！

祝家主回來得稍晚些，一家子已經坐定，只等他了。

沈蘭溪薄背挺直如楊柳，一副大家閨秀的內斂模樣。

見慣了她在屋裡或躺或趴，姿勢懶散極其不規矩的樣子，甫一瞧見她這般坐姿，一時竟難以適應，忍不住多瞧了幾眼。

「怎麼了？」沈蘭溪被他盯得如坐針氈，立即檢視了自己一圈，沒察覺到有甚不妥。

「咳，」祝煊嗓子發緊，收回視線，清淡道：「無事。」

沈蘭溪矜持頷首，卻在心裡腹誹：沒事那樣盯著她做甚?!好似多少年沒見過了一般！

婢女魚貫而入的上菜，老夫人動了筷子後，旁人才開始挾菜吃飯。

祝煊伸手，把沈蘭溪面前的冷盤與自己跟前的糖醋魚交換。

瞬間，一桌人的視線都聚焦在他身上，便是沈蘭溪也納悶的瞧他。

往日不見他有什麼口腹之慾，這是得多喜歡吃這個冷盤才會沒規矩的換了位置？

祝煊穩穩的放好盤子，才道：「她身子不好，吃不了涼食。」

這話是與眾人解釋自己失了規矩的行為，也是在與上菜的婢女說。

一瞬，幾人的視線轉移到沈蘭溪身上。

祝家主是詫異，祝夫人與老夫人卻是複雜難言，又有些恍然，倒是一旁伺候祝夫人用飯的韓氏多瞧了沈蘭溪幾眼。

投桃報李的道理，沈蘭溪是知道的，尤其在祝家人面前，前有祝煊這般體貼她，她自是不能落後。

她一臉羞澀的與他道了謝，還特意為他挾了一塊小炒肉，端莊又克制地道：「郎君多吃些。」

祝家主輕咳一聲，招呼道：「都用飯吧。」

鬍子掩藏下的神色明顯是滿意的。家和萬事興，夫婦互相體貼是最好。

祝夫人垂首吃飯，忽地碗裡多了一塊魚肉，她茫然抬眼，便撞上自家夫君的視線。

「這魚做得不錯，是妳喜歡吃的。」祝家主解釋一句。

祝夫人微微頷首，客氣道謝。「多謝夫君。」

只是，她喜歡的是酸辣魚，而不是碗裡的糖醋口味。

她唇角勾了勾，笑得失望又諷刺，看著碗裡的那塊魚肉，忽地沒了胃口。

翌日，又見大雪。

沈蘭溪吃好睡好，一覺醒來已近晌午。

元寶聽見動靜進來，笑得像是偷了腥的貓。「娘子醒了？」

沈蘭溪打了個呵欠，睇眼瞧她。「怎的笑成這般模樣，做了壞事？」

元寶嘿嘿一笑，湊過去道：「郎君體貼娘子昨夜受累，今早特意吩咐我們，大雪日不必請安，讓我們手腳放輕一些，別驚擾了娘子歇息。」

沈蘭溪伸出一根手指抵著她的眉心，把面前的腦袋推開，穿衣起床。「腦子裡亂七八糟的想些什麼？昨夜妳家娘子是在與郎君秉燭夜談，共同進步了，哪有妳說的這些。」

「啊？」元寶傻眼了。

難怪昨夜主屋裡的燭火遲遲不熄，她與綠嬈特意守到了半夜，也沒聽到他們喚水。

沈蘭溪穿好鞋，以手掩唇又打了個呵欠，一雙眼眸霧濛濛的。

許是她太過愚笨，昨夜在主院用過飯回來沒多久，祝煊就拿著兩本帳冊回來了，說是要教她。沈蘭溪也不好拒絕，強撐著心神裝差生，連何時睡著都不知道。

雖是起得晚，但是一日三餐一頓都不能少。

沈蘭溪正吃著飯，一道身影忽地竄了進來。

四目相對，沈蘭溪咬包子的動作一頓，看著他行了一個極其標準的禮。

她腦子有些木，呆呆地問：「你師娘家的屋頂又被大雪壓塌了嗎？」

祝允澄先是頗為無語的瞧她一眼，又看向飯桌。「先生和離的娘子家屋頂沒塌，是書院裡的一間學舍塌了，學生都去瞧熱鬧了，索性就讓我們下學了。」說罷，又一臉疑惑的問：「母親，您晌午就吃這個？」

雞絲粥、青菜、兩個包子，簡單到有些寒酸。

沈蘭溪自是不會說自己起遲了，先墊墊肚子。

她把手裡的半個包子吃掉，才回道：「左右你父親不在，我隨便吃點便夠了。」

這話說得可憐，祝允澄卻想到那日在薈萃樓與她一同用飯，燒鵝都另要一隻熱騰騰的，哪裡是將就的人？

「我方才瞧見小廚房炊煙裊裊，似是還有羊肉的香味……」祝允澄慢吞吞的道。

沈蘭溪心道，果不其然，孩子大了，都不好玩了，不像從前那般好騙了。

「許是元寶心疼我，去廚房吩咐的。」沈蘭溪說著，瞧向一旁垂首的人，問：「是不是？」

元寶深吸口氣，咧著一口白牙笑，體貼又忠心。「是婢子吩咐的，娘子身子嬌弱，婢子想著給您補補。」

沈蘭溪滿意的點點頭，看向祝允澄的眼神帶著些無可奈何。「瞧，這赤誠之心，我也不好苛責。」

祝允澄張了張嘴，繼而又閉上，好半晌才吭哧出一句。「我也想吃烤羊肉……」

曾祖母院裡雖也有葷腥，但是都清淡寡味，味同嚼蠟，沒有西院的飯菜好吃，光是上次的暖鍋，便讓他念念不忘了好些時日。

沈蘭溪很是大氣，作主道：「那便留下一起吃吧。」

說罷，她遞給元寶一個眼神，元寶心領神會的退了出去。

不多時，府裡的人皆聽聞小郎君又留在西院用飯了，母慈子孝。

「能吃辣嗎？」

「這個是孜然，與辣椒一同撒上去，口齒生香。」

「哇！真香！」

「用菜葉包著試試，很好吃。」

「小廚房的人手藝還是差了點，火候沒把握好，不夠嫩。」

「唔，很好吃了……」

「來，這塊肉給你吃。」

「會喝酒嗎？這個不醉人的，酸甜可口，還能解膩，試試？」

「好！」

午後的太陽溫熱不曬人，祝煊的馬車在府外停下。

「郎君，可要小的去喚少夫人一聲？」阿年立在一旁問。

車簾被一隻白淨的手掀開，祝煊從裡面出來。「不必。」

一路回到西院，院子裡甚是靜謐。

「啊？郎君回來了？」阿芙出來倒水，膝蓋一軟險些跪下。

祝煊自是瞧出她神色慌張，淡聲問：「娘子可在屋裡？」

阿芙抿了抿唇，遲疑的點點頭，卻是道：「郎君可用過飯了，不如去前院等等，婢子一會兒給郎君送去？」

祝煊沒應，眸色沈沈的盯著她瞧。

門推開，光暈在屋子裡打了些影子，還能聞到烤羊肉的香味，以及摻著的一點清甜。

祝煊視線一瞥，瞧見軟榻上睡得昏昏沈沈的人。

少年郎半大的身子睡得歪，從錦被中露了出來，臉頰紅彤彤的，呼吸綿長。

走近些，他便知曉那清香是什麼了。

呵！還學會飲酒了！

祝煊冷笑一聲，有所察覺的抬腳往裡面走。

那女人頭上髮髻凌亂，步搖斜斜插著，卻是與頭髮纏在了一起，身上的衣裳也未脫去，滾做了一團，一條腿搭在他的軟枕上。

許是睡得不舒服，一雙柳眉緊蹙，嘴巴也不高興的嘛著。

這個倒是醉意沒有上臉，身上的清甜香氣卻是比外間更甚。

祝煊弄濕了帕子，伺候著一大一小兩個醉鬼淨了手腳，又把人擺正，才抬步出了屋。

「去與阿年說，馬車不必在府外等了，今日不去了。」

阿芙才犯了錯，怯怯的應聲，頭也不敢抬。

「今日他們兩個喝了幾罈酒？」祝煊又問。

「空、空了三罈。」阿芙結巴地回，絲毫不敢與他說，少夫人把他珍藏在樹下的那罈酒開封了。

饒是如此，祝煊額頭的青筋也狠狠一跳，在心裡細數著那酣睡中兩人的罪狀。

近晚時，沈蘭溪才悠悠醒來，在被子裡伸了個懶腰。

她想起什麼，忽地渾身一僵，著急忙慌的起身往外走。

她都醉了，也不知道老夫人那寶貝金疙瘩如何了，若是在她這裡出了什麼事，她可擔不起！

一出內室，沈蘭溪急急剎住腳步，目瞪口呆的瞧著不在她預料之中的人……和飯菜。

她這才注意到，屋裡已經點亮燭火。

「醒了？」祝煊問著，放下手裡的書冊，掀起眼皮，眼神無波的瞧她。

沈蘭溪嚥了嚥唾沫，心虛道：「郎君幾時回來的，怎麼不喚醒我，這樣等著菜都該涼了。」

「左右是已經熱過三回了，也不差多一回。」祝煊涼聲道：「不坐？還是不餓？」

沈蘭溪心裡直打鼓，用眼角餘光掃了眼榻上凸起的那團，乖覺的在他對面坐下，軟軟道：「餓的。」

祝煊定定的瞧了她一息，聲音裡多了幾分嚴苛。「還裝睡？」

沈蘭溪順著他的視線瞧去，眼見那一團錦被抖了一下，繼而一顆腦袋從裡面鑽了出來。

「……父親。」祝允澄穿鞋下榻，恭敬行禮，語氣與沈蘭溪方才如出一轍的心虛。

「過來用飯。」祝煊道。

清粥小菜，三人食不言寢不語的吃完。

沈蘭溪剛想亡羊補牢，裝作什麼都沒幹的樣子，讓祝允澄先去洗一洗再回主院，便被身後的男人喊停了腳步。

「去哪兒？」祝煊聲音低沈，帶著股壓抑。「都站好。」

沈蘭溪本不想聽話，但觸及到他的視線，立刻識時務的過去與她的「好夥伴」排排站。

祝煊盯著那兩個臊眉耷眼、垂首認錯的人看了半晌，終是開口道：「是你們自己說，還是我來說？」

沈蘭溪腦子裡的弦似是被人彈了一下，她神色單純，透著股天真。「郎君在說什麼呀？」

她話一出口，祝允澄心裡「咚」的一聲，落下了千斤重的大錘。

完了。

祝煊嗤笑一聲，茶杯蓋子擦過杯盞，清苦的茶香在屋裡散開，嗓音清潤。「明知故問，罪加一等。」

沈蘭溪瞪大了眼。

「我最後問一次，自己說，還是我說。」祝煊視線掃過兩人，沈得發黑。

祝允澄立刻打了個哆嗦。「我們自己說。」

沈蘭溪腦子轉了轉，跟著開口，避重就輕道：「我們晌午吃了烤全羊，我還給郎君留了條羊腿，本是吩咐廚房熱了，晚上給郎君嚐嚐，但許是忘了。」

祝煊勾了勾唇，雙眸一瞬不瞬的盯著她，輕飄飄的重複她說的那兩個字。「忘了？」

沈蘭溪呼吸一滯，吶吶點頭。

「既是記性不好，那便罰妳抄書吧，祝家家規，十遍。」祝煊不近人情道。

怎能這樣？她不要臉面的嗎？還當著他兒子的面說！

重點是，他是魔鬼嗎，抄十遍?!

祝允澄同情的、悄悄的看了沈蘭溪一眼，秉承著「多說多錯」的原則，言簡意賅的坦白認錯。「父親，我知錯了，晌午不該因一時好奇去嚐那酒，還請父親責罰。」

他說著，行了一個大禮，一副真心悔過的模樣，與隔壁負隅頑抗的人成了鮮明對比。

他坦誠，祝煊也直接。「把《禮則篇》背一遍，五下戒尺，引以為戒，今日背不出來，明日繼續，戒尺依舊，什麼時候記在心裡了，什麼時候停。」

祝允澄苦不堪言的答謝，在他的眼神示意下，去案桌上拿了書冊，面朝牆角去背了。

沈蘭溪瞪圓了眼與他對視，所有的話都在眼睛裡了。

她是他娘子，不是他兒子，他不能這樣罰……心裡的咆哮還沒完，那「惡龍」就開了口。

「妳呢？可知錯？」祝煊問著，神色淡淡的喝了口茶。

不知怎的，沈蘭溪從他眼裡看出幾分玩味。

「我又不是祝允澄，我是可以飲酒的。」她微抬下巴，據理力爭。

「飲酒當適量，醉的人事不省，還不當罰？」祝煊不知覺的，語氣柔和了些許，似是在跟熊孩子講道理一般哄著。

沈蘭溪噘了噘嘴，一臉的不高興。「我本來是沒有醉的，那果酒一點量都沒有，但是誰知你埋在樹下的那罈酒，聞著甘冽，喝著清香，卻是兩杯下肚，我就——」

沈蘭溪慢半拍的反應過來，急急住嘴，垂下眼不敢看他。

站牆角默書的祝允澄腦子發脹，頭皮發麻，險些要站不穩了。

果然，祝煊開口了。

「樹下的那罈酒，挖出來了？」聲音涼得沁人心脾。

第八章

祝煊瞧著那兩個垂頭耷腦的，把手裡的茶盞放下，發出「咚」一道清脆聲。

沈蘭溪知曉自己犯錯了，垂著腦袋等訓。

今日她也不知道腦子哪裡壞了，聽那小孩說了句「門外樹下埋了一罈佳釀」，就忍不住饞，隨著他去挖了出來。

她嚐了兩杯，祝允澄那個小垃圾喝了一杯，剩下的半罈還未來得及好生埋回去，她便不知後續了。

祝允澄猶豫著要不要轉身過去認錯，腳卻似是黏在地上一般挪不動。

大舅粗魯，時常動武，父親卻是沒打過他，便是犯錯，也是說教更多些。

今日他犯了兩樁錯事，只怕戒尺要在他身上抽斷了。

他捏了捏拳頭，給自己寬慰。

罷了，大舅常說的身先士卒，可不是他如今的境況？他認下這錯，沈蘭溪便少挨幾下。

更何況，他今日還吃了好吃的烤全羊……

思及此，祝允澄深吸口氣，握著書冊轉身，拱手認錯。「父——」

「那是澄哥兒出生時我埋下的，準備日後待他成親時，給他添入聘禮。」清冷的聲音帶著敲人心神的力道，又藏著些無奈。

這話，解釋比興師問罪多許多，沈蘭溪頓覺慚愧，真心悔過，試探著道：「我只喝了兩杯，還剩好多呢，要不……我再埋回去？」

祝煊不忍瞧她眼神真摯，嘴裡又說出那樣蠢的話。「不必。」開封的酒哪有再埋回去的道理？

沈蘭溪越發覺得愧疚。

說不好，這酒還是他與祝允澄他娘一同為自己兒子埋的呢，如今卻被她貿然挖出來喝，怎麼想都晦氣。

沈蘭溪咬了咬唇，思索著要如何彌補。

祝允澄不可能重新出生一次，那般好的寓意便沒了。而先少夫人也……

不然，她賠他們兩罈，他們父子倆帶著先少夫人的牌位一同去埋？也當是全了一家三口的意思。

「等來年春，我再釀一罈，重新埋便是。」祝煊忽地道：「別咬唇，該破了。」

「好，到時我幫你。」沈蘭溪乖乖道，剛喜上眉梢，又在一瞬耷拉下來。「但我不要背《禮則篇》，又臭又長……」

這是她最後的尊嚴了，要是祝煊不答應……

「好。」

沈蘭溪愣住。

「妳背祝家家訓。」祝煊看著她臉上的錯愕，只覺好笑。「飲酒過量，罰五戒尺，方才明知故問，多加兩下。」

沈蘭溪站那兒不吭聲。

她雖犯錯了，但也不想挨打啊！

「可服？」祝煊挑了下眉梢，忽地又問。

被他這般教訓，沈蘭溪羞恥得腳趾抓地，不覺間紅透了臉，好半晌才憋出一句。「服的。」

祝煊逗弄夠了，起身進了裡間的小書房。再出來時，他手上多了一把紫檀木的厚重戒尺，光滑油亮。

他走到書桌前坐下，與兩人道：「都過來。」

難兄難弟排排站，等著挨罰。

祝允澄先伸出手，盡數打在了左手，五下。

那清脆聲讓沈蘭溪汗毛倒豎，半邊身子都麻了。

她穿來這個封建朝代之前，是大人口中的「別人家的孩子」，沒受過老師的打。來到這兒之後，識文斷字也沒受過先生的罰。

但是，如今……

「伸手。」祝煊催她。

沈蘭溪不情不願的伸出半隻手，另一半被寬大的衣袖遮掩著，嘟囔道：「我給你留了半腿。」

「嗯。」祝煊故作不解的問：「所以？」

「所以……」沈蘭溪抬眼與他對視，默了默，把那句「可以少打兩下，將功抵過嗎」吞了回去，小聲問：「可以輕點嗎？」

「好。」

祝允澄無語。還能如此？

祝煊抓著她的手指，戒尺置於她掌心。「別抖。」

女子的手總歸是細軟光滑了些，與方才的小胖手全然不同，手裡的戒尺不自覺的收了力。

沈蘭溪剛要開口，掌心忽地炸開了疼，火辣辣的疼帶著燎人的架勢，連著五下挨完，她哭喪著臉控訴。「祝二郎，你騙人！」

祝煊揉了下額角跳動的青筋，手裡的戒尺指著牆角。「去背書。」

她哪裡知道，他只用了三成力，跟給她撓癢癢似的。就連方才澄哥兒，他都是五分力。

祝煊瞧著那拿著書、慢慢蹭到牆角、還留了兩寸距離的人，搖搖頭無奈的笑了，邁入裡間書房。

留兩寸地兒，便不是面壁思過了嗎？真傻。

沈蘭溪不知他心中所想，保持著自己最後的尊嚴，低著腦袋給自己通紅一片的掌心吹風。

祝允澄聽見離開的腳步聲，小心翼翼的回頭，瞧見沈蘭溪挨了罰的手掌時，頓時不滿的瞪圓了眼，低聲又驚訝的道：「妳的手怎的這樣紅？」

沈蘭溪一瞬間覺得，自己與他是站在同一戰壕的兄弟，受了關心，立刻義憤填膺的附和。「是吧，你也覺得他打得重吧！我就跟你說嘛，你父親太——」

她視線落在伸到她面前的手掌心時，話音戛然而止。

小胖手不只是紅，還明顯的腫了。都那樣胖了，竟還能瞧出腫了，如此便知那五下戒尺的力道了。

「……你還比我多挨了兩下。」語氣幽幽。

沈蘭溪小心的瞧了眼他委屈的臉，訕訕的放下自己火熱發燙的手。

「還不背，今夜是要幾時歇息？」身後一道聲音打斷了那面牆思過的兩人的交頭接耳。

兩人瞬間安靜如雞，各自翻開自己手裡的書冊。

祝煊走到書桌後坐下，也打開書冊，與他們手裡的不同，他的上面是畫。

書冊上的字不似印出來的，倒像是被人一筆一畫親寫的，力道鋒利如蒼松，沈蘭溪顧不得欣賞那字，往後翻了翻，有些絕望。

五十條家規，整整十頁！還幾時歇息！她今夜不眠不休都背不完！

事實也如此，近乎子時，祝允澄過去默背了大半，還剩一小半留給了明日，祝煊讓他去側院歇息了。

沈蘭溪卻還卡在前兩頁上，被提醒了三次，才爬到了第三頁，這次，祝煊沒有提醒她。

「不早了，去沐浴歇息吧。」祝煊忽地道。

沈蘭溪踟躕著沒動。「你再提醒我一句嘛！」

她才不要留過夜呢，明日還得再挨七下戒尺呢！

祝煊掃她一眼，忽地笑了。

她的心思太淺顯，都寫在了臉上。

「伸手我瞧瞧。」

沈蘭溪最是識時務，立刻把微腫的手心攤在他面前，與他賣乖道：「都有些腫了，麻麻的。」

祝煊捉住她的指尖，視線落在她淺淡紋路的掌心。

是有些腫了，薄薄的一層，依舊紅豔豔的。

到底是太嬌了，他都收了力，還是將她抽腫了。

不知是他瞧得太認真還是怎麼，沈蘭溪忽地紅了臉，抽回手縮在袖子裡，語氣不甚自在的打破沈默。「我比澄哥兒好多了，他早就腫了，我這就——」一點點。

「第十六條，要尊師敬長，孝順長輩，不可忤逆……」祝煊忽地開口。

沈蘭溪垂眸，神色驚訝。

燭光下，男人坐姿端正，寬肩窄腰，一手握著書卷，抬起的眼眸裡視線專注，眼神柔和，薄唇一張一合。

書冊上那些枯燥的字詞，忽地也沒有那樣煩人了。

「晨昏定省，與長輩奉茶，初一十五，或逢佳節，與長輩一同用膳，新婦要立於桌前伺候長輩，長輩賜座，方可坐。」沈蘭溪笑盈盈的接道。

祝煊勾了勾唇，又開口。「第十七條……不可做有損家族顏面之事……」

沈蘭溪又道：「守規矩，行正禮……」

桌上的燭火漸弱，最後一瞬熄滅，五十條家規的最後一字也落了聲。

黑沈沈的屋內，只能聽見兩道呼吸聲，氣氛靜得曖昧。

沈蘭溪吞了吞喉嚨，忽地有些捉摸不著的慌亂。「你、你要不要喝冷茶？」

男人似是無奈的嘆息一聲，回應道：「不喝了。」

「啊，好，那——」

「沈蘭溪。」他忽地喚她名。

沈蘭溪胸口重重一跳。

「我覺得，我學有所成了，妳可要檢查一下？」祝煊嗓音沙啞，恍若含了沙子一般。

沈蘭溪倏地紅了臉，連著耳根、脖頸都燒了起來，結巴道：「改、改日吧，我、我來了癸水，不方便……」

她聲音越來越低，顫得厲害。

忽地，一隻手抓住她的手腕，帶著灼人的熱意，是她每夜都能感受到的。

「來了癸水？」他重複。

不等她肯定的點頭，他又問：「如此還敢吃酒，自己說，要怎麼罰妳呢？」他的手指摩挲著她微腫的掌心，明晃晃的威脅。

沈蘭溪趕緊道：「不，沒、沒來！」

祝煊嘆口氣，把人拉近。

沈蘭溪猝不及防的趔趄一下，身子一歪，一屁股坐在他腿上。

兩人都明顯的一僵，又是幾息沈默。

「日後有什麼便直言不諱，不許尋藉口說謊，記住了？」祝煊問。

沈蘭溪點點頭，又後知後覺的應了一聲。「嗯。」

「今日的事，我罰過便是過了，明日祖母若是問起，妳實話實說便是，她許是會訓斥妳一番，要引以為戒。」

「哦。」沈蘭溪懶洋洋的應了一聲，身子放鬆了些，後背靠在他身上，沒骨頭一般。

想起什麼，她好奇道：「若是你今日沒罰我，明日祖母會怎麼罰？」

祝煊喉結滾動兩下，逼著自己忽視腿上和胸口的感覺，惻惻道：「方才的家規又忘了？」

沈蘭溪立刻想起自己藉口「忘性大」，被他罰抄家規的事，語氣急急。「沒忘沒忘！」

這話說得斬釘截鐵，裡面卻是沒幾分真。

畢竟是自己睜一隻眼、閉一隻眼，允她過了，祝煊也沒揭穿她。

「太晚了，今夜就別沐浴了，去睡。」他拍拍她的背，示意她起身。

沈蘭溪瞬間後背竄起一股酥麻，整個人僵得厲害。同時，她感覺到了點……硬……

沈蘭溪似是觸到火一般，立刻僵直著站起身。「啊，那個……對，我先去睡覺了，你自便！」

說罷，逃也似的往內室去了。

一陣踢踢踏踏的聲音後，屋裡安靜了。

祝煊閉了閉眼又睜開，欲蓋彌彰的扯了扯身上的衣袍，輕咳一聲道：「我去瞧瞧澄哥兒，妳先睡。」

「……好。」

門打開又闔上，沈蘭溪從被子裡鑽了出來，大口喘氣，一張臉紅得徹底。

她怎麼突然反應這麼大了呢？先前與祝煊同榻而眠，便是抱在一起，心裡也無甚波瀾的。今兒都是第幾次臉紅了，一點都不像她了！

沈蘭溪負氣的踢了踢被子，露在外面的腳感覺到冷，又狼狽的收了回來，認清局勢似的連人帶被子裹成一團。

那說是去看看的人一夜未回，翌日清晨，兩人四目相對，眼下皆一片青黑。

祝煊身後跟著神遊天外的祝允澄，顯然昨夜他與自己兒子睡在一處。

「我去給祖母請安。」沈蘭溪挪開眼，解釋一句。

「嗯。」祝煊也收回視線，與她一同往外走，狀似隨意的問：「昨夜沒睡好？」

沈蘭溪才不會承認自己昨夜胡思亂想到半夜，腦子裡是各種的他。

她撇了撇嘴道：「手心疼，自然是睡不好。」

祝煊掃了眼她抱著金絲手爐的手，若是真疼，便不會捧著暖爐了。

又撒謊。

想起昨日早回來的緣由，祝煊道：「今日我告了假，一會兒用過飯，去沈家給岳父岳母送年禮，妳隨我一同去。」

「年禮？」沈蘭溪瞬間神采飛揚，來了興趣。「祝家的年禮有什麼呀，也是送豬羊殺來吃嗎？」

民間有俗，年節時姻親會互送食物，多是活蹦亂跳的豬羊和雞鴨，再好一些的還有冰魚蝦蟹，來往甚是熱鬧。

祝煊點點頭。「母親還準備了些布疋和點心，要我一同送去，妳若是有什麼要帶的，早些讓人去收拾。」

沈蘭溪搖搖腦袋。「不必。」

林氏可比她有錢多了，哪裡看得上她手裡的那點東西？左右不過是湊湊熱鬧罷了。

三人行至主院，卻是覺察出些許不對。

院裡伺候的人都候在廊下，臉色肅靜。

沈蘭溪瞬間警鈴大作，小碎步蹭過去扯了扯祝煊的衣袖。「你昨夜不是說，那錯翻篇了嗎？」

祝煊順勢握住那隻抓他衣袖的手，柔弱無骨，發著熱。「別怕，先進去。」

沈蘭溪慌張搖頭，一副可憐模樣，央求的瞧著他。鞋子裡的腳趾抓地，怎麼都不肯挪動一分。

昨夜的家規屬實沒白背，她隱約記著，就昨日那錯細數起來，夠她跪三日宗祠了。

祝允澄沒有受過曾祖母的罰，瞧見沈蘭溪往回縮的模樣，小聲安慰道：「曾祖母最是慈愛了，不會罰妳我的。」

沈蘭溪連連搖頭，對他的話絲毫不信。「那是你嫡親曾祖母，自然是不會罰你的，我就不一樣了。」

祝允澄可是老夫人的金疙瘩，哪裡捨得罰他？若知道是她慫恿他乖曾孫喝酒，只怕還要罪加一等！

「給郎君和少夫人請安。」候在門口的下人上前請安。
祝煊掃了眼緊閉的門，問：「怎麼都在這裡站著？」
「稟郎君，三娘子天矇矇亮就回來了，正與老夫人在房裡說話呢。」
沈蘭溪臉上的可憐樣瞬間消失，好奇道：「三娘子？」
祝煊牽著她往裡面走。「是祝窈。」
祝允澄亦步亦趨的跟上，也被轉了心緒，問：「小姑姑怎麼這麼早回來了？」
祝煊道：「不知。」
屋裡，老夫人顯然也是剛起沒多久，身上蓋著一條薄毯坐在暖炕上，靠著迎枕聽旁邊婦人打扮的女子說話。
門口動靜傳來，屋裡的說話聲戛然而止。
沈蘭溪進來便覺得不對，屋裡哪有半分天倫之樂的孺慕氣氛？
她視線掃過老夫人，又悄悄看了眼起身的祝窈，兩人神色皆不好，一個是氣的，一個則是難過，還隱隱紅了眼眶。
祝煊神色自若的帶著沈蘭溪上前給老夫人請安。
「二哥、二嫂。」祝窈站在一旁喊人。
沈蘭溪臉上堆著笑，客氣的問：「妹妹回來了，可用過飯了？」
這話，哪壺不開提哪壺，老夫人給了她一個白眼。比他們請安還來得早，能用過什麼早飯？

果不其然，祝窈臉色僵了一瞬，搖搖頭。「還沒。」

幾人座下，祝煊才問：「這麼早回來，是有事？」

他這話問得直接，祝窈卻是直接垂下頭。

老夫人本與自己曾孫小聲說著話，聞言，聲音揚起幾度，道：「還能有什麼，三皇子的正妃又搓磨她了。」

這話像是揭開了祝窈的臉面，屋裡頓時靜了。

沈蘭溪微微垂頭，努力收斂起自己吃瓜的神色，卻是豎著耳朵聽得認真。

無非是後宅的瑣事，那三皇子妃折磨人的手段算不得高明，但也讓人無法駁，便是祝家想要上門討要說法，也沒有名目。

沈蘭溪卻是暗暗搖了搖頭，哪裡是三皇子妃針對她，怕不是那三皇子授意的。

就祝家在朝堂的聲望，祝窈即便是側室，三皇子妃也不會堂而皇之又三番兩次的折磨她。

老太太與他們夫妻兩人說了一通，又恨鐵不成鋼的與自己孫女道：「從前妳在家時，我與妳父親、兄長，哪個沒說過，那三皇子妃不是好相與的，妳不聽，迷了心智一般，非得去給人當側室，如今這苦頭，也該妳吃！

「妳父親、兄長在朝堂艱難，妳卻是想著那些情愛，甘心去與人做小，在外人眼裡，祝家是綁在三皇子這條船上了，妳可知給妳父兄添了多少難處？」老夫人說得苦口婆心。「就連妳二哥娶繼，也不敢挑門楣——」

「祖母。」祝煊喚了一聲。

沈蘭溪眉心一動，懂了。

難怪沈家祖墳冒青煙了呢！也難怪剛成親時，祝煊對她一再容忍呢！

老夫人瞧了眼垂著腦袋的沈蘭溪，嘆息一聲，與祝窈道：「罷了，萬事皆有緣法，妳也有些時日沒回來了，去給妳母親請個安，順道看看妳小娘吧。」

祝窈起身。「是。」

人走了，瓜沒了，沈蘭溪點心吃了一碟，也準備起身告退，回家吃飯了。

花嬤嬤給老夫人使了個眼色，後者才想起昨日的事。

「這些時日，我瞧著澄哥兒時常往妳院裡跑，你們母子倆……」老夫人打量似的瞧著沈蘭溪。

沈蘭溪眼皮一跳，立刻接道：「澄哥兒孝順，知我總是一人待在院裡，這才時不時的來瞧瞧我，與我解悶，勞得祖母掛心，我與澄哥兒相處甚好。」

只是說兩句話，吃兩頓飯，她沒有帶壞他！

花嬤嬤笑與沈蘭溪道：「老夫人念小郎君念得緊，這才接到膝下親自撫養，少夫人尋常若是無事，也可時常過來走動走動，老夫人瞧見您與小郎君就歡喜。」

沈蘭溪先是詫異，隨即面露驚喜，似是心中激動難平，握著手帕起身，連連保證。「祖母既是喜歡二娘來，日後二娘定日日來祖母這裡陪伴！」

說罷，她又一臉嬌羞道：「我還當自己愚笨，不受祖母待見，原來祖母是面冷心熱，盼著我來的，不如便從今日開始吧？」

老夫人只聽見她噼哩啪啦落珠子似的話，卻是半句沒落到耳裡，慢半拍的問：「什麼？」

沈蘭溪笑得露出一口白牙，一副天真模樣。「從今日開始，我便一步不離的伺候在祖母身邊，一日三餐也在祖母這裡，正好祖母院裡的飯食點心我還挺喜歡吃的～～」

吃吃吃！就知道吃！

澄哥兒去她那裡不夠，她還要日日來這裡?!

老夫人氣得頭疼，但又說不出來，打發花嬤嬤去拿來一只木匣。

「這是間城外的莊子，裡面有個湯池，這幾日落了雪，正好是舒坦的時候，妳可以去泡一泡，不必悶在府裡陪我這個老太太。」老夫人一副深明大義的語氣道。

還有這等好事?!

沈蘭溪從花嬤嬤手裡接過那契子，依舊是一臉不可置信，遲疑道：「二娘還是留在祖母身邊伺候吧？」

老夫人連連擺手。「不必不必。」

語氣神色都篤定果斷得很。

沈蘭溪歪了歪腦袋，又一臉為難道：「年關將近，母親操勞，二娘怎能留下一家老小，獨自出門玩耍呢？傳到旁人耳裡，怕是要罵二娘不孝了。」

「妳大大方方出門去，是我允了的，誰敢嚼舌根？」

沈蘭溪在心裡「喔」了一聲，這霸氣倒是讓人歡喜。

她喜孜孜的屈膝道謝。「既是祖母好意，二娘便不推辭了，今日日頭不錯，要不……」

「成，妳今兒就去吧，玩夠了，傳信回來，我讓人去接妳。」老夫人大手一揮，直接定下了。

沈蘭溪高興，老夫人也高興。

雖是給出去一座莊子，但好在是把他們母子倆隔開了，也算不得虧。

等到她摸清了沈氏為人，再讓他們母子倆相處便是了。

祝允澄也心動了，仰著臉巴巴道：「曾祖母，我這幾日不必去學堂，我也想隨母親去泡溫泉。」

老夫人道：「不成！」

第九章

聽見乾脆俐落的拒絕，祝允澄不高興了，抱著她的手臂撒嬌道：「為何？母親都可以出去玩，為何我不行？這幾日我左右無事，就去去嘛！」

老夫人最是寵愛這個曾孫，險些投降。

花嬤嬤笑道：「小郎君忘了，往年這個時候，您都要去您外祖家住幾日的。」

祝允澄立刻蔫了。「年後去也是一樣的嘛。」

他想跟沈蘭溪一起去玩，她在別院一定會吃好多好吃的，還有好玩的！

「不許胡鬧。」祝煊突然出聲道：「你們書院的屋舍我已著人去修葺了，不過一、兩日便好，既是決定要年後去你外祖家住，那這兩日便留在府中溫習書本吧，我晚飯後檢查。」

祝允澄一張臉立刻皺成了苦瓜，小聲道：「那我還是去外祖家住幾日吧。」

祝煊皺了皺眉，教訓道：「君子一諾重千金，既是說了，便不可反悔。」

沈蘭溪一臉同情的咋了咋舌，歡歡喜喜的讓元寶和綠嬈收拾東西準備去度假啦！

撞上祝允澄悲戚的眼神，她露齒一笑。

人類的悲喜從來都是不相通的呀。

馬車裡，沈蘭溪按捺著性子，沒有去掀那道簾子。對面坐著的人，如上次陪她回門時一般，捧著書在看。

「郎君，你說祖母為何要送莊子給我呀？」沈蘭溪剝著橘子皮問。

便是一個時辰過去，她摸著袖袋裡的契子依舊恍惚。難不成真被她說中了，老夫人即便平日裡待她冷臉，也是喜歡她的？

祝煊眉梢一動，視線落在某個字上瞧了好一會兒。「她喜歡妳。」

「啊？」沈蘭溪腦子僵了。若是她眼睛沒瞎，老夫人對祝允澄那副態度才是喜歡吧？

「安心玩，過幾日我去接妳。」祝煊說著，手裡的書翻了一頁。

早上那一齣，他瞧得明白，祖母是不想澄哥兒與沈蘭溪多相處，其中緣由也很好猜。後宅中的事，不比朝堂上簡單多少，祖母既是想觀察她，那便觀察個真切好了。

「日後在祖母與父親母親面前，不必裝作賢良淑德，他們雖是講規矩，但對家人也包容。」祝煊忽然道。

沈蘭溪腦子倏地一下擦了點火，揚著小下巴驕傲道：「我裝什麼了？我沈二娘就是賢良淑德，是閨中女子之典範！」

用詞懇切，語氣斬釘截鐵。

祝煊終是掀起眼皮瞧她，沈蘭溪迎上他的視線，分毫不退。

祝煊眼前閃過她奇差的睡姿，坐在他病床前吃蜜餞的樣子，胡說八道哄人的模樣，以及……他勾了勾唇，忽地彎腰湊近她，壓低聲音問：「哪家閨秀，會拒絕郎君夜裡尋歡？」

沈蘭溪腦子空白一瞬，臉立即著了火。

他還有臉說！他如何說得出口的！

「你——」

「我如何？」祝煊眉眼含笑的問。

沈蘭溪喉嚨裡似是卡了一團棉花，腦子轉得飛快，卻是半個字都說不出來。

忽地，馬車晃了一下，停了。

沈蘭溪匆匆從他臉上收回視線，腳步凌亂的滾下馬車。「到、到了……」

祝煊怔了一瞬，盯著那落荒而逃的人消失不見。

車簾被掀起又落下，打了兩個轉，馬車裡響起一道清潤的笑。

提前呈了拜帖，沈家有些許準備。

沈蘭溪隨著林氏往內院走。「蘭茹呢？祝家老夫人許我去莊子上泡熱湯，她若是無事，便隨我一同吧。」

林氏搖搖頭。「那個貪玩的，前兩日便帶著人往郊外莊子去了，還未回來。」

「那倒是不巧了。」

只是這人不禁念叨，午後用過飯，沈蘭溪便大箱小箱的讓人裝上車，帶著兩個貼身婢女登車往莊子去了。

「這邊是有多好，這都是咱們一路上遇見的第三處莊子了。」元寶趴在窗口處嘟囔道。

「約莫是出了湯池吧。」沈蘭溪懶懶的靠在馬車上閉著眼假寐，有些犯睏。

忽地，元寶腦袋往外探了探，道：「娘子，前面好像吵起來了。」

沈蘭溪不願多生事端，打了個呵欠，吩咐道：「讓車夫避開些走，不要去沾惹。」

「是。」元寶應了一聲，掀開簾子，腦袋探出剛要開口，卻瞧見一抹熟悉的身影。

「娘子！前面那好像是三娘子！」

「沈蘭茹？」沈蘭溪睜開了眼。「駕車過去！」

「……就妳也配進我陸家的莊子？」一年約四十、做婦人打扮的人一臉嫌惡的瞧著面前站著的女子。「我今日便明白告訴妳，我家四郎是不會娶妳的，妳早些死了這條心吧。」婦人說著，拉過一旁身著黛藍色衣裙的姑娘。「這位是鴻臚寺李大人家的五娘，已與我家四郎訂了親，只等翻了春便進門，妳沈三娘算什麼，也敢肖想做我家四郎的正妻？妳若是還知些廉恥，便滾遠些，別來攀扯我家四郎——」

「我當是什麼狗在吠，原來是四品的陸家夫人啊。」一道慵懶的聲音忽地插了進來。

眾人循聲望去，只見一人坐在馬車裡，只是掀起一道簾子瞧來。

午後的日光落在她身上，烏黑鬢髮裡只見一支白玉簪，卻活似奪了日輝，耀眼得讓人難以挪開視線。

縱然沒瞧過這張臉，馬車上明晃晃的族氏也讓陸夫人閉了嘴，吞下那些羞辱人的話。

「原來是祝家的啊。」陸夫人說了句，又道：「果真是烏雞嫁進了鳳凰窩，祝少夫人如今派頭不小啊。」

沈蘭溪冷笑一聲。「怎比得上陸夫人呢，陸大人四品官職，從夫人嘴裡說出來，倒像是一品大員，讓人望塵莫及啊。」

陸夫人唇角抖了兩下，憋著氣，瞧了眼面前的沈蘭茹，嘲諷道：「祝少夫人這是來替妳這妹妹出頭了？」

「出頭？」沈蘭溪嗤笑一聲，忽地伸手。

元寶心領神會，立刻攙著她下馬車，腰桿挺得筆直，決計不給她家娘子丟臉。

沈蘭溪踏下馬車，綠嬈立刻上前給她披上披風。

沈蘭溪上前，當場站著的幾個小娘子連忙與她行禮。「祝少夫人安好。」

「諸位安好。」沈蘭溪隨意道了一句，過去站在紅了眼眶的沈蘭茹旁邊，把手裡鑲著寶石的小金爐遞給她，又往她身前擋了擋，這才瞧向一旁趾高氣揚的人。

「陸夫人說這話，也是覺得欺負我沈家人了？」

被尋了話茬，陸夫人一張臉鐵青。

沈蘭溪瞥她一眼，目裡皆是不屑，側身與駕車小廝道：「你們在此等等，我去瞧瞧這陸家的莊子，到底有多難進。」

幾人一愣，又險些笑了，連忙拱手應是。

「陸夫人不帶路嗎？」沈蘭溪笑意不達眼底的道。

廳裡氣氛膠著，沈蘭溪坐在上位，飲了口茶，又嚐了口點心，隨即便推到了一旁，嫌棄道：「陸夫人便是用這種東西來招呼客人的？」

「妳——」

「不是我說，陸夫人也自詡是門第高的家族，這吃穿用度怎的這般不講究呢？這粗茶，這點心，也就扔出去能聽得一個響。」沈蘭溪說著搖搖頭，看向一旁站著的靛藍色衣裙的女子。「方才聽聞，妳是鴻臚寺李家的？」

阮清塘屈膝行了一禮。「五娘見過祝少夫人。」

沈蘭溪一臉慈愛的與她招招手。「走近些來，咱們說說話。」

阮清塘臉上閃過幾分訝異，儀態端莊，蓮步上前。

「瞧妳知書達禮，性子嫻靜，妳與陸翰羽的親事是家裡定下的吧？」沈蘭溪問。

「是家慈與陸夫人定下的。」阮清塘點頭。

「按理說，寧拆一座廟，不悔一樁婚，但是今日之事妳也瞧見了，且不說陸家的旁人是否與陸夫人一般趨炎附勢，便是與妳訂了親的陸翰羽，他心裡裝著另一個人，這樣的男子妳當真要嫁？」

沈蘭溪說罷，瞧了眼一旁垂著腦袋的沈蘭茹。「阮娘子也別誤會，我說這話，並非是想要替家妹爭下這樁婚，只是站在一個女子的角度與妳說幾句罷了。陸翰羽為人沒有擔當，今日之事因他而起，卻並未見他站出來說一句，如此這般，怎會是阮娘子的良配？」

「沈蘭溪！」陸夫人氣得渾身發抖，「啪」一聲拍著桌子站起身，怒目而視。

「陸夫人，陸家的家教，便是這般隨意打斷旁人說話嗎！」沈蘭溪怒焰呵斥。說罷，她收回視線，語氣一轉溫柔。「我見阮娘子頗有緣，便多嘴幾句，女兒家的大事是關乎一生的，所託非良人，半生蹉跎，所剩皆悲苦，阮娘子可仔細想想，也可歸家與令慈說說，今日相見不合時宜，下次吧，我作東，請阮娘子吃酒。」

「多謝祝少夫人。」阮清塘道。

「蘭茹，走吧。」沈蘭溪起身，撫了撫衣裙，瞥了眼一旁臉色扭曲的人，淡聲道：「陸夫人不誠心請我們吃茶，用這樣的陳茶來打發我們，我都沒臉替外頭等候的車夫討一杯喝。」走了兩步，忽地又回頭。「陸夫人不必送了，今日之事傳揚出去，若是被我聽見一句不符合事實的話，回京後，我必得去叨擾一下陸老夫人了。」

「沈二娘，妳以為妳是誰——」

沈蘭溪毫不客氣的打斷她的話。「還有，夫人方才說我家蘭茹不知廉恥，倒不如回去問問妳那好兒子事實如何，他陸翰羽若當真還是個男兒，敢實話實說，我相信，陸夫人之後便有事做了，與其折辱旁人家的小輩，還是省省心力，多管管自己兒子吧，什麼東西！」

說罷，她抬腳出了門，聽見身後傳來摔東西的聲音，勾唇笑了。

馬車上，沈蘭溪閉眼沈默不語。

沈蘭茹湊過去，腦袋剛枕在她肩膀上，便被她毫不溫柔的一把推開。

「今日之事，妳最好自己去與母親一五一十的坦白，若是等我去說，半分都不會替妳隱瞞。」沈蘭溪睜開眼，神色嚴肅道。

沈蘭茹癟了嘴，一副要哭的模樣，沈蘭溪卻盯著她不語。

沈蘭茹吸吸鼻子，又靠了過去，這次沒被推開。

「我只問妳一句，還要喜歡陸翰羽嗎？」沈蘭溪摸了摸她腦袋問。

沈蘭茹沈默幾息，問：「二姊姊，妳那時是怎麼放下陳彥希的？」

想起那玉面如冠的人，沈蘭溪冷笑一聲，披著羊皮的王八！

她屈指彈了下沈蘭茹的額頭，教訓道：「說甚放下？說得我沈二娘好像是長情的人似的。」

「不是嗎？妳退親後，拒絕多少人家的提親，這麼多年未嫁，母親說，妳這是被陳彥希傷著了。」沈蘭茹軟軟道：「妳可以乾脆俐落的與陳彥希退親，但我卻做不到。」

「他薄情，我寡義，與妳和陸翰羽不同，不必事事循著我的腳印走。」沈蘭溪摸著她的頭髮，難得溫柔。

當年陳彥希明面上貼體入微，疼惜她處於孝期，主動延後婚期，暗地裡卻是與三兩個狐朋狗友廝混青樓，夜夜眠花宿柳。她被藍音告知，與之作戲，大肆捉姦陳彥希於紅樓，他壞了名聲，她乘機退了親。

他與她許諾時她便說過，來日他若背信棄義，她必斷他後路。

他聽得不認真，她卻做得堅定。老死不相往來的兩人，如何與眼前這心悅對方的姑娘比？

只是在世人眼裡，她這老姑娘多年不嫁，是因心中對陳彥希的情意，又哪知，她是因在沈家過得快活，不願挪窩。

「二姊姊，我好難過，妳陪我吃酒好不好？」沈蘭茹抱著她的手臂撒嬌道。

沈蘭溪腦子裡的那根弦似是被人撥了一下，不自覺的結巴道：「吃、吃酒？」

就連抱著小金爐的左手都隱隱泛起了疼。

「嗯！」沈蘭茹沒察覺到她的不對勁，堅定點頭，似是覺得不夠，腦袋立起來，坐得端正了些。「我決定了，我不要喜歡陸翰羽了，吃過這頓酒，就不喜歡了！」

沈蘭溪嚥了嚥唾沫，對上她堅定的視線，推託的話又嚥下。「……好。」

左右她今夜宿在莊子裡，便是醉了，祝煊也不會知曉。再者，她酒量甚好，昨日那只是陰溝裡翻船，著了道罷了，哪還能次次翻呢？

一行人到了莊子上時，天色已經暗了下來。

管事的領路，邊走邊介紹，殷勤備至。

沈蘭溪看在眼裡，也不多說，時不時地「嗯」兩聲，以作附和。

「這裡便是了，少夫人稍作歇息，老奴去讓人準備擺膳。」

沈蘭溪點點頭，客氣道：「有勞劉管事。」

「哎喲，少夫人這話真是折煞老奴了。」劉管事說了一聲，便顛顛兒走了。

推門進去，沈蘭溪一眼便瞧見桌上厚厚的一疊冊子，頓時挑了挑眉，明白了那一路殷勤所為何。

這是以為老夫人派她來查帳了？

元寶也瞧見了，不等她問，便聽見她家娘子開了口。

「帳冊收起來吧，今日舟車勞頓，妳也累了，明日再看也是一樣的。」

元寶應聲。「……好。」

她就知道！

先前娘子教她時，她為何要學會呢?!還是學得不夠，瞧她家娘子，不論老夫人如何教，都學不會！

沈蘭溪瞧她耷拉著腦袋的模樣，到底是不忍心，小聲道：「若是有一個人幫妳分擔些，是不是會好一點？」

這話滿是暗示，元寶與她對視一眼，眼睛一亮。

這時進來的綠嬈，忽地覺得後背隱隱發涼。

夜裡，一桌酒菜，沈蘭茹邊喝邊哭，好不悽慘，絮絮叨叨的說著那些沈蘭溪聽得耳朵起繭子的話。

沈蘭溪不搭腔，認真吃飯。

這莊頭許是沒少費心，雞鴨魚肉都有，比她在府裡都吃得豐盛，味道也不差。明日這帳，得讓元寶好好查查了。

沈蘭茹說是吃酒，不過幾杯便醉了過去，嘴裡的話還沒說話便倒了下去，沈蘭溪喚來元寶和綠嬈，把她扶到榻上。

一夜安眠，翌日晴天。

難得出來玩，沈蘭溪也沒睡懶覺，吃過飯便讓人帶著東西，找了冰湖垂釣。

沈蘭茹也好些年沒玩過了，一掃昨日陰霾，笑得花容燦爛，嘰嘰喳喳的好不吵人耳朵。

沈蘭溪披著披風，招手喚來一旁的管事。「莊子上可有巧手工匠？」

劉管事一笑，臉上的溝壑越發明顯，連連點頭。「有的有的，少夫人要幾個？」

「兩、三個吧。」沈蘭溪道。

「是，老奴這就去給您尋人。」

「二姊姊，妳找工匠做甚？」沈蘭茹湊過來問。

「做點好玩的東西。」沈蘭溪瞇了瞇眼，被日頭曬得有些舒服。「這麼好的一片冰湖，得痛快玩一場才是。」

溜冰鞋、雪橇、滑板……她都想要！

「什麼好東西呀？我也想要！」沈蘭茹躍躍欲試道。

沈蘭溪立刻搖頭，毫不留情的拒絕。「沒有，我已經給母親傳了信，妳明日便回去。」

「不要，我不回去。」沈蘭茹立刻氣哼哼的坐到一旁。

想也知道昨日的事定然傳開了，她回去受罰不說，還要被旁人指指點點，哪有在這裡待著舒服？

沈蘭溪瞥她一眼便知道她的想法，直接戳破道：「是妳做的，自該當罰，便是有何後果，也該去承擔，難不成妳能在這裡躲一輩子？」

林氏膝下一子一女，對沈蘭茹這個女兒自是疼惜，思慮一日，自是會為她鋪好後路。

沈蘭茹一臉不高興。「怎麼不能躲一輩子？」

不等沈蘭溪開口，她視線掃到了一抹紅，立刻跳了起來。「有魚！一尾紅色錦鯉！」

沈蘭溪無語。

一整個上午，她簍子裡空空，卻是不時聽旁邊的沈蘭茹高興到跳腳的叫嚷聲。

「哼！魚還是更喜歡我！」沈蘭茹得瑟道。

沈蘭溪無語的附和著點頭，轉身便搶了她的魚簍讓綠嬈拿給廚房烤了吃！

冬日裡的魚不夠肥，但是很鮮，沈蘭溪吃得肚皮溜圓，過河拆橋的讓人送沈蘭茹回沈家的莊子。

「妳怎麼這樣！哼！」沈蘭茹氣得跺腳，轉身就走。

沈蘭溪躺在躺椅上，突然出聲喊她。「沈蘭茹！」

「幹麼！」

「若是覺得難過，便做些歡喜的事，不過是一個渣男罷了，有福之女不進無福之門，今日絕了陸翰羽，幸事一樁，妳該歡喜才是。」

沈蘭茹嘟了嘟嘴。「作何這般煽情，妳真酸。」說罷，她又道：「等過年，我會隨母親去祝家拜年的，妳記得給我包紅封！」

沈蘭溪眼皮一跳，脫口而出一句。「妳作夢！就妳先前坑我之事，我沒讓妳把往年的紅封還我就不錯了！」

兩人拌了兩句嘴，心裡卻都舒坦了。

院子裡重新變得寂靜，沈蘭溪起身回屋歇覺。

莊子上文雅不足，野趣卻是不少。沈蘭溪折了老夫人梅園裡的幾枝紅梅插在房中，吃了野味，吩咐人做的雪橇和溜冰鞋也做好了。

白日裡滑冰玩得盡興，夜裡拎了酒壺去泡熱湯，渾身舒坦。

「元寶，酒壺空了，再去拿一壺來。」沈蘭溪吩咐道。

不多時，風吹簾動，一道腳步聲傳來，目光落在霧氣朦朧的湯池一處，來人腳步一頓。

池中霧氣蒸騰，那人倚在一處，身上的白色裡衣被水浸透，隱隱露出裡面的鵝黃色兜衣，衣裳貼在身上，好不惑人。那張小臉白裡透粉，紅唇微翹，一頭黑髮披散著，髮梢沾了水浮在水面上，仰起的脖頸修長，越發顯得那處飽滿。

瞧來，這幾日過得委實不錯。

「沈蘭溪，別在這裡睡。」祝煊喊她，聲音低啞，恍若含了沙礫。

被喊的人一驚，驚慌間睜開了眼，與他的視線對上。愣怔幾秒，她倉惶開口。「祝、祝煊?!」

意識到自己身子半透的窘迫，她立刻轉過身。「你先出去！」

祝煊眉心一動，忽地勾唇輕笑，不但沒有如她所願的出去，還在她身後蹲下，長指敲擊似的點了點她的薄肩，觸到了一指濕，道：「規矩呢？不與我行禮？」

沈蘭溪嚥了嚥唾沫，心裡忽地升出一股不知何名的衝動，坦然的轉身，巧笑倩兮道：「郎君安好？」

這次換祝煊微愣，在這一息間，領口處的衣衫忽地被人抓住，又一扯，他不受控的跌進湯池裡。水花四濺，他滿身狼狽，還被嗆了幾口她的洗澡水。

她勾唇笑，眼裡的得意絲毫不藏。

閨秀之典範？

呵！明明是一隻調皮的小狐狸。

祝煊抹了把臉上的水漬，慢條斯理的把衣裳脫去，還意有所指道：「妳還挺急。」

沈蘭溪面皮一紅，又不甘示弱，主動朝他游過去，一隻手貼在他的胸口。「哪有郎君急？」

溫香軟玉入懷，還是自己念想了幾日的人，便是聖人都忍不住了。

祝煊擒住她的下頜，拇指摩挲著那如玉的肌膚。「哪裡急？」

元寶手裡的酒終是沒送進去，裡面的水聲蕩漾，以及那若有似無的哼唧聲讓她瞬間止步，紅著臉離得遠了些，為她家娘子守門。

半個時辰後，裡面的動靜終於停了。

不多時，散著頭髮、披著大氅出來的男人，懷裡抱著一個包裹嚴實的人，吩咐道：「去讓廚房熬一碗薑湯來。」

那淺紫色披風裡忽地傳來一道悶聲。「不要。」

「去準備。」祝煊又說了一句，抱著腿腳痠軟的人大步離開。

床榻上，祝煊沒喚人進來，伺候著那一根手指都不願動的人換上乾爽的衣裳，拿帕子為她絞髮。

沈蘭溪理所應得的享受著他的服侍，全身舒爽的趴在枕上，故意刺道：「郎君這般急著趕來，是饞肉了？」

她一語雙關，一雙眸子裡滿是揶揄。

祝煊淡淡掃她一眼，也拋開君子外皮，道：「床笫之歡，豈是我一人能做的？方才嬌喘不止的可是娘子妳。」

沈蘭溪被他說得一噎，努力按捺心裡那點心思，絲毫不承認自己方才著了迷似的配合。

「士別三日當刮目相待，郎君著實長進不少，如此瞧來，我送給郎君的畫冊果真有效。」

她說著，身子略微撐起，仰著頭含笑與他對視，一指在他下頷上點了點，調戲道：「郎君好好伺候我，待我心情好了，再去買幾本送給郎君也不是不可。」

祝煊似是被她這話氣笑了，喉間逸出幾聲氣音，手裡的帕子隨意一扔，整個人翻身伏在她身上。

對上她灼灼桃花眼，他也笑，手指挑開她有些鬆散的衣領，問：「是這樣伺候嗎？」

沈蘭溪屏著呼吸，卻還是控制不住胸腔裡的跳動。

她不言，他卻偏要問：「方才舒服了？娘子不答話，是不滿意我方才做的？」

他句句緊逼，長指放肆。

「滿意！」沈蘭溪一把抓住他的手，求饒道：「我腰痠腿疼，郎君疼疼我嘛～～」

祝煊眼睛一瞬不瞬的盯著她，想要瞧出她這話裡有幾分真。

洞房花燭夜那般動作，任一男子都會介懷，他想知道自己是否真的精進了些。

沈蘭溪不知他心中所想，抓著他的手擱在自己腰間。「郎君幫我揉揉嘛～～痠得厲害～～」

祝煊清了清喉嚨，剛要開口，門口傳來了動靜。

「娘子？薑湯好了……」
做賊似的一聲，恍若生怕打擾了裡面的人。
祝煊深吸口氣，赤著腳下床，幾步路走得沈蘭溪瞧出些未消的火，默默拉了錦被來把自己裹好。
有些東西啊，嚐嚐便夠了，保重小命要緊。
祝煊伺候重病之人一般，有條不紊的餵她喝了薑湯、吃了蜜餞，最後淨了口，屋裡的燭火方才熄滅。
有過剛才的肌膚之親，兩人也沒再分被，直接裹進了一張錦被裡，他自身後擁著她。
沈蘭溪也難得乖巧，縮在他懷裡，拉至眼睛的錦被卻是被他掖到了小巧的下巴下。
「郎君今夜怎麼來了？」沈蘭溪問。
「妳與陸夫人的事，祖母知道了。」祝煊道。
聞言，沈蘭溪倒是沒有多驚訝，就當時莊子外那麼些人，這事若是沒有傳開，才會讓她生疑。
她腦子靈光一閃，問：「祖母派你來抓我回去的？」
祝煊額角青筋一抽，捉摸不透似的問：「祖母在妳心裡，威嚴如斯？
「不是祖母，澄哥兒日日念著妳，正好我明日休沐，便來接妳回去。」
沈蘭溪撇撇嘴，對他這話絲毫不信。祝允澄哪裡是念著她，分明是也想出來玩！

她眼珠子轉了一圈，在黑暗中道：「怎敢煩勞夫君親自來接，你速速歸去，我料理完這裡的事便帶人回去。」

祝煊捏了捏她腰上的軟肉。「還沒玩夠？出來八日了。」

從前不覺得如何，她不在的這幾日才覺察出些清冷來。廊下雖亮著燭火，但推門進去尋她不見，竟是嚐出些孤家寡人的孤零感。

沈蘭溪不語，以沈默對答。

好日子，哪裡有夠的？

靜了一息，溫熱的呼吸噴灑在她後頸。

「再留一日，後日回府。」祝煊搶先道：「不許討價還價。」

沈蘭溪張開的嘴又閉上，不情不願的「哦」了一聲。

她沒瞧見，身後那人緩緩笑了。

承安侯府。

一早，祝煊便傳了信，說是要明日再回府。

祝允澄坐在下首，悶悶不樂的吃著碗裡的飯。

老夫人心疼壞了，哄道：「左右你今兒個也放假，出府去找你小舅舅玩吧，身上可還有銀子，曾祖母讓花嬤嬤再給你拿一點。」

「褚睢英前幾日惹惱了大舅，挨了馬鞭還沒好，我昨兒放學後去瞧過了。」祝允澄有氣無力的道，把不高興直接寫在了臉上。

他咬了口包子，嚼了嚼嚥下，道：「曾祖母，為何我母親可以去莊子上玩，父親也可以去，就我不行呢？」

這話說得可憐，癟著嘴的小模樣一副要哭了的架勢，老夫人有些受不住。「乖乖……」

花嬤嬤上前，小聲道：「老夫人，郎君也在莊子上。」

老夫人經她一提點，默了默，道：「罷了罷了，想去便去吧，但是明兒得跟著你父親一同回來。」

祝允澄面色一喜，包子也不吃了，立刻喜形於色的起身行禮。「多謝曾祖母！」

騎馬比馬車快多了，兩個時辰後祝允澄便站在莊子裡，隨著下人一同往裡走。

碩大的一片冰湖上，水面被日頭曬得晃眼，卻見一道藏藍色人影像一陣風似的滑過，輕飄飄的。

沈蘭溪！

果真如他想得那般，這人在這兒好吃好喝好玩！

「小郎君……」下人連忙喊。

祝允澄朝他們擺擺手。「你們前去安頓吧，不必跟著！」

沈蘭溪一轉身，便見一人朝她跑來，險些收勢不及撞到他。

她玩了一身汗，對方也臉頰紅撲撲的，一雙眼睛泛著亮光瞧她的鞋子。

「你怎麼來了？」沈蘭溪驚訝道。

被問及，祝允澄氣呼呼的哼了一聲。「母親玩得樂不思蜀，便是父親也多留了一日，我自是被曾祖母派來帶你們回去的。」

提起老夫人，沈蘭溪柳眉一動，拉著他去旁邊坐，誘哄的問：「想不想玩？」

祝允澄又掃了一眼她的鞋子，扭頭不答，一副等人哄的架勢。

沈蘭溪才不慣著小孩，做生意似的有來有往。「我問你一事，你如實答，我便送你一件很好玩的。」

祝允澄又哼一聲，彆扭道：「什麼事？」

「你曾祖母真的氣我與陸家的傳言？」沈蘭溪這話其實裡面還藏了一個問題，但卻欺負小孩聽不出來。

「妳怎麼不問我父親？」

沈蘭溪捏著一塊點心吃了。「問你父親？他那般端方有禮的君子，哪會聽旁人閒話？」

祝允澄氣結，不可置信的指著自己。「那我就會聽了？」

沈蘭溪塞了塊麻糬給他，順順毛道：「那是自然，你比他有人情味啊。」

祝允澄被她猝不及防的一句誇讚惹得有些臉熱，抓著那塊麻糬兩口吃下，道：「妳走了兩日，曾祖母便聽聞這事了，我也不知道她氣不氣，沒聽她罵妳。」他說著稍頓，扭開臉小聲道：「方才是我說謊了，曾祖母沒有讓我來抓妳回去，妳別與我父親說。」

沈蘭溪不置可否，悠悠的喝著熱茶瞧他。老夫人便是氣她，也不會在祝允澄這個曾孫面前罵，教養好的人，是會為旁人留面子的。

祝允澄想起什麼，又一臉憤憤的告狀。「妳都不知道，這事在坊間傳得沸沸揚揚，我在學堂裡都聽聞了，陸家的人說妳不敬長輩，沒有禮數，還說妳罵人，我是不信的——」

「我是。」

「妳在家……什麼？」祝允澄傻眼了，一副癡傻模樣，瞧著有些好笑。

「我是罵她了，從年歲上來說，她也算是長輩，所以那句不敬長輩也算有理可循。至於沒有禮數，這我可不認，我的規矩學得多好啊。」沈蘭溪一一數來。

祝允澄頗為無語的翻了個白眼，又小聲問：「妳罵她什麼了？」

「在說什麼？」一道清淡至極的聲音插了進來。

沈蘭溪剛到嘴邊的話吞了下去，笑盈盈道：「在說坊間傳言。郎君怎麼過來了？」

祝煊不贊同的皺了皺眉。「背後不語人是非。」

「誰人背後不說人，誰人背後不被說？」沈蘭溪不以為意。「更何況，這傳聞……」她拉長聲音，抬眼瞧他，一字一句道：「我可是其中角色。」

相比沈蘭溪只是起身做做樣子，祝允澄規矩許多，行禮道：「父親。」

「嗯，怎麼過來了？」

祝允澄一向不敢在他面前胡說，老實道：「今日學堂放假，我央了曾祖母來這兒玩。」

他話音剛落，沈蘭溪便喚來元寶，不多時便遞來一物。

「這是什麼？」祝允澄好奇道。

「方才許你的禮。」沈蘭溪說著遞給他。「這是滑板，不論冰面雪地，都能玩。」

「它可有名？」

沈蘭溪點點頭，又覺不對。中華文化博大精深，此「有名」非她以為的「有名」。

「喏，四個滑輪加一個板，叫滑板。」

祝允澄若有所思的點點頭，又看向她的鞋子。「那妳這個呢？」

「你猜。」沈蘭溪敷衍道。

「滑輪鞋。」

祝允澄看向搶自己話的父親，不滿又不敢說。

他就慢了一點點！

「去玩。」祝煊趕他。

「是。」祝允澄央央的應一聲，抱著新得的滑板去旁邊玩了。

沈蘭溪懶懶的瞧著那小孩連摔三次，笑得前俯後仰，生怕人家聽不見。再一瞧坐在她旁邊的人，也喝著茶淺笑。

沈蘭溪心中無語，她一個後娘也就罷了，他這當親爹的怎麼還這樣？

第十章

察覺到她的視線，祝煊側頭瞧來，問：「可要冰釣？」

不過半刻鐘，那摔得衣袍上沾了雪沫子的人，風風火火的踩著滑板衝了過來。

沈蘭溪打了個呵欠，甩鍋道：「你都把我的魚趕跑了。」

祝允澄立刻拆穿她。「哪裡有魚，妳坐這兒半晌都沒有動，魚簍都是空的！」

他說完，又仗著狗膽去偷瞄自己父親的魚簍，裡面幾尾小魚活蹦亂跳的。

祝允澄湊過來與沈蘭溪說悄悄話。「父親釣了好多啊，妳要努力趕上啊。」

沈蘭溪內心毫無波瀾，不見絲毫上進心。「反正是一家人，不見得你父親喝魚湯時會讓我眼巴巴的瞧著。」

蹭湯蹭得這般理直氣壯，祝允澄嫌棄的搖搖頭，卻又不肯放棄她，從滑板上下來，拍拍胸脯道：「釣魚沒有那麼難，我教妳。」

祝煊立即瞧了過來，盯著那好為人師的小孩挑了下眉。他倒是不曾見過這般的兒子。

沈蘭溪懶，說是垂釣，實則是在曬太陽，絲毫不想學習。

「……不必了吧。」

「妳莫要怕，沒什麼難的。」祝允澄說著，已經在她旁邊坐了下來。「父親以前與我說，凡事不要害怕，越怕越做不好，妳這魚餌雖是被吃了，但換一個，還是會有魚來，慢慢的……」

祝煊瞧著那湊在一起的兩人，在他面前拘謹膽小的長子，此時卻是耐心至極的小聲教她。雖然學生不太認真，有一搭沒一搭的應。

不知不覺間，他已有了男兒該有的穩妥與體貼。

晌午吃全魚宴，不見得有多好吃，但是三人都吃得很滿足，尤其祝允澄，撐得肚皮溜圓。

沈蘭溪「嘖」了聲，讓人去端了盤糖山楂來給他消食。

圓滾滾的山楂，外面裹了一層糖霜，先甜後酸，讓人口齒生津。

「妳在這兒過得真好，還有糖葫蘆吃。」祝允澄吃得兩頰鼓鼓，羨慕嫉妒的道。

「你若是喜歡吃，讓元寶去給你裝兩罐慢慢吃。」沈蘭溪大氣道。

「好！」祝允澄立刻笑逐顏開的應聲。

沈蘭溪打了個呵欠，睏了，趕人道：「你們父子倆出去玩，我要歇晌了。」

祝允澄一臉不可置信的瞧她，隨即聽到一聲輕響，是茶杯與桌子相碰的聲音。

他慢慢轉頭，只見他父親聽話的站起了身。

祝允澄無語。沈蘭溪不是說，她害怕父親的嗎？到底是誰怕誰啊！

沈蘭溪睡醒後，院裡不見人，喚來綠嬈去尋劉管事來。

「少夫人有何吩咐？」劉管事問。

沈蘭溪嚥下嘴裡的糖球，喝了口茶才道：「管事送來的帳冊我瞧過了，老夫人如今把莊子給了我，這一應開銷自是從我手裡拿銀子，管事的也知道，我沈家小門小戶，這手裡的銀錢著實是不堪負荷啊。」

劉管事臉上的神色怔了一瞬，隨即又趕忙擠出幾分笑。「少夫人待如何？」

「我說得不夠明白嗎？自是要放一些人歸田去，也削減些莊子上的開銷。」沈蘭溪說著稍頓，問：「管事的對莊子上的情況最是清楚，你認為該減哪裡的人呢？」

元寶也盯著那點頭哈腰的劉管事瞧，憤憤的捏緊了拳頭。

看著慈眉善目，卻是做撈油水的活兒！

「少夫人既是問，老奴便斗膽說兩句。」劉管事笑咪咪道。

「首先，做苦力的人不能減，不然待來年春，那一大片田地只怕會誤了農時。其次，廚房這邊瞧著人多，但細分下來也不過二三，少夫人還是不動為好。最後，莊子上負責灑掃伺候的倒是可以減幾個，少夫人不常來，這莊子雖大，但是慢慢收拾也是忙得過來的。當初流民成患，老夫人才收了不少人進莊子做活，如今人是多了些。」

「給你一炷香的時辰，把莊子上做活的人都喊來。」沈蘭溪道。

「是是是，老奴這就去。」劉管事連聲應道。

沈蘭溪又道：「綠嬈，妳隨劉管事走一趟，把莊子上人事安置的冊子拿來。」

「是，娘子。」

元寶立在一旁，見人走了，才問：「娘子，這個劉管事要換嗎？」

「現在還換不了。」沈蘭溪一臉嫌棄的把手裡的茶放到了桌上，伸手點了點她腦袋。「日後不許泡郎君的茶，真苦。」

且不說，她才得了這莊子，動作太大會惹得老夫人心中不快。而且，她手中沒有劉管事這樣的人可用，如今敲打一二，也算是威懾。

元寶吐吐舌。「咱們出來得急，沒有帶茶，娘子方才說要喝，婢子只能去拿郎君的茶葉來泡。」

不過半炷香的時間，莊子上的人都到了，面色皆不同，有的惴惴不安，有的疑惑。

沈蘭溪一一掃過眾人，翻開桌上的冊子。

「力役的在哪兒？」

劉管事連忙上前，指著幾十個穿著灰撲撲的人道：「少夫人，便是他們。」

「元寶，」沈蘭溪喚了聲。「去給他們每人發二兩銀子。」

「是，娘子。」

劉管事定了定心神，瞬間安心了，又指了廚房的人給她瞧。

二十個人，除了燒火丫頭外，剩下的無一不是膀肥腰圓，湊在一起像是一座山，倒是好認得很。

沈蘭溪冷笑一聲，道：「我點了名的，自行去與綠嬈領了這月的銀錢離去吧。」

一石激起千層浪，那十幾二十人愣怔一瞬，立刻嚷了開來，言語皆是不滿。

啪！

沈蘭溪端起桌上的茶盞摔在那群人面前，眉眼淩厲。「吵？」

院裡瞬間鴉雀無聲。

「留你們在莊子上，是為了伺候主人的，不是讓你們領著月例，再花著主人家的銀錢把自己養得肥肥壯壯！」沈蘭溪怒斥道。

老夫人不計較這些銀錢，但她沈蘭溪不行，誰想從她手裡昧銀子，便做好準備挨收拾！

綠嬈拿出荷包，道：「我家娘子心善，不願與你們計較，讓我把這月的銀錢給你們，但你們自個兒捫心自問，就這些年你們吞了的銀子、置辦的田地，還有臉面拿這銀子嗎？若是誰敢再鬧，直接綁了去官府。」

靜了幾息，一男人率先站了出來，與沈蘭溪行禮。「多謝少夫人。」

有一便有二，最耐不住的便是人性。

「元寶，這邊灑掃伺候的二十人也每人發二兩銀錢。」

沈蘭溪說罷，把手裡謄寫的名冊遞給劉管事。「這莊子上大小事，還有勞劉管事操心了。」

劉管事連忙躬身接過。「是是是。」

沈蘭溪抱著金絲暖爐，似是忽地想到什麼，又側頭道：「對了，這二兩銀錢，管事的約莫是瞧不上眼了，我就不給您發了？」

劉管事腿軟，撲通一聲跪下，磕頭道：「多謝少夫人，多謝少夫人！」

話沒點透，但是他知道，沈蘭溪這是對他撈的油水心知肚明了，這話也是放他一馬的意思。

「劉管事怎的行如此大禮，快起來吧。」沈蘭溪做作道：「你只記著一句，人在做天在看，你若厚待我，我自是不會薄待你。但你若是……」

「老奴明白，萬事全聽少夫人安排。」劉管事立刻接話道。

「如此甚好。」沈蘭溪滿意的笑了。

「哦，對了，你們這幾個要離開莊子的，我還有一份年禮要送給你們。」沈蘭溪說著，遞給元寶一個眼神，元寶瞬間領會，轉身進屋拿了一沓紙張出來。

「這是你們在莊子上撈油水的存證，若是有一日我聽見什麼關於祝家不好的，或是說我沈蘭溪的，」沈蘭溪說著一笑，陰惻惻的，一字一頓。「那咱們，公堂上見吧。」

元寶冷著臉把手裡的東西按照姓名交了出去，只聽她家娘子又說了一句。

「我這人最是睚眥必報，若是不信，便來試試，不讓你把牢底坐穿，我便不是沈蘭溪！」

元寶無語。哪有人這般敗壞自己名聲的！

「父親，我們不進去幫母親嗎？」

「不必，由著她來。」

幫？裡面那人正大殺四方，他進去怕是要遭白眼了。

院裡熱鬧，卻沒有人瞧見，影壁外的一大一小駐足片刻後轉身離開。

酉時三刻，院裡重歸寂靜。

不多時，祝允澄抱著一隻兔子跑了進來，身後的小廝還拎著幾隻山雞。

「母親。」他眼角眉梢藏不住的歡喜和驕傲。

「去打獵了？」沈蘭溪訝異道，視線灼灼的落在他懷裡的灰兔子上。

察覺到她的目光，祝允澄矜持的點點頭，壓抑著迫不及待分享喜悅的心情，故作淡然道：「這是我獵到的兔子，醜了點，我不喜歡，送給妳吧。」

沈蘭溪笑得一臉滿意，示意元寶過去接下。「既是你送給我的，那今晚便多分你兩塊肉，乖啦～～」

祝允澄瞬間目瞪口呆的愣在原地，臉上神色龜裂，活似被雷劈了一般，僵著手臂，懷裡的醜兔子被元寶接過。

肉？

祝允澄好半晌才找回神志，不覺結巴。「吃、吃了牠？」

沈蘭溪連連點頭，視線黏在那灰兔子身上，卻好似瞧見一盤油光紅亮的兔子肉，亮晶晶的。「對啊！尤其是山裡的野兔子，肉質扎實，會更好吃些！」

祝允澄險些哭出來。「不、不養著嗎？」

哪有人看見兔子會想著紅燒的?!不都是青菜蘿蔔好生餵養著的嗎！

沈蘭溪還是不是女人！

沈蘭溪聽出些許不對，一抬眼，對上他委屈的視線。

她眨了眨眼，又轉頭看向元寶，後者一副要流口水的饞嘴樣。

沒錯啊！這才是正確的打開方式啊！

「要……養著嗎？」沈蘭溪不確信的問面前的小兒郎。

祝允澄摳摳手指，靜默半晌，言辭委婉，又透出些委屈。「牠好好的，我都沒用弓箭射，足足逮了小半刻鐘，用網兜的。」說罷，又小聲補充一句。「況且，牠雖是醜了些，但也是一條生命……」

……這是菩薩轉世嗎？

「晌午吃了什麼？」沈蘭溪忽地問。

祝允澄不解的瞧她，似是疑惑她記性怎麼這般差，剛要開口忽地反應過來。

沈蘭溪瞧他神色轉變，又道：「那魚也是你親手釣的不是？」

祝允澄不吭聲了。

沈蘭溪欺負小孩從不手軟，用他方才的話堵他，悠悠道：「那也是一條生命啊，更何況，那些魚還不醜呢。」

「那、那我日後不吃魚了。」

沈蘭溪咬了塊點心，頗有閒情逸致的逗他。「小豬被殺之前也很可愛，小時候粉粉的一小隻，長大了就變得白白嫩嫩的了，還有你身後那幾隻山雞，不也是生命？」

祝允澄咬了咬唇，憋了又憋，卻是說不出一句話來。

他喜歡吃肉……

沈蘭溪就著他糾結又無助的表情，慢悠悠的把一個綠豆糕吃完了，拍了拍手指上沾到的點心屑，這才道：「物競天擇，適者生存，這話雖是殘酷了些，但這世間如此，小到你今日帶回來的山雞、兔子，大到幾個王朝的更迭。

「今日這隻兔子得你慈悲心腸護著，你願意養便養，便是山雞豬羊，你願意養什麼，旁人也管不著，你父親教你仁義之心固然好，但不必為了這是一條生命便禁忌，世間自有其運轉規則。」

祝允澄嘴巴張圓，吃驚了好半晌，吶吶道：「妳竟像是讀過書的……」

沈蘭溪無語。她不僅讀過書，還是知名大學畢業的呢！

沈蘭溪贈了他一個白眼，吩咐人把幾隻山雞處理一下，等會兒調了醬汁烤著吃。

「欸，那隻彩色羽尾的留下，養著玩吧。」

「……是。」元寶不知她家娘子何時喜歡養山雞了？

翌日晌午，馬車在府門前停下，沈蘭溪被元寶攙扶著下了馬車，活動筋骨似的伸了個懶腰。

祝允澄瞧她一副要去作戰的架勢，疑惑的撓了撓腦袋。

披著大氅落後一步的祝煊倒是眼角動了下，無奈的笑了聲。

「父親。」祝允澄翻身下馬，隨在他身後。

「嗯，進府吧。」祝煊淡淡說了句，抬步跟在那抹靚麗的身影後。

沈蘭溪一左一右跟著兩個婢女，大步流星的進了門，徑直往老夫人的主院走，幾步路硬生生被她走出些「風蕭蕭兮易水寒」的悲壯來，後面的祝煊瞧得好笑。

一進院子，不等婢女上前行禮，沈蘭溪便撲通一聲跪下，跪得筆直又剛烈。

婢女嚇了一跳，腳步踟躕著不知該不該上前。

「煩勞這位姊姊通報一聲，二娘來請罪了。」沈蘭溪一臉嚴肅與悲戚道。

後面的父子倆也被沈蘭溪的動靜驚得一滯，祝允澄傻眼，瞧她這齣不知為何。

祝煊倒是清楚些，與婢女道：「妳去做事吧。」

說罷，他腳步穩健，帶著那一步三回頭的兒子步入屋裡。

「祖母。」

「曾祖母。」

老夫人瞧著下首行禮的父子倆，和煦道：「回來了？快來這兒坐。玩得可還暢快？」

祝允澄抓了抓腦袋，看向自己的父親。

祝煊卻是垂著眉眼在椅子上坐下，一副沒打算開口的模樣。

他打發走婢女，卻是不替母親說話，這是要讓母親一直在外面跪著了？

祝允澄倏地瞪圓了眼睛。

哼！虧得昨夜母親還多給他一隻雞腿呢！那般好吃，他辛苦打獵，都沒多得一隻！

「還好。」祝允澄應了一聲，又急忙道：「曾祖母，母親在外面跪著呢，說是要跟您請罪。」

老夫人立刻翻了個白眼，哼了聲道：「她倒是乖覺。」

祝允澄沒聽出其中之意，忙不迭的點頭，希望她讓沈蘭溪進來，附和道：「母親是乖的！」

到底是年紀輕，心裡藏不住事，語氣中的偏袒之意盡顯，老夫人沒好氣道：「你就知道護著她。」

她說罷，側頭與花嬤嬤道：「去喚沈氏進來。」

不過片刻，花嬤嬤一臉難色的隻身進來了。

老夫人問：「她呢？走了？」

「少夫人說，怕進來惹您動氣，還是在外面跪著說吧。」花嬤嬤回稟道。

「說什——」

「二娘自知丟了祝家臉面，不敢求祖母寬宥，特來與祖母請罪，請祖母重罰。」外面的聲音不甚清脆，依舊是眾人聽過的那道怯弱聲，便是這話也說得可憐。

老夫人提起一口氣，剛要出口，又自認驕矜的不願喊話，氣道：「滾進來！」

隔著屋子喊，那裡有半點女子的規矩？

這一聲呵斥，倒比方才花嬤嬤出去傳話有用多了，跪在外面的人麻溜的滾了進來，還帶進來了兩個。

元寶和綠嬈隨著沈蘭溪跪得筆直，哪怕元寶懷裡還抱著旺財——就是那隻被沈蘭溪留下的彩色尾羽的山雞。

「祖母安好，二娘認罰，還望祖母保重身子，莫要動氣。」沈蘭溪一副乖怯的模樣道，便是行禮的動作也賞心悅目，哪裡瞧得出半分旁人口中的不懂禮數？

老夫人卻是沒瞧她的禮數，一臉驚詫的指著她身後婢女懷裡的一坨。「妳帶了個什麼東西回來?!」

沈蘭溪一臉懵的抬眼，順著她的視線瞧去，隨即恍然道：「這是旺財，澄哥兒獵到的，送給我養著，只這一隻。」說著抿抿唇，一副捨不得卻又忍痛割愛的神色。「祖母若是想要，二娘便轉送給祖母，平日裡逗個趣也是好的。」

聞言，老夫人險些一口氣沒提上來，無語的翻了個白眼，嫌棄道：「誰要妳這玩意兒！」

沈蘭溪暗自嘆了口氣，頗為遺憾。

沒被瞧上，可惜了。

「妳與陸家那事，在外傳得沸沸揚揚，一會兒用過飯，帶些禮去陸家走一趟，莫要再惹閒話。」老夫人沒好氣道。

沈蘭溪詫異的抬眼，對上老夫人瞪她的視線。

「瞧什麼瞧，起來吧。」老夫人凶巴巴地道。

沈蘭溪卻是笑得乖軟。「多謝祖母，祖母莊子裡的梅花開得正好，您沒去瞧，我便讓人摘了好些花瓣回來，等做成了梅花糕，定給祖母送來嚐嚐鮮。」

老夫人倏地瞪圓了眼。「妳摘了我的梅花?!」

「呵。」一旁瞧了好一會兒戲的人沒忍住笑了一聲。

沈蘭溪剛要在心裡罵他，祝煊開口了。

「那些梅花零落成泥總歸是可惜了些，製成糕點也算是物盡其用了，祖母可好好嚐嚐。」

「嗯嗯嗯，我吃過！那梅花糕甚是好吃，祖母定當會喜歡的！」祝允澄連忙點頭附和，小眼神真誠得讓人心軟。

「一個兩個的，都被灌了迷魂湯不成？」老夫人酸溜溜的嘟囔一句，看向木樁子似的立在那兒的人。「做得好吃些，不然我還是會罰妳。」

「哦。」沈蘭溪應了聲，又小聲出主意道：「不如……我拿些來給祖母，您自己做？」

老夫人無語。「妳還想偷懶？」

沈蘭溪搖搖頭，老實道：「倒也不是，只怕做得不合祖母胃口，到時還得挨罰，何苦來哉？」

老夫人深吸口氣，終是忍無可忍，指著門。「帶著妳那鬧人的野雞出去！」

「哦，那二娘回去吃飯啦！」沈蘭溪賣乖道。

說罷，便急不可耐的帶著元寶和綠嬈掀簾出去了，腳步輕快又匆匆。

祝煊眼裡的笑意掩藏不住，放下手中的茶盞起身。「孫兒也告退了。」

老夫人白他一眼，眼不見心為淨的擺擺手。

別以為她沒瞧出來，他坐這兒半晌，不過是怕她當真罰沈氏罷了。

「曾祖母，我還帶回來一隻兔子，能不能養在院子裡？」祝允澄眼神清澈的問。「若是祖母不喜歡，那我在母親院子裡養也是一樣——」

「喜歡！」老夫人急忙道，觸及到他詫異的神色，又緩了語氣，和煦道：「曾祖母喜歡兔子，就養在正院吧。」

兔子有什麼好的？一個養雞，一個養兔子，不成體統！

「老夫人莫要生氣了，少夫人這次雖是行事沒了分寸，但也主動來認錯了不是？」花嬤嬤安慰道。

祝老夫人擺擺手。「氣什麼？這事雖是與她名聲不好，但她護著自家姊妹，說到底也算不得錯。在家裡雖是軟了些，但是出門在外，還是強勢些的好，能護著家裡人。」

說罷，她哼了一聲，疲老的眼睛裡閃過些好笑。「妳以為她是乖順，自己來認錯？那是她聰慧。」

沈蘭溪絲毫不知老夫人對她的把戲瞧得分明，她餓得前胸貼後背，腳步飛快，裙襬隨著她的動作打旋。

「娘子，這彩雞還要養著嗎？」元寶緊跟著她，小聲問。

沈蘭溪看了眼她抱著的綠豆眼小菜雞，隨口道：「養著吧，再長些肉才好吃。」

「咕咕！」

小菜雞似是聽懂她的話一般，撲稜著翅膀就從元寶懷裡跳了下去，剛跑兩步，又被元寶揪著翅膀抓了回來。

「跑什麼，娘子說了，現在還不吃你呢！」元寶教訓似的拍拍牠的腦袋，又嘿嘿一笑。

「養肥了再吃！」

「咕咕咕！」

沈蘭溪不忍再瞧那傻姑娘，大步進了院子。

既是在老夫人面前扯了慌，總要圓好才是，哪能隨便烤來吃？也就這傻姑娘會信這話。

阿芙一早得了信，金絲炭火把屋子烘得甚是暖和。沈蘭溪一進屋便脫下身上沈甸甸的披風，吩咐人擺膳。

乳鴿湯、地三鮮、麻辣魚和一碟軟軟糯糯的紅燒豬腳，都是沈蘭溪平常愛吃的。

「還有一碟糯米丸子要再等會兒，婢子一會兒給您端來。」

沈蘭溪笑盈盈的瞧著她滿是喜氣的小臉，誇讚道：「幾日不見，阿芙越發伶俐了。」

阿芙有些害羞的笑了下，屈膝行禮退了出去，正巧撞上回來的祝煊。

「郎君。」

「嗯，再拿副碗筷來。」祝煊說著進了屋。

沈蘭溪剛要動筷子，視線落在那進來的人身上，又放下。

她沒起身行禮，沒規矩的托腮瞧著他脫去身上的大氅。

「今日的戲，郎君看得可還盡興？」沈蘭溪語氣輕懶，帶著些秋後問責的意思。

祝煊淨了手，轉過身來瞧她，眼裡還殘留著些笑意。「以退為進，倒是不知妳還會這個。」

沈蘭溪一臉驕傲的哼了聲。「我會的多著呢。」

說罷，她挾起軟糯油亮的豬腳開始啃，滿嘴香。

聞言，祝煊眉梢微揚，眼前閃過她坐在廊下盛氣凌人又霸道至極的模樣，輕笑了聲。

「嗯。」

瞧了眼桌上的菜，他沒忍住道：「食葷易上火。」

「吃飯先閉嘴。」

祝煊微眯了眼。脾氣倒是顯露出來了。

用過午飯，祝煊便起身往前院書房去了。

沈蘭溪上午在馬車上睡過，便沒歇晌，讓元寶拿了話本子來。

不覺日暮西斜，阿芙進來稟報。「稟少夫人，郎君派阿年來傳話，請您去前院書房走一趟。」

沈蘭溪從話本子上收回視線，詫異道：「前院書房？」

往常從未有過，沈蘭溪也不敢耽擱，讓元寶伺候著重新梳了髮髻，穿好披風，匆匆往前院去。

府裡上下都準備著過年，一路走來張燈結綵，好不熱鬧，唯獨前院書房寂靜得很。

「小的給少夫人請安，郎君囑咐說，您來了直接進去便好。」阿年上前行禮道。

沈蘭溪與他頷首示意，幾步跨上臺階推門而入。

寬大的檀香木書桌後，男人一身青色衣袍端坐著，聽見動靜時掀起眼皮瞧來。

沈蘭溪左右看了看，沒瞧見什麼，這才上前淺淺屈膝行了一禮，納罕的問：「郎君喚我來，可是有要事？」

祝煊示意她上前，指了下自己左手邊的一疊冊子。「我先前應過妳，休沐時教妳看帳冊，幾日得閒，便細細教妳一點。」

沈蘭溪險些兩眼一抹黑的暈過去，有些崩潰道：「這麼多？」說罷，她又小聲嘟囔。「郎君倒也不必如此言而有信……」

祝煊掩下笑意，只當作沒聽見她後面那句，語氣清淡依舊，神色也是一本正經。「妳先前說得不錯，笨鳥先飛，這些帳冊都是讓妳學習的，若是不夠，我再去跟母親要一些來，往年的帳冊母親應是收著的。」

沈蘭溪慌忙搖頭，欲哭無淚道：「不必了，我也沒有那般愚笨不堪！」

祝煊對她這話不置可否。「過來坐，還是妳想站著聽？」

沈蘭溪幾步過去，在他旁邊的圓凳上坐下，雙手置於膝上，一副乖巧認真的模樣。「煩勞郎君了。」

「既是知煩勞，便認真些。」祝煊眼神意味深長的瞥她一眼，翻開最上面的那本帳冊。

沈蘭溪沒聽出其中意思，垂頭耷腦的瞧向桌面的帳冊。

這麼一疊，看來今日她得聰明些了。

他的聲音清淡，恍若一杯清茶，沈蘭溪聽著那些熟悉的東西，迷迷瞪瞪的只想打瞌睡。

太催眠了！

祝煊側眼，瞧見她漸漸合上的眸子，抬手在桌面上輕叩兩下。「既是犯睏，便站起來聽吧。」

沈蘭溪一瞬間腦子清明，一股難言的羞恥感湧了上來。

「祝正卿！我、我是你娘子，你不能這樣……」沈蘭溪面紅耳赤的哼哧出一句，卻是越說越小聲。

狗男人抬起的眼睛裡揶揄藏都不藏，羞煞人啦！

祝煊被她喊得眉梢一揚，伸手從書案的抽屜裡翻了戒尺出來，比西院小書房裡的那個略薄一些，但足以威懾人了。

「今日既是當妳先生，有些規矩還是要講的。」祝煊說著稍頓，戒尺在掌心輕拍了下。「方才的話，要我再說一遍嗎？」

明晃晃的在威脅人，沈蘭溪最是識時務，不情不願的站了起來，立在他右手邊。

「還有一點講完，一會兒便要教考了，仔細聽。」祝煊叮囑一句。

「哦。」沈蘭溪隨意應道。

「若是還不會，那便要罰戒尺了。」祝煊漫不經心的道。

混蛋！就會這一招！

祝煊眼角餘光掃過她不平的神色，垂眸斂起眼裡的笑。

爛熟於心的東西，被他細細講來，沈蘭溪甚感無聊，哪裡有她還沒看完的話本子有趣？

祝煊講得簡單，教考也甚是容易。哪怕沈蘭溪有心藏著，也不覺答對了大半，雖也是害怕他置於左手邊的戒尺。

他問，她答。

直至……

「這法子妳倒是記得清楚。」祝煊盯著她的一雙眼睛道。

沈蘭溪點頭賣乖。「都是郎君講得好！」

聞言，祝煊輕呵一聲。「七、八個步驟轉換為三步，這法子雖輕巧，但不適於娘子這般——」

在她漸漸反應過來的眼神中，他慢悠悠的說完那句話。「沒有學過管理帳冊的學生，是以，今日我可沒有教過妳這法子。」

沈蘭溪如同被人當頭一棒，連忙辯解道：「我都說了我聰明，你怎麼不信呢？」

祝煊端起案桌上的茶水潤了潤嗓子，作勢翻開另一本帳冊。「既是如此，那我便考考妳同樣沒講過的——」

沈蘭溪便是再傻，也瞧出了端倪，伸手按住他要翻帳冊的手，負氣的一屁股坐在圓凳上。「你戲弄我！」

這話帶了幾分指控的意思，祝煊不接，反問。「不裝了？」

沈蘭溪回他一記白眼，有些氣道：「祝正卿，你好生能裝啊。」

「比不得妳沈二娘。」祝煊涼颼颼地道，又飲了口茶。

「哼！你是如何知曉的？」沈蘭溪語氣嬌蠻，有些凶巴巴的問。

祝煊不與她解惑，放下茶盞，把那幾本帳冊合上。「自己想。」

「那日在莊子上，你瞧見了？」沈蘭溪反問，語氣卻是篤定。

她懂帳簿之事，也就林氏知曉，便是沈蘭茹也不甚清楚，以為與她一般是個一知半解的學渣。

「若是不想為人知，便要守好，不要外露。」祝煊瞧她是小輩一般，教導道。

忍一時風平浪靜，退一步越想越氣。沈蘭溪被他耍了的羞惱一個勁的往腦袋裡衝。

「哼！祝正卿，你欺負我！」

說著，她起身壓到了他身上，雙手抓著他的衣領，惱羞成怒得明顯。

祝煊被她的動作一驚，生怕她摔了，伸手攬住她的腰背，訓斥道：「不許胡鬧。」

男人身上的清冷感很重，沈蘭溪使著壞的想他與她一般羞，原本抓著他衣領的手開始剝洋蔥，帶著些明晃晃的嬌媚。「胡鬧什麼，郎君仔細說說？」

勾人的狐狸精，勢要把這清冷如月光的謫仙拉到自己的狐狸洞。

祝煊的耳根不免染上了紅，在她的手上輕拍了下。「君子正衣冠，不許在書房鬧。」

沈蘭溪斜他一眼，語氣輕軟又綿長。「君子正衣冠，得以赴卿約，郎君是要去赴哪位佳人的約？」

謫仙終是不敵狐狸精，被剝去了外面的青衫，露出青白色的裡衣。

眼瞧著裡衣不保，祝煊嚥了口唾沫，一把抓住她搗亂的手壓在她腰後，羞惱道：「前夜沒要夠？」

沈蘭溪眼前閃過熱湯池那夜，面頰也有些發燙，但還是故作鎮定道：「郎君沒有了？」

誰讓他先戲弄她的，她定得還回去！她沈二娘錚錚鐵骨，絕不認輸！

轟的一下，祝煊面皮通紅一片，脖頸上的青筋都凸顯了出來，怒吼道：「沈蘭溪！」

小郎君被她戲弄得衣衫半褪，很是狼狽，沈蘭溪滿意極了，聲音歡快的應道：「在呢。」

這一聲，恍若調皮的貓，在他心口上踩了下又跑開。

祝煊一把擒住那欲起身的人，眼裡閃著狼光。

兩人四目相對，沈蘭溪瞬間頭皮發麻。

糟糕！逗過頭了！

她剛要開口，門忽地被敲了兩下。

「郎君，攬香樓出事了！」

第十一章

沈蘭溪眉梢一動，有些詫異的瞧向緊閉的門。

攬香樓？

思緒一動間，祝煊已經穿好衣衫，再次變成了泠泠君子，一散方才的旖旎。

祝煊在她腰間輕拍了一記。「起來。」

沈蘭溪依言站起身，遲疑地問：「郎君可要去攬香樓？」

「自是要去。」祝煊理了理身上褶縐明顯的衣袍，與門口的阿年吩咐道：「去牽馬。」說罷，他瞧向一旁垂著腦袋若有所思的人，稍頓。「我是去辦案的。」

聞言，沈蘭溪漆黑的眼珠子一轉，唇角不受控的勾起，她腦袋湊到他胸前，揚起，揶揄道：「郎君這話……是想說什麼？」

祝煊淡然抬手推開那灼灼視線的腦袋，抬腳往外走。「我會晚些回來，妳自行用膳。」

沈蘭溪心不在焉的「嗯」了聲，送他出門。

「元寶，妳去——」沈蘭溪說著一頓，瞧了眼黯淡的天色。「罷了，去東院與夫人說一聲，我明日去陸家拜訪。」

「是，娘子。」元寶顛顛兒的去了。

她家娘子還送郎君出門，可真喜歡郎君，嘿嘿嘿！

沈蘭溪等到夜半，遲遲不見祝煊回來，歪在床上睡了過去，醒來時脖頸扭得痠疼。

「東西準備好了？」沈蘭溪問。

綠嬈點點頭。「都按娘子吩咐的備好了。」

「成，走吧。」沈蘭溪起身，帶著兩個婢女出了府，掀起車簾便是一愣。

「這是什麼？」

元寶跟了上來，順著她的視線瞧向車裡五、六盒的禮品，貼心解釋道：「婢子昨兒聽娘子吩咐去與夫人說了一聲，這些都是夫人給的，索性今日要帶，婢子便讓人直接送到馬車裡了。」

沈蘭溪無語。

綠嬈也跟了上來，往裡面瞧了眼，再看看自己手上的一小包糕點，輕飄飄的。

嗯……有些寒酸。

一刻鐘後，馬車停在陸府門口。

「娘子，這是鴻臚寺李家的馬車。」綠嬈低聲道。

沈蘭溪倒是眉梢微揚，興致高漲。「倒是碰巧了啊，你們猜，李家是來商議親事的，還是來退親的？」

她聲量如常，被迎上來的小廝聽了個正著，不免面色古怪。

元寶扯了扯她的衣袖，一本正經的與那小廝道：「我們是祝家的，煩勞與主家通報一聲，祝家少夫人前來探望陸老夫人。」

「是，還請祝少夫人稍候。」小廝連忙道，腳步匆匆的折了回去。

沈蘭溪閒情逸致的吃著果脯點頭，瞧著眉眼甚是和善。

不過一盞茶的工夫，朱紅色的門內出來幾位婦人，沈蘭溪要找的陸夫人便在其中。

「娘子，左邊那穿著海棠花色衣裙的夫人便是李夫人，她旁邊那位面色稍白，穿著青灰色衣裙的是李大人的胞妹，李家二娘子，也就是阮娘子的母親。」綠嬈低聲與她耳語。

沈蘭溪神色如常，大大方方的掀著車簾看戲，瞧著那面色不一的三人悠哉道：「看來，陸夫人今日印堂發黑啊。」

她說罷，擦了擦手上的糖漬，帶著兩人下車。

「娘子，夫人準備的禮還沒帶……」元寶小聲道。

「浪費。」沈蘭溪丟下兩個字，落落大方的走向客套寒暄的三人，行了一晚輩禮。

「原來是祝少夫人，從前鮮少見。」李夫人從頭到腳打量了她一遍，語氣不詳的道。

沈蘭溪只當作沒聽出其中不滿，笑得客氣。「我性子靦覥內斂，尋常不見外客，李夫人沒見過我也不足為奇。」

李二娘扯了扯嫂子的手臂，上前一步，笑與沈蘭溪道：「在家時聽我家五娘說起，祝少夫人率真溫善，如今一見，果真如此。」

「夫人謬讚。」

「少夫人若是得閒，便來家裡坐坐，五娘念著妳呢。」

「多謝夫人，得閒時晚輩定當登門拜訪。」沈蘭溪好生應下，臉上掛著虛與委蛇的笑。

若是真感念，她在坊間的名聲還能壞成那樣？

送走李家的兩位，沈蘭溪臉上的幸災樂禍藏都不藏，瞧向一旁僵著臉笑的陸夫人。

「幾日不見，陸夫人都生了白髮，想來這流言傳得不易啊。」沈蘭溪陰陽怪氣道。

陸夫人眼角的細紋動了動，神色越發的僵。「今日家裡不便，祝少夫人若是無甚要事，我就不請妳進去喝茶了。」

趕客的意思明顯，沈蘭溪卻是抬腳便往裡面走，裙襬掃過鞋面上綴著的白玉珍珠，語氣卻不似那珍珠溫潤。「那日我告誡過陸夫人，若是傳言不實，我沈二娘定會登門拜會妳家老夫人，走吧，一起去瞧瞧。」

土匪作風，流氓習性。

後面的兩個婢女也雄赳赳、氣昂昂的跟上，綠嬈手裡還提著那寒酸的油紙包糕點。

陸夫人氣得臉一陣青一陣白，寬袖下的手隱隱發抖。

混帳！

廳堂內，沈蘭溪掃過那明顯憋著氣的臉，故意問：「陸夫人不請我坐嗎？陸家就是這般待客的？」

陸夫人咬了咬牙根，剛要開口，便被那笑盈盈的聲音搶了先。

「陸夫人既是不請我坐，那我便直接去老夫人院裡看望她老人家吧，陸夫人可要來？」

沈蘭溪狀似一臉真誠的問。

這熟稔的姿態，陸夫人險些一口氣沒上來，強壓著怒意道：「祝少夫人來得不巧，我家老夫人身體抱恙，正臥床歇息呢，怕是見不了客。」

沈蘭溪對她的敵視毫不介意，一副頗為贊同的神色點了點頭。「有陸翰羽這般孫子，真是苦了陸老夫人了。」說罷，她端莊的在椅子上坐下，遺憾道：「我還給老夫人帶了包糕點來，如今瞧著，老夫人是沒有這口福了，還是我自個兒吃了吧。」

元寶險些沒笑出聲來，艱難的忍了又忍。

陸夫人聽著這荒唐的話，胸口迅速起伏幾下，對上那吃著糕點的人清澈的眼神，頓時額頭的青筋一跳，便聽她又開了口。

「李家夫人是來退親的嗎？」沈蘭溪閒聊似的問。

「祝少夫人若是無事，便請回吧。」陸夫人雙手握拳，也丟了規矩，直接下逐客令。

沈蘭溪屁股都不帶挪一下的。「陸夫人是腦子不好使，還是耳朵聽不清？我說的不是事嗎？」她語氣亦不善的問，稍頓，又道：「還是妳覺得，妳欺負了我這事，便這麼算了？」

陸夫人被氣得臉黑一片。「祝少夫人想做什麼？」

「妳猜。」沈蘭溪把手裡的點心屑擦了擦，站起身。「陸夫人最好把陸翰羽如珍如寶的捧著，不然——」

她說著，輕笑一聲。「走了，你們陸家的茶還是一如既往的不好喝。」

主僕三人剛出院子，便聽得裡面傳來一陣碎裂聲，沈蘭溪腳步一頓。

元寶遲疑地道：「娘子……」

沈蘭溪唇角緩緩勾起，瞇著眼享受似的聽了聽那聲，不吝嗇的誇讚道：「真悅耳！」

三人出了陸府，沈蘭溪一改方才模樣，蔫頭耷腦的活似受了天大的委屈。

元寶癟著嘴，一副憤慨又委屈的神色，聲音清脆如黃鸝。「少夫人快別哭了，明明是陸家夫人抹黑您的名聲，您還好心上門與陸夫人道歉，反倒被罵了一通又趕出門來。」

沈蘭溪抽抽噎噎的軟聲道：「不可這般說，陸夫人是長輩，便是用茶盞砸我，我也不該躲的。」

元寶連忙跟上她這話。「少夫人別犯傻，若是被陸夫人傷了臉，郎君瞧見會心疼的！」

「罷了，我們還是走吧，被人瞧見，既丟祝家臉面，也會惹得陸夫人被人非議。」說罷，沈蘭溪捏著手裡的帕子拭了拭眼睛，一副柔弱模樣，被綠嬈扶著上了馬車。

仔細瞧，那雙腿還有些一瘸一拐的。

府門前人來人往，不管是這話還是沈蘭溪如柳枝般的柔弱模樣，都落了人眼。

馬車上，元寶一臉喜孜孜的邀功。「娘子，我說得好不好？」

沈蘭溪點了點她額頭。「聰明死妳了。」

綠燒尚且有些回不了神，呆呆愣愣的瞧著有些木。元寶拍拍她肩膀，寬慰道：「無事，姊姊在娘子身邊伺候的時日短，等過個一年半載，也能如我一般了。」

綠嬈瞧著她驕傲神氣的小模樣，吶吶的點了點頭。

難怪她家娘子進去不到一炷香的工夫便腳步匆匆的出來了，原來後面還有這一齣……

沈蘭溪拆開祝夫人準備的東西，拿了顆栗子肉扔進嘴裡。「還不錯，妳倆也吃。」

「嘿嘿，多謝娘子。」元寶笑嘻嘻的道謝，毫不客氣的抓了一把栗子肉樂呵呵的吃，還不忘分給綠嬈一些。

「娘子，可要婢子也找人把陸家被退親的事散播出去？」元寶眼珠子滴溜溜的轉。

「不必。」沈蘭溪喝了口花茶。「這事早晚會傳出去，何必花銀子呢？」

「那要不要婢子找兩個人把那陸家郎君套麻袋揍一頓？」元寶又問。

沈蘭溪抬手在她腦袋上敲了一下。「安分些。」

元寶癟了癟嘴。「婢子就是氣。」說著還往嘴裡塞了兩個果子，吃得香香甜甜的。

「陸翰羽的事，那是沈蘭茹的，至於我，陸翰羽被退親，便是對我那些坊間傳言最好的反擊。」沈蘭溪懶懶道。

「沒聽懂。」元寶懵懵的搖頭。

沈蘭溪又塞了把果子給她。「嗯，吃吧。」

馬車行至東龍大街，沈蘭溪叫了停。「元寶，去打聽攬香樓昨夜出了何事，機靈些。」

「是，娘子。」元寶又抓了把小果子塞進荷包裡。

「我在前面的薈萃樓等妳，給妳點燒鵝吃。」沈蘭溪給她加把勁。

元寶立刻笑得見牙不見眼。「好！」

時近晌午，薈萃樓門前的車馬已然熱鬧了起來。

沈蘭溪剛進去，便被小二迎去了祝家的廂房。

「一會兒會有個梳著雙丫髻、身著粉色衣裙的姑娘前來，名喚元寶，記得領她上來。」沈蘭溪吩咐道。

「是，小的記下了。」小二躬身應道。

一刻鐘後，沈蘭溪酒足飯飽，等候多時的人也終於回來了。

「娘子，出大事了！」元寶一路小跑回來，額間還沁著汗，神色焦急。

「怎麼了？」沈蘭溪一顆心被她吊起，倒了杯茶給她。「先喝。」

元寶端起溫熱的茶水一飲而盡，抹了抹嘴道：「娘子，攬香樓出了命案！」

「命案？」沈蘭溪訝異。「誰？」

「藍音娘子！」

「藍音死了？」沈蘭溪瞬間僵住。

元寶連忙擺手，腦袋搖得像撥浪鼓。「不是不是！死的是個當官的，說是姓秦，但那人好死不死，偏偏死在藍音娘子的房裡，他們說是毒殺，現下攬香閣已經被官府的人查封，藍音娘子被抓走了。」

「懷疑是藍音毒死了那姓秦的？」沈蘭溪反問道，右手無意識的摩挲著茶杯。

「是，但奇怪的是，聽說昨夜來的不只是刑部的人，還有大理寺和都察院的人，裡面燭火通明，亮至三更天，此時外面還有重兵把守呢，看管甚嚴。」元寶抓了抓腦袋上的髮髻，有些想不明白。

沈蘭溪靜默幾息。

難怪她昨夜覺得有什麼不對，祝煊身為左僉都御史，向來是偏重於官吏之間的獄案，攬香閣這般的命案，合該找刑部才是，阿年又怎會慌慌張張的來稟報？

只怕此事不僅牽扯那死了的秦姓官員，裡面還有更大的魚。

「知道那姓秦的叫什麼嗎？」沈蘭溪問。

元寶兩條小細眉擰了擰，道：「好像叫秦元壽，是個武將。」

沈蘭溪手指輕敲了下，只覺這名字似是聽過，卻又想不起來。

一旁的綠嬈思索了一瞬，小聲提醒道：「娘子，這位秦將軍是陳家的姻親，也是陳家三郎陳彥希的岳父。」

沈蘭溪瞬間恍然大悟，剛要開口，卻是被小炮仗搶了先。

「就是那個辜負娘子的負心郎混蛋的岳父？」元寶一雙眼瞪得溜圓，似是要捋袖子出去揍人一般。

沈蘭溪瞧得好笑，抬手在她腦袋上敲了下。「大聲什麼？生怕外面的人聽不見？」

元寶揉了揉被敲的地方，委屈又義憤填膺的哼了聲。

沈蘭溪斂了眉間色。若是她沒記錯，秦元壽是同四品的武將，牽扯在內的人，必定是三品以上的官員，或是皇親國戚，刑部的人擔不了這責，才會讓人去找大理寺和都察院的人。

那藍音……怕是凶多吉少了。

一回府，沈蘭溪便吩咐人盯著些，若是郎君回來要立即知會她。

進了屋，元寶才小聲問：「娘子是要幫藍音娘子嗎？」

沈蘭溪坐在梳妝鏡前，緩緩拆掉髮髻，半晌才答道：「幫不了。」

在這個封建朝代，權力重於一切，包括人命。

且不說，她不明真相，其中緣何她無所知，再者，便是明白又如何？皇親國戚與平頭百姓從來都不是可放在一處衡量的，若是裡面那位大人物當真有人護著，藍音首當其衝的會被用來抵秦元壽那條命。

至於她，一無恩寵，二無權勢，便是有心也無力，幫不了什麼。

廊下燭火漸暗，祝煊才踏著風雪回來。

他放輕腳步進門，還沒脫下身上冷寒的大氅，那縮在軟榻上的人忽地抬起頭來，睡眼惺忪，瞧得人心軟。

「怎麼不去床上睡？」祝煊問著走近。

沈蘭溪揉了揉眼睛，聲音帶著剛睡醒的嬌憨。「回來了，餓嗎？廚房給你留了飯菜。」

祝煊腳步一頓，胸腔忽地有些發脹，又熱熱的。

沈蘭溪瞧他不說話，便從綿軟的被窩裡鑽出來。「我去讓人給你熱熱飯菜，你先去沐浴吧。」

「好。」祝煊溫潤應聲，盯著那披頭散髮的單薄背影勾唇輕笑。「多謝娘子。」

沈蘭溪沒聽出其中異樣，踩著鞋去喚了元寶來，不多時便擺好了膳食，熱氣騰騰的散發著香味。

「再去拿副碗筷來。」沈蘭溪吩咐元寶。

祝煊擦髮的動作一頓，朝她看來，眉眼間含了些不贊同。「妳還沒用晚膳？」

沈蘭溪打了個呵欠。「用過了，我只是陪你吃兩口罷了，不然你一個人用膳多冷清。」

也是，她這般好食之人，怎麼會餓著肚子呢？

祝煊哂笑一聲，勸誡道：「夜裡不可多食，該睡不著了。」

「知道知道。」沈蘭溪敷衍應著，拿了他的筷子挾起香噴噴的雞翅塞進嘴裡。

祝煊瞬間無語。

兩人吃飽喝足，沈蘭溪便迫不及待的拉著他進了內室。

祝煊眉梢一動，張了張嘴又合上了。罷了，雖是有些累，但也不是給不了她。

「妳——」

「郎君——」

兩人異口同聲地開口，皆頓住。

「妳先說。」祝煊道。

沈蘭溪點頭，她等了他好久，自是要先說的。

「剛用過飯，郎君睡不著吧，我們說說話？」她先起個頭。

只是不等祝煊答，便急切的拋出了自己想問的。「攬香樓的事如何了？聽說藍音被抓了，她還好嗎？攬香樓的趙嬤嬤呢？也被抓了嗎？」

祝煊眉眼稍動，盯著她的眼神滿是打量。「為何會問起這個？」

沈蘭溪腦子混沌，也懶得與他兜圈子，坦白道：「從前有些事，偶然與藍音結識，這些我日後再與你細說，你先說說她如何了，還有那攬香樓的案件是怎麼回事。」

祝煊剛要開口，她又補了一句。「我知曉有些事不能說，你便挑揀能說的與我說嘛。」

夫妻多日，倒是知曉他會說什麼了。

祝煊無奈輕笑一聲，把那句「朝廷案件，不可多言」吞了回去，回道：「此案牽扯甚廣，還在查探，攬香樓查封，至於妳關心的那位藍音娘子在刑部大牢。」

沈蘭溪上半身抬起，眼巴巴的瞧著他，兩人對視幾眼。「沒了？」

祝煊點頭。

沈蘭溪無語的翻了個白眼。「就這兩句，街上的百姓都知曉，我還用得著來問你？你說些我不知道的嘛！」

「比如？」祝煊被她抓著手臂直晃，也耐心的問。

「比如這案件中被牽扯進來的大人物是誰，還有那毒酒是——啊！」沈蘭溪驚叫一聲，伸手捂住被敲的腦袋，控訴道：「你打我？」

不重的力道，偏生那股嬌嬌的勁兒，似是被他敲得青紫了一般。

祝煊無聲的嘆口氣，面上端得嚴肅，一板一眼的教訓道：「慎言。」

沈蘭溪一臉不高興的趴下，拉過被子把自己蓋得嚴嚴實實的，如同稚子一般賭氣道：「不說就不說！」

虧得她還給他留了飯菜，哼！

祝煊盯著那一團瞧了半晌，忽地扯唇，無奈的笑了一下，滅了燭火攬她入懷。

在懷裡的人不願意給他抱，要掙扎時，他沈聲開口。「此案牽扯到朝中兩位皇子，我不可與妳多說，至於妳關切的那位女子，只能說，她不似表面那般簡單，案件若有隱情，三司合力，自會查清，不必擔心。」

黑暗裡，沈蘭溪眼底一片了然。

兩位皇子啊，那決計是權柄之事了，原來趙嬤嬤身靠皇子，難怪呢……

大嬴朝七位皇子，夭折三位，廢為郡王駐守邊關一位，襁褓中吃奶的一位，玩弄權柄的便只剩在朝的三皇子和五皇子了。

一個是寵妃所出，祝窈嫁與的才貌雙全的三皇子。

一個是中宮所出，坊間傳言平平無奇的五皇子。

只是，那位五皇子真如傳言一般平平無奇，還是藏拙，便未可知了。

「郎君，你不避嫌嗎？」沈蘭溪忽地問。

祝煊思索一瞬，懂了她話中之意，道：「皇上點我去的。」

皇上此舉，說是信得過他，但眾人瞧得清楚，不過是試探祝家是效忠皇上，還是站在三皇子那邊罷了。

沈蘭溪摸摸他胸口，難得有些許同情。「郎君好難喲。」

朝堂上的爾虞我詐、勾心鬥角，絲毫不比後宅淺顯多少，他們身上背負的不只是自己的性命，還有闔府甚至是一族的人命，稍不留心……

「做個純臣罷了，祝家效忠的只有天子。」祝煊摸摸她腦袋，聲音不覺輕柔。「睡吧，明日臘八節，醒來便有臘八粥吃。」

這哄孩子的話，沈蘭溪暗自翻了個白眼，嬌聲嬌氣的反駁道：「我哪有那般嘴饞。」

祝煊但笑不語。

這話，怕是她身邊的小婢女都不信。

第十二章

一連半月，祝煊都早出晚歸，有時回來晚了便在前院的書房將就一夜。

沈蘭溪沒再去打聽攬香樓的事，但是禁不住身邊有元寶這個小丫頭在，東一耳朵、西一耳朵的聽了些。

攬香樓一案，把朝堂上的風雲詭譎都挑明開來，趙嬤嬤身後站著的是五皇子，如今死在裡面的秦元壽更是明面上的三皇子黨，而三皇子也不負黨羽所盼，請恩徹查，五皇子幽閉府門，半月不出。

藍音捱了數日，終是鬆了口，公然指認是趙嬤嬤下的毒。

人心難測，不外如是。

五皇子素衣入宮，主動交還玉牌，以證自身，還自請入詔獄，靜等查驗真相。

此事一出，便在坊間傳得沸沸揚揚，那些搖擺不定之人，頓時信五皇子是遭奸人陷害，淪落至此。

只是天家之人，怎能入詔獄？

這事自是被皇上駁回，暫時住在了宮裡。

「娘子，排骨湯熬好了。」元寶端著湯碗進來道。

沈蘭溪從半晌沒翻動的話本子上收回視線，接過湯碗慢慢喝。

「婢子按照您之前的吩咐，給郎君也送去了。」元寶邀功道。

「就妳最聰明了，這事不必稟報了。」沈蘭溪誇讚一句，又道：「廚房裡還有剩的嗎？若是有，你們分著喝了吧。」

元寶眉眼間透出喜意，樂顛顛的行禮道謝。

「前些時日醃的酸菜也該好了，順便與廚房吩咐一聲，晚上做一道酸菜汆白肉，再做一道粉蒸肉，其他的就隨意吧。」沈蘭溪想著那味兒，有些饞了。

「是，婢子這就去！」元寶說著便歡快的往外走。

屋裡寂靜不過一息，小丫頭又跑了回來，眉飛色舞的滿是喜氣。

「娘子，阿年帶人抬了兩只箱子過來了！」元寶道。

「什麼東西？」沈蘭溪問著，放下手裡的碗，踩著鞋出了院。

兩只樟木箱子，像是放書冊的，想到自己已經暴露的理帳之能，沈蘭溪剛被吊起來的好奇心瞬間跌落谷底。

祝煊這個混蛋！自己忙便忙唄，還要給她找事做？

「請少夫人安。」阿年躬身行禮，視線掃過自己身前的兩只箱子，乾巴巴道：「這是郎君吩咐小的給少夫人送來的。」

「哦，他說什麼了嗎？」沈蘭溪問，一眼都不想多瞧那箱子。

聞言，阿年瞬間面色澀然，垂了頭小聲道：「郎君說，他公務繁忙，這些時日便歇在前院了，請少夫人勿擾，這兩箱銀子是給少夫人您的。」

「嗯？」沈蘭溪一個音拐了十八個彎，詫異道：「裡面是銀子？」

不等阿年答話，沈蘭溪便讓元寶打開箱子。

一箱泛著銀白光，一箱閃著耀眼黃，皆讓人愛不釋手，眉開眼笑。

哎呀！罵早了～

沈蘭溪一雙桃花眸子笑彎了，聲音含羞帶嗔，又甚是爽快。「去回稟郎君，先前是我不懂事，擾了郎君清靜，從今兒起，我決計不會再讓人去前院打擾郎君辦公，請郎君放心。」

信誓旦旦，斬釘截鐵。

阿年張了張嘴，又連忙閉上，躬身道：「是，小的記下了。」

其實，少夫人若是自己去，郎君還是挺高興的。

「嘿嘿，去吧去吧，你是郎君身邊離不開的人，你且先回去，晚上若是有空，便來西院用飯吧，給你們加菜～」沈蘭溪笑得一臉歡喜。

「是，多謝少夫人。」

「不謝，應該的。」沈蘭溪擺擺手道，吩咐人把兩只箱子搬進屋裡。

畢竟，祝煊若是財神爺，那他便是祝煊身邊的散財童子，都要好好供起來的～

私房錢充盈，最是花錢的好時候。

翌日，沈蘭溪與祝夫人請了恩，腳步輕快的帶著兩個婢女出門瀟灑去，後面猝不及防的跟來一個小跟屁蟲。

「你跟著我做甚？」沈蘭溪瞧著對面一直在吃的小蘿蔔頭問。

祝允澄絲毫不知他吃的東西是半個月前沈蘭溪吃剩下的，還很歡喜，小胖爪拍了拍自己腰間鼓囊囊的荷包，闊氣道：「祖母給我發了例銀，妳不是喜歡吃薈萃樓的燒鵝嘛，先前妳請我吃，今日我請妳吃。」

沈蘭溪眼珠子一轉，絲毫不提自己昨日得的金銀，笑著應道：「好啊！」

元寶在外面聽得直翻白眼。她家娘子也真是的，還花小孩子的銀子！

馬車行得很慢，沈蘭溪瞧見路邊攤上紅豔豔的糖葫蘆，忽地有些饞了，側頭問：「你想吃糖葫蘆嗎？」

祝允澄順著她的視線瞧去，連忙點頭。

「我也想吃，你能不能請我吃一串？」

祝允澄瞬間瞪圓了眼睛，不可置信的轉頭瞧她，不知她怎能說出那般不要臉的話！

「娘子，前面路被攔了。」元寶小聲稟報道。

「敢問馬車內的可是祝家少夫人？」一婢女過來問，不等元寶開口，那人便又篤定的道：「我家祝側妃請少夫人在前面的茶樓一敘。」

人來人往的街道上，只他們這一塊恍若結了寒冰一般寂靜。

「小姑姑？」祝允澄小聲問。

沈蘭溪略一挑眉，唇角勾起一道玩味的笑，湊過去與他耳語幾句，安撫的拍了拍他肩膀。「不必怕，小心些。」

說罷，她彎身便要出馬車，手臂卻被人急促地抓住。

「妳、妳也小心些。」祝允澄彆扭的叮囑道：「我會快些來的，妳不要被欺負了。」

沈蘭溪有些好笑的在他腦袋上拍了下。「放心，糖葫蘆還沒吃到，我自是不會有事。」

車簾一側被掀起，又快速落下，沈蘭溪被元寶攙扶著下了馬車，卻沒隨著那婢女走。

「祝少夫人？」婢女回頭，眉頭微皺。

沈蘭溪輕笑一聲。「去什麼茶樓，我還沒用早飯，既是難得一敘，可不興餓著肚子說話。妳去回稟你們側妃娘娘，我在前面的薈萃樓等她，慢慢來，不必著急。」

說著，她便帶著元寶和綠嬈往前走，馬車掉頭往回返。

那婢女瞬間冷下臉，剛要追上去，卻被身邊的人攔下了。

一炷香的工夫，祝家廂房的門被推開了，來人是一身錦緞的貴公子，哪裡是那婢女口中的祝側妃？

如沈蘭溪所料，只她眉眼間的愣怔與慌張恍若真的一般。

「您、您莫不是被小二領錯了廂房？」沈蘭溪一雙眸子澄澈，與他對視一瞬，閃著些懵，羞怯又手忙腳亂的慌忙起身避嫌，往元寶身後躲去。

元寶也慌，但還是挺起胸膛出戰，色厲內荏的訓斥。「你是哪家的郎君，莫要衝撞我家少夫人！」

綠嬈醒了醒神，深吸口氣也加入，疊羅漢似的往元寶身前一擋。「這裡是祝家的廂房，再不出去，我便喊人來了。」

沈蘭溪在心裡給她倆鼓了鼓掌，安心躲在後面裝模作樣。

聞聲而來的小二剛要開口，卻被男人的近衛趕走了。

雕花木門闔上，那人泰然自若的掀袍坐下，下巴指了指方才他坐過的位子。「二嫂請坐。」

自報身分的一句，沈蘭溪面露一瞬恍然，從元寶身後出來，屈膝行禮道：「您是三殿下？」

元寶與綠嬈對視一眼，也連忙垂首行禮。

「是我。」李乾景頷首道。

沈蘭溪一副拘謹的小家子氣，小心翼翼的問：「三殿下是陪側妃娘娘一同來的？」

李乾景臉上的笑不變，眼裡卻不著痕跡的閃過些遺憾。

長得雖美，但畏首畏尾的上不得檯面，祝煊也不是貪戀美色的人，怎的選了這種娘子？不過，雖是沒娶他的人為繼室，但這樣的草包對他也是有利。

「阿窈不會來，是我有事想單獨與二嫂說。」李乾景坦然道。

沈蘭溪吶吶的應了聲，視線與他相撞時，連忙又避開，慌張道：「三殿下有何事，直言便是。」

李乾景暗自搖了搖頭，瞧不上眼的神色越發明顯。「二嫂不必害怕，坐著說吧。」

沈蘭溪也不用他勸，順勢落坐，視線落在桌上還沒吃完的叉燒包上。

她不用嚐都知道有些涼了，浪費了。

「聽阿窈說，二哥二嫂舉案齊眉，頗為恩愛？」

這廝怎的還有探聽人家夫妻之事的癖好？

沈蘭溪道：「哪裡，是郎君體貼罷了。」

李乾景把她那嬌羞模樣收入眼底，只要動了情，這事便好說了。

他笑了聲，問道：「不知二嫂對於近日的攬香樓一案可知曉？」

沈蘭溪面露澀然，尷尬道：「我一介婦人，哪裡知曉這些，三殿下不如問問我府中的用人之事，我定能回答一二。」

這誠實又期待的眼神，李乾景後面的話頓時噤了回去。

誰要管妳府中用人如何?!

沈蘭溪瞧出他臉上的嫌棄，慚愧的垂下腦袋。「我屬實不知這些，殿下若是有什麼想問的，不如差人去喚我家郎君來？」

李乾景嘴角抽了抽，又笑。「我現在要說的話，二嫂恐怕不會希望二哥在這兒的。」

喲吼！這是直奔主題了？她倒要看看這人是捏了她什麼小辮子，才能在這兒威脅她！

沈蘭溪瞬間面露詫異，一息間又努力掩下，神色慌張卻竭力鎮定。「殿下想說什麼？」

「二嫂的身世。」李乾景一副篤定的模樣道，視線落在她臉上。

沈蘭溪一副什麼都不知道的樣子，也瞧他，不言語，似是等他接著說。

「二嫂沒聽說攬香樓的事，無妨，但妳應是知曉自己的身世，」李乾景勾了勾唇，笑著吐出四個字。「娼、妓、之、子。」

一字一頓，恍若把人架在火上烤。

只是讓他失望的是，沒瞧見沈蘭溪惱羞成怒，或是驚慌失措。

那樣漂亮的一雙眸子，裡面閃爍著懵懂與控訴。

「二嫂也不希望二哥知曉妳的身世吧，要我不說出去，此事也簡單，只要二嫂在二哥口中為我探聽一事便——」

「殿下緣何罵我？」沈蘭溪打斷他的話，一副敢怒不敢言的受氣包模樣。「我是不知攬香樓的事，但那又如何，殿下不是也不知點心如何做、湯羹如何熬，我也沒有因為殿下有不知的事便出言侮辱。

「我沈蘭溪雖出身小門小戶，但也知曉尊卑廉恥，今日我來這裡用飯，殿下先是無端闖入，繼而又開口辱罵我，未免太欺人了些？您是三殿下便可如此嗎？」沈蘭溪說著紅了眼眶，憋得胸口迅速起伏，挺直了小身板。「今日便當是我不懂事，元寶，報官！」

啪！

門被推開，外面站著的人瞧得清楚。

「我祝煊，今日便當一回斷案官。」為首身著朱紅官袍的男子冷聲道，氣勢凜凜不可犯也。

門敞開來，引人注目。

幾位穿著官服的男人皆面色尷尬的對視一眼，又瞧向包廂裡。

作戲作全套，沈蘭溪捏著繡花小絹帕捂著臉，一副受欺負泫然欲泣的模樣，哭腔軟糯。

「郎君？」

祝允澄跑進來，有些彆扭的與李乾景見了一禮，退身站在沈蘭溪旁邊，瞧著她的眼神難掩自責。

都怪父親，非得在外面站著聽，哼。

「正卿？」李乾景站起身來，眉頭一動，又轉頭瞧向旁邊恍若柔善可欺的女人。

呵，他竟是還著了道！

「臣見過三殿下。」祝煊踏進門來，躬身行禮。

他伸手，把那紅了眼圈的小娘子拉到身邊，圈著她細腕的手下滑，把那柔軟捏在掌心。

「方才之事，臣與幾位大人皆聽得清楚，我祝煊再是不濟，也不會讓內子遭受如此侮辱，殿下身分尊貴，此事便上達聖聽，由皇上裁奪吧。」

李乾景似是被他這話氣笑了，臉上的神色變得甚是難看。「侮辱？若是我今日所言句句屬實呢？」

「今日刑部向大人也在，既然三殿下篤定自己絕非虛言，那臣便斗膽替內子報官，還請向大人秉公執法，查得清明。」

李乾景說得篤定，祝煊也回得強硬，一窩人立在門口，面面相覷。

「那、那回衙門？」向大人試探的問。

公堂上，沈岩與林氏也來了，一個畏畏縮縮，一個冷著臉。

「祝少夫人身世之事，還請沈大人與沈夫人如實說。」案桌後的向大人輕咳一聲道。

「二娘是我外室子，卻不是娼妓所出。」沈岩說了一句，便垂首不願多說了。

李乾景冷哼一聲。「沈大人莫不是年歲大了，記性不好了？」

他一雙銳利的眸子盯著他，緩緩道：「二十幾年前，沈大人一個軍護子建功立業，意氣風發，可不是這般懦弱啊，到底是老了，不記得祝少夫人的生母是誰了？」

李乾景說著站起身。「那本宮便給沈大人提個醒，當今國舅塞給沈大人的女子，名喚紫衣，沈大人可記起些什麼了？」

沈岩縮在袖子裡的手隱隱發抖。「臣是識得這女子，但二娘卻不是她所生。」

沈蘭溪垂著眼，跪得筆直，面上淡然無色。

「事至如今，我也不瞞著了。」林氏忽地開口，頓時引得眾人瞧來。

「二娘的小娘姓袁，名青羊，與我是閨中密友，也是我夫君心儀之人，可惜袁家太窮，婆母沒瞧上青羊，作主讓夫君迎我進了門。夫君入朝做官後，偶然得知夫君有了外室，便是青羊，那時她已有一個月的身孕，至於三殿下所說的紫衣娘子，呵，我從未瞧在眼裡。

「那女子也是苦命，被人塞來做耳報神，卻是從不知夫君與她只是應付，藏在那懷安巷裡的才是心上人。紫衣娘子被眾人瞧著入了府，做了妾，一日接一日的困在一方小院，無人知曉，在那同一日，青羊也入了府，可惜她福薄，生下二娘後便撒手人寰了。外人猜疑，紫衣娘子是有了身孕才被夫君接入府中，但自始至終，有孕之人並不是她。三殿下若是不信，便著人去查，這樁舊事，還有這些年沈家因何沈寂，也該翻一翻了！」

沈蘭溪垂著腦袋眨了眨眼，有些意猶未盡。

這故事……真的還是編的？著實精彩啊！竟是不知，沈岩還有這般跌宕起伏的過去！這比元寶買來的話本子還要有趣！銀子都白花啦！

「還有，」林氏深吸口氣，一雙眼直視李乾景。「不知三殿下是從誰的嘴裡聽得的謠言，其心簡直可誅！二娘雖是庶出，但也清清白白，容不得旁人隨意誣衊，三殿下聽得一句，便來污這孩子耳，敢問一句，殿下是何居心？」

這銳利言辭，激得公案後坐著的向淮之一抖。

祝少夫人不愧是在沈夫人身邊長大的，如出一轍的匹夫之勇……

李乾景眼角一動，眸子微瞇，上位者的氣勢瞬間鋪天蓋地襲來。「妳再說一遍。」

「三殿下是覺得哪句說得不對？」祝煊忽地插嘴。「是『二娘身世清白，容不得殿下誣衊』，還是那句『是何居心』？」

李乾景發黑的臉轉過來，盯著他不語。

祝煊與他對視一眼，視線掃過一旁立著的幾人。「薈萃樓裡，三殿下沒說完的話是什麼？想讓內子從我這裡探聽什麼事好傳與殿下？人證俱在，三殿下是想抵賴不成？」

一句句逼近，偏生一句都賴不得，李乾景一張臉黑得如盛了墨汁的硯臺，錦緞衣袖裡的手緊了又鬆，氣得發抖。

公堂上氣氛沈寂，眾人眼觀鼻、鼻觀心的不出聲。

半晌，李乾景朝沈蘭溪轉身，上身微曲，拱手行禮致歉。「今日是我受小人矇騙，言行無狀，誣衊了二嫂聲譽，改日我定當攜禮登門請罪，還望二嫂見諒。」

沈蘭溪垂著腦袋，又恢復那乖軟無害的模樣，連忙擺手，怯弱道：「妾身擔不起三殿下這聲二嫂，且我不愛俗物，這禮還是免了吧。」

後面這句，林氏裝耳聾，眼皮都不抬一下。

祝煊視線掃過那烏黑髮間的金燦燦，垂了眼皮只當沒瞧見。

沈蘭溪說罷，抿了抿唇，一副受氣模樣，又小聲的補了句。「我不是很想見到你。」

旁人聽不清，離得近的祝煊卻是勾了勾唇，眼裡滑過些許無奈，伸手拉她起來。

「今日虧得諸位大人皆在，為內子之事做了見證，正卿謝過各位。」祝煊拱手道謝。

那幾個受了禮的人連忙七嘴八舌的出聲回禮。

「祝大人客氣了……」

「祝大人不必多禮……」

李乾景握緊拳頭，硬是擠出些笑來，剛要開口，卻被祝煊搶了先。

「三殿下既是道了歉，臣便帶內子先離開了，今日之事，殿下也不想在坊間傳開吧？」

話音落下，祝煊便牽著沈蘭溪出了門，與外面探頭探腦的祝允澄撞了個正著。

祝允澄愣了一瞬，連忙收回腦袋，規矩的與兩人見了一禮。「父親、母親。」

「嗯。」

祝允澄跑到沈蘭溪身側，小聲問：「妳還想吃糖葫蘆嗎？」

半刻鐘後，祝家三人各自握著一根糖葫蘆，慢悠悠的往沈家晃去，祝煊手裡還拎著打包好的燒鵝。

糖葫蘆是祝允澄斥鉅資買的，吃得甚是珍惜，亦步亦趨的跟著前面並肩而行的兩人。

「今日做得很好。」祝煊誇讚道。

沈蘭溪笑得得意，與他說起當街被攔之事。「我用腳都能猜到，邀我的定不是祝窈，澄哥兒也機靈，帶你們來得快，我什麼話都還沒套出來就到了，無法，只能揀重要的說了。」

這語氣，倒是還有些遺憾？

祝煊屈指，在她額頭上輕敲一下。「不可冒險。」

沈蘭溪點頭，應得敷衍。「我知道，珍重自身嘛，這你大可放心，我惜命得很。」

一家三口剛到，便被人迎去了廳堂，飯菜剛好，人也坐得齊整，卻是沒動筷子。

「去淨手，過來用飯。」林氏招呼道。

沈蘭溪把祝煊手裡的燒鵝遞給旁邊的婢女。「還是熱的，去拆開端上來。」

「是。」

沈蘭溪在自己的座位上坐下，斟了杯酒，鄭重道：「今日多謝父親母親了，二娘敬你們一杯。」

「一家人，不必言謝。」林氏說著，也與她碰了杯。

沈岩沒說話，舉了舉杯，依舊一臉土色。

祝煊隨了一杯。這架勢，瞧得潘氏一愣一愣的。

她也知曉眉眼高低，沒問緣由，只是笑道：「還沒動筷子便吃酒，二娘小心一會兒醉了。」

婢女適時端了燒鵝上來，林氏道：「怎的還去店裡提了這個來？」

「小孩饞這個味兒，嚷著要吃，郎君便買了一隻，剛燒好的，母親吃隻腿。」沈蘭溪親手撕了條腿給她，甚是貼心。

祝允澄無語。算了，父親買的燒鵝，他自己也確實想吃，她這話也算不得錯吧？

林氏知她為哪般，也受了她的好意。

一隻燒鵝兩條腿，一條給了林氏，一條給了「饞嘴小孩」祝允澄，沈蘭溪啃著沒肉的翅膀也吃得美滋滋的。

祝煊瞧了一眼，收回視線。

用過飯，祝煊便去衙署了，沈蘭溪隨著林氏去了主院。

「蘭茹呢，母親罰她跪祠堂了？」沈蘭溪問。

方才用飯的時候她便想問，但忍住了。想也知道，那丫頭定是被罰了。

聞言，林氏嘆了口氣，頗為頭疼。「跪了兩日，我讓人送她去她外祖家了，待在府裡沒個安生，等來年給她訂了親，再派人接她回來吧。」

沈蘭溪詫異的揚了揚眉。難得見林氏對沈蘭茹生這般重的氣啊。

「母親有中意的人選了嗎？」沈蘭溪問。

「倒是挑了幾家，家世不顯，但是府中簡單些，還得多看看。」林氏說著，忽地問：「瞧著妳與祝家小子相處得不錯？」

沈蘭溪也坦然。「郎君重公務，我在院裡也自在。母親知道我性子的，最是怕麻煩。」

「說起麻煩，前些時日妳為茹姐兒出頭，聲名於坊間有損，祝家老夫人可罰妳了？」林氏關切道。

沈蘭溪搖頭。「祖母雖是嚴厲了些，但也慈愛，講得了理。」

「那便好，」林氏放下心來。「我還恐祝家罰妳，惹得妳與祝家二郎生了嫌隙，沒有便好。」說罷，又道：「前些時候，我兄長差人給我送來些頭面，有不少漂亮耀眼的，我給妳留著呢，去瞧瞧。」

一刻鐘後，沈蘭溪坐著沈家的馬車滿載而歸，面上的喜色擋都擋不住。

嘿嘿，今年的她適合悶聲發大財呢～

夜裡，門吱呀一聲被推開。

祝煊邊脫身上落了雪的大氅，邊抬步往內室走，入目的是一堆金燦燦的頭面、首飾，便是燭火昏暗也掩不住那些東西的貴重。

只穿著裡衣的小嬌娘正喜孜孜的清點自己的家當。

「這是？」祝煊詫異的揚了揚眉。

莫不是白日裡的事讓她還心生介懷，想要帶著她這堆金銀珠寶跑路吧？

沈蘭溪揚起一張俏生生的臉。「今日母親給我的，都好漂亮呀～」

林氏給她這些，她也很容易想到緣由。

對林氏那種窮得只剩下銀子的人來說，能用錢解決的事最是簡單不過，而她沈蘭溪也最吃這套。林氏想用這些東西答謝她替沈蘭茹出頭，那她便收下這份謝意就是，亮晶晶的她喜歡，林氏也能安心，雙贏的事，何樂而不為呢？

祝煊在床邊坐下，拿起一支蝴蝶髮釵瞧，便是連蝶翼、觸鬚都精美異常，紋理繁複，最重要的是，足夠沈手。

對庶女這般大方的嫡母，倒是難得。

「妳小娘——」靈位可在沈家，可要在年前去祭拜？

「是紫衣。」沈蘭溪坦誠道，順手拿走他手裡顫翼的蝴蝶髮簪。

「我小娘在生下我之後便出府了，這點我還是知道的。今日三殿下說的那話也確實不錯，我的確是娼妓之子，但那又如何，有罪的從不是我，也不是我小娘，而是那些利用女子玩弄權術的人。

「傳言深受沈岩寵愛的女子，被以平妻之禮下葬、靈位安置於宗祠的，不是我小娘，是青姨。沈岩與母親在府衙撒謊，咬死了我是青姨所生，是礙於祝家，若是我所料不錯，祖母與母親也不知我是——」

「沈蘭溪！」祝煊急急的喚她名，堵住了那戳人心扉的字眼。

沈蘭溪撇了撇嘴，也配合的把那幾個字吞下。「他們想騙的不只是三殿下，還有你祝正卿。沈岩庸碌了一輩子，只在為沈蘭茹擇婿這一事上高調了一回，哪知道沈蘭茹不願嫁你，反倒便宜了我這個從未入他眼的庶女。」

她把玩著振翅的蝴蝶髮釵，無甚語氣道：「沈岩不喜歡我小娘，也不喜歡我。」

祝煊忽地喉間發緊，瞧她的眼神難掩心疼。

要如何冷待，才會讓一年幼的孩子知曉自己父親不喜歡自己？

「不過母親心善，見沈岩對我不聞不問，便讓人好生照料我，雖是不夠親近，但也不曾苛待。但你知道，誰家府中都不乏陽奉陰違的下人，幼時我也常餓一頓、飽一頓的，待我稍大些，我便機靈的告到了母親跟前，這般事便沒再生過。後來有了沈蘭茹，時常來我院子裡玩，更是沒再受過欺負。」沈蘭溪絮絮道，眼底難掩晦澀。

小蘭溪便是被那混蛋嬤嬤照料，一場高熱斷送了性命，被她這後世之人占了軀殼，在這個朝代活了二十幾年。

那嬤嬤雖被林氏杖責一頓，丟了半條命，且喚人牙子來賣出了府，但到底是難償還小蘭溪了。而沈岩也永遠不會知道，他的女兒、真正的沈蘭溪早已死了。

盤腿坐在床上的姑娘垂著腦袋，手指有一下沒一下的撥弄那蝴蝶觸鬚，瞧著惹人心疼。

祝煊在心裡長嘆一聲，伸手摸了摸她細軟的髮絲。「不必難過，日後我都會護著妳。」是哄，也是承諾。

沈蘭溪抬眼，對上他如一汪古泉的眸子，裡面的認真與心疼忽地讓她悸動，又有些害怕。

她挪開眼，難得嚴肅道：「祝煊，我不要承諾。」

這東西太空，還沒有祝夫人給她的宅契讓人來得安心，那登名造冊在衙門蓋了紅泥印章的名兒是她沈蘭溪，旁人誰都搶不走。

「好。」祝煊好脾氣的應。

往後幾十年，她總會信他今日說的話。

沈蘭溪努力忽視怦怦直跳的心房，扯了一句。「你知道沈蘭茹鬧出逃婚這般大的事，為何沈岩與母親卻沒有罰她嗎？」

從不背後說人的祝煊，此時也配合著她講小話。「在家裡受寵？」

沈蘭溪搖了搖手指。「是也不是，先前我也是這般以為的，但是今日母親說的那個故事太真了，如若這故事是真的，那便是因為他們先前的遺憾。沈岩沒娶到自己喜歡的女子，悔憾一生，母親嫁了心裡有旁人的男子，也過得不如意，這才會縱容著沈蘭茹，盼著他們兩人的閨女能求得自己的良人，不要像他們一般做一對貌合神離的夫婦。」說罷，忽地又正色，一本正經與他胡扯道：「說起來，今日這事，郎君還得多謝我呢！」

「嗯？」祝煊面色疑惑。

「今日之事傳揚出去，便是有不知內情之人，也該知曉你祝煊不是三皇子一黨了，如何謝我？」沈蘭溪驕傲的抬起小下巴。

祝煊輕呵一聲，故意逗她。「我不如母親這般財大氣粗，不然在床榻上答謝娘子？」

聞言，沈蘭溪立刻往裡面躲，眼神警告他。這幾日不是她安全期，狗男人別來沾邊！

饒是有準備，祝煊也被她的反應氣得心梗，大手一撈，把她滿床的寶貝抱起便走。
沈蘭溪瞬間瞪圓了眼，反應過來時連忙起身去追。
「祝煊！你混蛋！」
祝煊不理，滿懷的珠寶放進梳妝檯上的特大號匣子裡，隨即，背上忽地一重。
「小賊，哪裡跑！」沈蘭溪撲到他背上，暴喝一聲。
祝煊無言。

迎春日的後兩日，天大晴。
沈蘭溪一身素衣，頭戴帷帽，步入那陰暗潮濕裡。
「娘子，要不還是婢子陪您進去吧？」元寶不安心的勸道。
沈蘭溪搖頭。「不必，我去去就來，不會有事。」
幾個臺階之下，方能瞧見裡面的景象，髒亂熏臭，暗無天日，或坐或蹲在裡面的人聽見動靜，皆抬眼瞧來，有的神色麻木，有的還帶著期盼。
「祝少夫人稍候，小的這就去把人帶來。」獄卒恭敬道。
沈蘭溪微微頷首。「有勞了。」
髒兮兮的木桌上，她把食盒裡的菜食一一擺好，又拿了一個碗、一雙筷。
身後鐵鍊相撞，叮噹的聲音磨得人耳根發癢，頭皮發麻。

沈蘭溪回頭，與那蓬頭垢面的人撞上視線，險些沒認出來。

從前的藍音，雖不是花中魁首那般絕豔，但也清雅脫俗，身上的那股傲氣最是惹人，但如今，那雙眼平靜無波，甚是淺淡，與往日相去甚遠。

「祝少夫人，人帶到了，你們說話，小的先出去了。」獄卒躬身行了一禮，便快速退了出去。

沈蘭溪收回視線，指了指身邊的長凳。「坐吧。」

又是一陣鐵鍊聲響，滿身狼狽的人落坐。

「這骯髒地方，妳又何必來呢？」藍音終還是開了口，嗓音嘶啞。

沈蘭溪把一條濕帕子遞給她。「擦擦手，從前只與妳吃過一頓飯，也不知妳愛吃什麼，便還是帶了那幾樣。」說罷，才答她方才的話。「我也想問問妳，那些享受著潑天富貴的人玩弄權術，妳何必要摻和呢？為了三殿下，值嗎？」

藍音慢條斯理的淨了手，卻還是擦不掉多日來積攢的污垢，恍若瞧見了殷紅，發愣了一息，才道：「不是愛慕，從來，我都只是他擺弄的棋子，他賞我一碗飯，我還他一條命。」

她早該死了，若不是那年雪地裡停下的錦繡馬車，她就死在了那場雪裡。

那日，今日，僥倖偷得這些光陰，也夠了。

沈蘭溪心中的疑惑瞬間解開，那些話也沒有問的必要。

她連自己的性命都交付給了旁人，還談何去珍視趙嬤嬤的性命？恩多還是怨多，那也是她們兩人之間的事，不足為自己這個外人道。

「沈蘭溪，多謝妳今日來看我，若是見到趙嬤嬤，勞駕替我與她說一聲，今生所欠，藍音來世定報。」

「知道了，吃吧，食盒是從府裡帶出來的，我還得拿回去。」沈蘭溪催促道。

六熱三冷一碗湯，是按年夜飯的標準準備的，眼下那熱菜瞧著都不冒熱氣了。

兩人安靜坐著，一人吃，一人看。

半晌後，藍音放下手裡的筷子，幫她把碗筷放回去。

兩人皆沒再出聲，沈蘭溪提著食盒往外走，一腳踏入光明裡。

「沈蘭溪！」身後之人喊了一聲。

她沒回頭，卻是停住了腳步。

「我沒有利用過妳，我不希望妳誤會我。」

這一句帶著些許哽咽，沈蘭溪聽出來了。

「今日來看妳，便是來送妳的，行刑那日我便不去了，自己一路走好。」沈蘭溪回頭，與她見了一禮，一如初見時。「藍音娘子。」

「好。」

豔陽趕走了身上的陰霾，沈蘭溪站在那兒好半晌才回神，踏上馬車吩咐道：「去陳記胭脂鋪。」

第十三章

「真是沒想到，那秦元壽竟然是因為意欲投靠五皇子，才被三皇子毒殺，賊喊捉賊玩得真好。」元寶說著一臉納悶。「只是三皇子是怎麼理直氣壯的請皇上徹查的？他都不會心虛嗎？」

沈蘭溪閉著眼沒應聲，心裡卻是冷哼一聲。

還能怎麼，抓著她這個娼妓之子的把柄，想要祝煊為他所用，到時便是查出什麼，也能遮掩過去，還有什麼不敢的？

他自以為算盡人心，卻是唯獨沒想到她會找祝煊來，嚇唬人的把戲沒讓她承認，而沈家兩口子更是死鴨子嘴硬，半真半假的唬弄人。

「吁——」車夫勒馬停下，稟報道：「少夫人，陳記胭脂鋪關門了。」

沈蘭溪疑惑的與元寶對視一眼，後者眼睛裡閃著懵。

哦，這小麻雀也不知道呀。

主僕三人下了馬車，只見門扉緊閉，上面掛著一塊小木牌。

「娘子，陳記關張啦！」元寶嘰嘰喳喳的上前去瞧那牌子。「屋子都騰空要租賃啦！」

沈蘭溪沒出聲，胸口有些堵得慌，似是還能瞧見那鋪子裡招呼女眷客人的女子，面上的白紗被風吹起一角，與她有幾分相似。

她也曾感受過她的善意與溫柔，只是不知那溫柔是對客人多一些，還是對她沈蘭溪多一些呢？

「綠嬈，妳坐馬車去尋店家來，就說我有意租他這鋪子，請他來談價，不必報家門。」沈蘭溪吩咐道。

「是，娘子。」

馬車掉頭去往另一條街的巷子裡。

元寶從石階上跳下來，往嘴裡塞了顆蜜果子，一臉新奇地問：「娘子，我們租鋪子做甚呀？」

「就知道吃，妳的臉都胖一圈了。」沈蘭溪嫌棄似的把她湊近的腦袋推開。

元寶撇撇嘴，哼了一聲。「娘子盡騙人，府裡都好多天沒吃葷了，婢子怎麼可能胖？」她說著，雙手捧著自己的小圓臉捏了捏，是有些軟，尋藉口道：「約莫是婢子今兒的髮式梳得不好，瞧著顯胖。」

沈蘭溪無語的翻了個白眼，咂巴了下嘴，誘哄的問：「妳想不想吃肉？」

元寶才不上她這當，一臉正色道：「婢子不想，娘子也不想吃。」

再過兩日便要祭拜祖宗了，祝家這幾日各院都不食葷，她家娘子可不能在這當頭犯錯！

沈蘭溪無語。現在還真不好騙了。

「娘子還沒說呢，租這鋪子是要做甚？」元寶再次問。

也是因她家娘子著實懶怠，手裡的銀錢夠花，從未有過這般置辦田產的想法，如今突然說要租鋪子，怎能不讓人生奇？

沈蘭溪也沒想好，只是在那一瞬間突然想要這麼做罷了。

她不想那個女子若是哪日回來，卻是尋不見一個故人。

「問這麼多，莫不是還想管我不成？」沈蘭溪故意凶她。「妳去旁邊那家書肆和點心鋪子問問，他們的鋪子是自己的還是租的，若是租的，租金幾何，打聽得越詳細越好。」

元寶神色一僵，硬著脖頸轉頭瞧了眼旁邊的書肆，一臉苦澀道：「娘子，能不能換一家問啊？」

她隨她家娘子，最是記仇，那書肆的淫賊調戲她的事，她還記著呢！

「這家挨得近，同理等換誤差最小，快去。」沈蘭溪催促道。

「哦。」元寶一知半解的轉身先往左邊的點心鋪子去了。

不一會兒，沈蘭溪就見元寶一臉難色的出來了，嘴巴嘟嘟囔囔的不知道在說些什麼。

「如何？」沈蘭溪問。

「那掌櫃的太精了，不是問我要買點什麼，就是說他們鋪子裡什麼最好吃，幾輩子的人都是在這街上賣點心的，旁人家的點心根本比不上他家的。我一問到這鋪子，那掌櫃的便含糊推託，說什麼時間長了記不得了，什麼都問不出來。」元寶倒豆子似的與她告狀。

沈蘭溪拍拍她腦袋。「那是被人收買了，去書肆問問，若還是如此，便不必多問了。」

「是。」元寶拖著沈重的步子往書肆走，在心裡期盼那混蛋別記著她才好。

厚重的暖簾掀開一道縫，她鑽了進去，迎面而來的炭火熱浪熏得人犯睏。

也不知這店家每日掙多少銀錢，才能把屋子烘得這麼暖和，竟像四、五月的春日。元寶腹誹一句，不情不願的往櫃檯前靠。

「掌櫃的……」元寶喚了聲。

那人還是一件發縐的棉袍，坐在櫃檯後打瞌睡，露出的半截手腕青白，比尋常男子也細了許多。

「嗯……」男子聽到動靜，枕著的手臂緩緩動了下，腦袋才慢慢從手臂間抬起。

四目相對，元寶瞧著他不吭聲，那人倒是緩緩笑了，嗓音輕懶又帶著些揶揄。「來找我兌換承諾的？」

日後來，不必花銀子買了，瞧妳長得喜人，這圖冊隨妳看，省下這錢，還能去隔壁多買兩盒胭脂添色……

元寶腦子裡忽地飄過他那不要臉的話，倏地紅了臉。「你個流氓胚子！」

男子又笑了一聲，坐直了些。「我可不是，我叫袁禛，小娘子可喚我袁郎君。」

元寶剛要啐他一臉，忽地想起自己是緣何進來的，生生忍下了。

她真好！為了她家娘子的荷包這般忍辱負重！

「咳……你這鋪子裡的炭火可真暖和。」元寶乾聊一句，又問：「我瞧你這店裡的人也不多，你不怕掙的銀子不夠交租金嗎？」

袁禛一手托著腦袋，瞧她絞盡腦汁的與自己搭話，道：「還不知道小娘子如何稱呼。」

「……萍水相逢，不必稱呼。」

「萍水相逢？妳家娘子不是想租我隔壁的鋪子？」袁禛說著，一雙眼直勾勾的瞧著她，多了幾分玩味。「還是說，妳方才的話，是關心我？」

後面這句，過了男女大防之界，倒是顯得有幾分曖昧不清，元寶連忙後退兩步，一臉氣憤地怒斥。「你休要無理！」

袁禛自知自己那句講錯了，但還是嘴硬。「這般不禁逗。」

太欺負人了！

講也講不過，元寶不欲與他理論，轉身便要走，身後那人卻又開了口。

「別走，鋪子還要不要租了？」

元寶氣呼呼。「我去與我家娘子說，哼！」

棉簾子掀起又落下，袁禛瞧著那怒氣沖沖跑出去的身影，樂了。

去告狀了啊！

街上，沈蘭溪聽元寶說完，直接氣笑了。

她這是當了一回鑽籠子的兔啊，被算計得徹底。

「妳在這兒等等綠嬈，她也差不多要回來了，我進去會會那蓮藕精。」沈蘭溪叮囑道，把自己的小金爐給她暖手。

「娘子，什麼是蓮藕精？」元寶沒聽懂。

她家娘子從前也只給她講過兔子精和牛魔王，這蓮藕精倒是頭一回聽說。

「就是全身長滿心眼的人。」沈蘭溪留下一句，拾階而上，徑直走進書肆。

暖烘烘的屋子，隱約能嗅得到一絲香火味，極像是她拜佛祖用的沉香。

「小郎君好計謀啊，把人耍得團團轉。」沈蘭溪似是誇讚道。

袁禛彎了下唇，撒了幾片茶葉，拎著咕嘟嘟的暖壺往杯子裡傾倒熱水，嫩尖兒的茶葉被燙得漂起，散出清香味。

「哪是有意戲耍人，方才夫人身邊的小丫頭進來，在下不就如實告知了嗎？」袁禛說著，把茶杯推到她面前。

沈蘭溪坐著沒動。「那小郎君也該知道，我有意定下那鋪子做點小生意餬口，不知這租金……」

「夫人爽快，那袁某也直說了，年租一百五十兩。」

沈蘭溪無語。「小郎君瞧我一身素衣，頭上不見珠翠釵環，哪裡像是可宰的肥羊？」

袁禛喝了口熱茶，雙手捧著茶杯，也笑。「夫人莫過自謙，這雲錦素衣能糊府上多少張嘴了。」

喲！竟是個識貨的！

沈蘭溪略顯詫異，但還是念著生意經與他周旋道：「你該是知曉，先前這條街熱鬧，也只是因為陳記胭脂鋪，眼下胭脂鋪關門，街上冷清，你如何覺得，自己這鋪子值這個價？」

「值不值的，不甚重要，勉強養家餬口罷了。」袁禛用她方才的話回道。

一個身披雲錦，一個套著緆巴巴瞧不出顏色的舊棉袍，誰的說辭是真，不難分辨。

這是軟硬都不吃？

沈蘭溪難得啞言，思索片刻道：「那若是我要買下你那鋪子呢，小郎君要出什麼價？」

捧著熱茶的人緩緩綻開一抹笑，不輕不重的吐出兩個字。「不賣。」

沈蘭溪有些生氣了，油鹽不進！

袁禛覷她臉色，又開口解釋道：「不瞞夫人，那鋪子是祖宗留給我這不肖子孫用來娶媳婦的，今日若是賣了，我委實怕他們棺材板壓不住，半夜找來罵我。」

一百五十兩？

呵！作夢！真當她是手不沾米的富家女了？

沈蘭溪直接起身欲走。「既如此，便不多擾了。」

袁禛嘆了一聲。「夫人莫急，在下倒是還有一法子，夫人不如多留片刻賞耳聽聽？」

聞聲，沈蘭溪停住腳步，回頭睨他，不見笑模樣。

「這法子也簡單，夫人既是覺得租金貴，那我便不收租金，以那鋪子在夫人這生意裡占一席之地，夫人覺得如何？」那輕緩的語氣裡不經意間透著幾分篤定。

沈蘭溪略挑眉梢，問道：「那小郎君想占幾成？」

袁禛慢悠悠的伸出了兩根手指。「兩成。」

「小郎君似是轉了性，不貪心了呢。」沈蘭溪刺他。

她再傻，此時也發現了，這人先前說的那些，都是在為後面這句鋪陳罷了，年歲不大，一招拋磚引玉倒是玩得爐火純青。

「夠養家餬口便好。」袁禛笑咪咪道。

約以成法，一式兩份，帶去官府印了紅泥，這事才算定下。

沈蘭溪氣不順，連客套都懶，半句不提捎他一程。

誰知這人竟是個臉皮厚的，自顧自的爬上馬車，與車夫一左一右坐著，似是才想起來一般，虛假道：「風寒露重，夫人好心順我一段路？」

沈蘭溪閉著耳朵假裝聽不見。

元寶看了眼那泛著青白的笑臉，哼了聲，扭過頭，不過一息又轉了回來，小聲道：「娘子，要不捎他一程吧，他好似病了。」

沈蘭溪睜開眼瞧她，打趣道：「不是方才生氣的時候了？」

「娘子知道，我這人大氣。」元寶驕傲道。

這一程給人送到了家門口，先前車夫隨著綠嬈跑了一趟，倒也算不得路生了。

鋪子的事耽擱了些時辰，天色不知不覺的已然暗下。

沈蘭溪回去時倒是與下值回來的祝煊撞上了。

身後馬車被駕走，那人立於朱紅門前，溫潤的眸子瞧來，裡面映著懸掛著的紅燈籠。

再次瞧見他身著那朱紅色官袍，沈蘭溪依舊挪不開眼，清冷與豔麗交纏，好看得讓人想要玩點什麼。

她提著裙襬跑上前，立於石階上，仰著腦袋瞧他，輕佻道：「喲，這是誰家的郎君呀，生得這般好看，給你一顆糖，跟姊姊回家可好？」

祝煊眼皮狠狠一跳，屈指在她腦袋上輕敲了下。「又不正經。」

沈蘭溪裝模作樣的揉揉腦袋，視線在他身上打量一圈。「郎君長成這模樣，怎能怪我把持不住？」

這一句，直接點燃了祝煊的耳根，便是面上也飄來霞光，渾身發熱，哪裡還覺得這數九寒天的冷？

祝煊輕咳一聲，生怕她說出什麼更駭人的話，生拉硬拽的把她扯回大道。「怎麼才回來？去見藍音娘子不順利？」

「有郎君派人前去叮囑過，怎會不順？」沈蘭溪依偎過去，眼饞的摸了摸他胸膛。「我回來時正巧瞧見一家鋪子在租賃，便去租了下來。」

祝煊渾身一僵，深吸了口氣，教訓道：「沈蘭溪，端莊些。」

沈蘭溪才不承認自己方才動作輕浮，倒打一耙。「郎君想到哪裡去了，我只是手冷。」

說著，她故作無辜的把兩隻手攤開在他面前。

祝煊垂眸，視線落在那青蔥手指上，默了一瞬，藉著寬大袖襬遮掩，把那鬧人的手收入掌心。

淨說謊。哪裡冷了？比他的還熱些。

「可想好那鋪子要做什麼了？」

「尚未。」沈蘭溪隨意道。

兩人並肩往府裡走，掩在寬袖下的手卻是沒鬆開，沈蘭溪被扯得走得歪七扭八，哪裡有半分端莊，反觀身側的郎君，任她怎麼撞，步伐依舊穩健。

「祝二郎，你欺負我。」

「是嗎？不是妳自己把手伸給我的嗎？」

一個控訴，一個拒不承認，惡趣味鬧人。

元寶若有所思的瞧著那兩人的背影，不防被門檻絆得趔趄，幸好綠嬈眼疾手快的從旁邊抓住了她。

「想什麼呢，仔細看路。」綠嬈道。

元寶吐吐舌頭，小聲問：「妳有沒有覺得，娘子有些變了。」

「變了？」

「變得黏人了。」元寶語氣篤定，還自我肯定的點了點腦袋。

她方才可是瞧得真真的，她家娘子在看見郎君時，雙眼都放光了，她還以為她是瞧見了肉呢！而且，她家娘子還跟郎君撒嬌，要郎君給她暖手，卻在背後偷偷把熱呼呼的小金爐塞給了她！

夜裡，又吃了一肚子青菜的沈蘭溪，翻來覆去的睡不著。

「郎君，皇上可說了要怎麼處置三皇子？」沈蘭溪挑了個感興趣的問，盡力忽視肚子裡翻騰的饞蟲。

「還不睡？」祝煊側頭瞧她，作勢要轉身抱她。

沈蘭溪連忙壓住他，不讓他轉過來。「不許！這幾日都不行！」

她還不想生孩子呢！

祝煊依言停下動作，任由她半趴著壓在自己身上，思索了一瞬，還是與她道：「皇上收回三皇子手中的權，五皇子那邊也一樣，幾個冒頭的黨羽都遭到打壓，近日朝堂黨派，人人自危，倒是平靜不少。」

沈蘭溪瞬間了然，嘆息道：「各打五十大板啊，看來皇上不怎麼喜歡這個嫡子啊。」

「慎言。」祝煊頭疼道。

「嗯嗯。」沈蘭溪一手捂住嘴，連連點頭。

她怎麼就把心裡話說出來了呢，在祝煊面前是一點都不設防了嗎？

「再有幾日便過年了，不是說皇上召寧川郡王回京過年，怎麼還沒回來呢？」沈蘭溪指尖繞著他的一縷頭髮，小聲嘟囔道。

寧川郡王便是那個被跳過封王、直接貶為郡王的倒楣蛋，吃了幾年邊境的黃沙，眼瞧著今年打了個大勝仗，皇上才想起這個兒子。

「妳大哥此次也會回來？」祝煊問。

「對啊！」沈蘭溪歡喜的應道：「大哥已經兩年沒回來了，我都要忘了他長什麼樣子了。說起來，我嫂嫂也挺辛苦的，一個人管教著兩個孩子，懷上瑩兒不到五個月，大哥便走了，那孩子長這麼大還沒見過父親呢，不知道過年回來，瑩兒給不給他抱，嘿嘿～～」

想著那玉雪小團子扭著胖身子不給人抱的畫面，沈蘭溪就不厚道的樂了，忽地想起一件事，與他悄聲道：「之前我回門時，瑩兒瞧著很喜歡澄哥兒，滿是口水的胖爪子抓著澄哥兒不放，你是沒瞧見澄哥兒，僵著身子不敢動，都快被那小胖妞欺負哭了，哈哈哈哈……」

她說得幸災樂禍，祝煊聽得也勾起了唇，似是瞧見自己兒子手足無措的窘迫模樣。

「你也覺得好玩吧。」沈蘭溪樂顛顛的。「澄哥兒好似還挺喜歡瑩兒的，拿了個果子給她吃，可惜瑩兒太小，還吃不了，反倒是澄哥兒，被那嬤嬤嚇了一跳，那嬤嬤也是，生怕我嫁去侯府之後不聽話，想替母親給我個下馬威，卻是拿孩子欺負，不過我也不是吃素的，當時便給她上了一劑眼藥，上次回家我便發現，大嫂把那嬤嬤換了，哼，就她還想欺負我，太小瞧人了。」

她說得甚是驕傲，把後宅勾心鬥角之事當做笑話講與他聽。

祝煊摸了摸她的腦袋，順著她的心思誇讚。「沈二娘子，真厲害。」

「那是！」沈蘭溪繼續驕傲。

「睡吧，時辰不早了。」祝煊哄她去自己被子裡。

沈蘭溪不想動，趴在他身上好舒服呀～～

「那你親我一下～～」她嬌嬌的道。

祝煊不從。「別勾我，點了火又不給滅。」

這話多少有些氣急敗壞在裡頭，沈蘭溪嘿嘿笑了聲，在他側臉上親了下。

「啵」的一聲，甚是響亮。

「我親你也是一樣的。」她故意逗弄人，說罷便像泥鰍似的鑽回自己被窩裡。

祝煊摸了摸臉側的濕，無奈的輕笑了聲。「沈蘭溪。」

「做甚？」被子裡傳出一道悶聲。

「登徒子。」

臘月二十八這日，祝煊也休沐了。

一早，祝家老少都聚在主院裡用飯，熬了一夜的五色粥軟糯香甜，連裡面的豆子也鬆爛可口。

沈蘭溪就著酥餅，吃了兩大碗粥才停了筷。

同桌的老夫人一臉難言的瞧了她一眼，有些沒眼看。「吃這麼多，午飯不吃了嗎？」

沈蘭溪轉頭看過去，對上那略顯嫌棄的眼神，老實道：「要吃的。」

祝允澄咬著酥餅，晃著腳丫附和。「曾祖母這就不知道了，若是有肉餅，母親還會再吃一碗呢。」

祝煊視線往下掃去，道：「坐好。」

「是，父親。」放肆了幾日的小孩還有些不習慣，被他一點，立刻變得乖覺。

老夫人被自己乖曾孫這話一噎，沒好氣的翻了個白眼，起身便要走，沈蘭溪起身跟上。

那剛走了兩步的人回頭來瞪她。「跟著我做甚？」

沈蘭溪乖巧地道：「二娘在祖母跟前盡孝。」

祝煊垂首無聲的笑了下，有些無奈。

這是覺得悶了，又想逗趣了吧。

老夫人倒是被沈蘭溪這話哄得氣順了些，轉頭又走，卻依舊虎著臉。「哪裡是盡孝，天天就會氣我，還不如院子裡養的那兔子討人喜歡。」

沈蘭溪不在乎她這話，隨著她進了屋，一眼便瞧見那腦袋埋在四肢裡，縮在狐裘軟墊上睡得香甜的兔子。

不過幾日，這兔子便肥了一圈啊！若是紅燒，肯定好吃！

「妳瞧著牠做甚？」老夫人一轉身，便看見她發光的眼睛，那垂涎三尺的眼神，不免讓人警惕。「這是澄哥兒養的，妳好好養妳那隻山雞便是，那也是他一片心意。」

灰兔子似是感覺到了什麼，腦袋從爪子裡抬起，與沈蘭溪對視一眼，躲進了老夫人懷裡。

沈蘭溪吞了吞口水，依依不捨的收回視線，點頭道：「二娘知道。」

老夫人掃了眼她那可憐兮兮的眼神，頓了下，抱起那兔子作勢要遞給她。「罷了，瞧妳饞的，給妳摸摸。」

沈蘭溪只好道：「多謝祖母。」

她不饞牠的毛，她饞的是牠的肉。她都好幾天沒吃肉了啊！感覺有幾年之久了！

幾乎是瞬間，懷裡本乖順的兔子忽地炸了毛，蹬著短腿便往下跑，一躍跳到了離沈蘭溪遠些的窗臺上。

沈蘭溪伸出去的雙手僵在了半空，面色訕訕。

老夫人瞧著她無言了一瞬，嫌棄又藏不住的樂道：「瞧妳，貓狗嫌。」

沈蘭溪收回手，朝那全身每一根毛都寫滿了警惕的兔子瞧去，故意道：「祖母可曾吃過兔肉，很是美味，尤其是山間野兔子，肉質更是好。」

本是嚇唬那灰兔子的話，倒是把她自己饞得險些流口水。

麻辣兔頭、乾鍋、爆炒兔肉，都很好吃啊！

老夫人掃了她一眼，又看了眼那如臨大敵的兔子，無語道：「妳嚇唬牠做甚？」

沈蘭溪撥了下頭上精美的步搖，狀似隨意道：「我貓狗嫌。」

老夫人不與她計較，忽地想起了另一事。「聽妳母親說，妳與三郎學了理帳，收穫頗豐？」

沈蘭溪心中警鈴大響，不知祝煊說了多少，只含糊的應了一聲。

誰知老夫人忽地狐疑的上下打量她一瞬，開口便是驚雷。「妳不會是在我跟前故作不懂，誘二郎親自教妳吧？」

不知怎的，沈蘭溪眼前忽地閃過被「祝先生」教訓，罰站聽講的畫面，臉頰泛起些許紅暈。

倉惶間，沈蘭溪剛要開口，卻被她抬手打斷。

「罷了，你們夫妻之間的事，我這做長輩的也不宜插手過多，先前還瞧妳於夫妻之事上木訥不開竅，如今倒是會使這般小心思了。」

沈蘭溪硬生生從這話裡聽出了幾分欣慰，頭皮有些發麻，莫名有種被長輩瞧出夫妻情趣的羞恥感……

「上心了便好。」老夫人又嘟囔一句。「但你們日後要注意些，回自己院裡再膩歪，在府門口便動手成何體統，被下人瞧見了笑話，二郎那般恪守禮數，都被妳帶壞了。」

那您太不了解您孫子了，可悶騷呢！

這話沈蘭溪沒說，她善良，怕給這彆扭的老太太氣出好歹來。

老夫人瞧了眼那上躥下跳炸毛的兔子，耐不住的轟人道：「行了，妳去忙吧，不必在這兒陪我坐著，這乖兔子都給妳嚇壞了。」

語氣嫌棄得毫不遮掩，沈蘭溪又瞧了眼那瞪圓眼睛的肉兔子，悄悄嚥了嚥口水，也不賴著了，起身行禮走人。

吃不到兔子沒關係，她還有山雞呢！

虧得老夫人提醒，不然她都忘了，她自己院子裡是有肉的！

沈蘭溪興沖沖的回去，卻沒想到吃肉之路備受阻攔。

她瞧著那疊羅漢似的三個人，有些無言。「就在咱們院子裡做，不會有人知道的。」

元寶腦袋搖得跟波浪鼓似的，率先反對。「不成！娘子以前說過，天底下沒有不透風的牆，要想人不知，除非己莫為，婢子不能眼睜睜的看著娘子犯錯挨罰。」

忠心耿耿，大義凜然！

阿芙也小聲提醒道：「娘子，便是在院裡也有好些人。」

綠嬈站在後面，懷裡抱著招財，雖是沒說話，但神色亦堅定。

沈蘭溪深吸口氣，使出撒手鐧。「我把人都支使出去，就咱們四個，在院子裡烤了吃，如何？我吃多少就給你們分多少！」

元寶吞了吞口水。「這……」

「肉香會傳出去的，娘子莫要想了，再過一日便能吃肉了，到時婢子定吩咐廚房給您做一桌全葷菜，讓娘子吃個夠。」綠嬈安撫兩句，便抱著旺財一溜煙跑了。

元寶和阿芙甚是有默契的連成肉牆，把沈蘭溪攔下了。

沈蘭溪怒啊。「我真是交友不慎！」

「娘子莫要氣了，您不如想想那鋪子？」元寶貼心的哄她。

「不想，不管，不要了！」沈蘭溪氣沖沖的說完進了屋。

想吃吃不到，案桌上放著的一疊話本子都沒那麼有趣了，沈蘭溪隨手翻了翻，還都是她看過的。

「去換些新的來，這都看過了。」沈蘭溪吩咐道。

「啊？」元寶上前也翻了兩本。「哦，娘子，咱們沒有新的啦！您這看話本子也太費銀子了，庫房裡都堆了好幾箱了，您要不去看看郎君的書——」

鋪子？

沈蘭溪忽地靈光一閃，坐直身子，打斷她的話。「之前那些也都帶來了？」

她好像知道那鋪子可以做甚了……

「帶來了，都在庫房堆著呢，不是您說的嘛，值錢的東西都帶著，當初買那些話本子可是沒少花銀子，婢子當然得給您帶來了。」元寶一副聰明樣道。

「很好。」沈蘭溪誇讚一句。「去喚綠嬈和阿芙來，有事做了。」

晌午，祝煊回來，一推開門便愣住了。

滿地的書冊，亂七八糟的堆放著，一旁還有五、六個大箱子，根本無處給他下腳。

「這是？」他疑惑出聲，沒想到她這般喜歡讀書。

忙活得灰頭土臉的三個婢女聞聲回頭。

「稟郎君，這是少夫人的書，讓我們在此整理。」阿芙說著，給他騰出一條道來。

「少夫人呢？」祝煊掀起衣袍，勉強踏入門。

「娘子去沐浴了，方才箱子裡的塵土撲了娘子一身。」元寶樂呵呵道，不難聽出幾分幸災樂禍，卻是不防被人從身後用巾帕抽了一下。

「就妳話多。」沈蘭溪哼道。

「先放著吧，去擺膳。」祝煊吩咐道。

「是。」

三人出去，祝煊在那一堆書冊前蹲下，拿起一本來瞧。

「夜闌熙！我不曾對你說過一句謊話，你為何從來不信？」傅昭昭說著紅了眼眶，視線落在對面的人身上，裡面化不開的失望與心傷。

「未說過一句謊話？」夜闌熙說著冷笑一聲，面色寒涼。「楚楚險些因妳喪命，便是醒來也是替妳說話，生怕我責怪妳半分，妳呢？傅昭昭，我夜闌熙是許妳傅家后位，不是許妳傅昭昭的，若有不滿，妳衝我來便是，楚楚是妳妹妹，妳怎能如此狠心要置她於死地？從前只當妳任性妄為，竟是不知妳這般蛇蠍心腸！」

傅昭昭忽地笑了，笑得淒涼，一顆眼淚滑下，被她抬手抹去，聲音蒼涼又輕飄。「我，蛇蠍心腸？夜闌熙，從未看清的人是我，是我鬼迷心竅，竟是覺得你真心護我、愛我，是我可以託付一生的良人，卻是從未瞧得清楚，你眼裡、心裡的人從不是我，我傅昭昭輸了，輸的一敗塗地。」

她說著，往那內室瞧了眼，半晌後收回視線。「夜闌熙，這天下是我傅家給你打下來的，你在上面可還坐得舒服？你瞧見那龍椅上，我那五位兄長的血了嗎？可還能聽見，他們在你耳邊說話？」

「傅昭昭！妳休要裝神弄鬼！」夜闌熙怒目而視，斥道。

「裝神弄鬼，那也得陛下心中有鬼才行。」傅昭昭說著，轉身出了華陽宮。「不必陛下費神，我傅昭昭自廢，此後不復相見，死後必定魂纏陛下榻前，瞧你與你的心上人如何恩愛兩不疑，陛下，可要活得久些啊！」

夜風吹起她身上的衣角，那張明豔的臉上淚痕斑斑。

是夜，燒了半個皇宮為她陪葬。

啪！

祝煊合上手裡的書冊，忍不住深吸口氣，一抬眼，對上某人灼熱的視線。

「如何，是不是比你的那些書好看多了？」沈蘭溪略微彎腰，歪著腦袋笑咪咪的問，她身後若是有尾巴，此刻定得瑟的搖起來了。

祝煊張了張嘴，有些無言。他只當她愛讀書，哪知她看的都是這些……

祝煊擰眉又瞧了瞧其他書冊，一應都是話本子。

忽地，他視線落在一處，瞧著那冊子有些眼熟。

他伸手，把那本冊子抽了出來，翻開一頁，不堪入目！

「妳這——」

「怎麼了？看到同床的戲碼了？」沈蘭溪瞧他紅了臉，就忍不住逗兩句。「郎君做都做過了，怎還這般害羞？」

這般運氣好，隨手一翻便能看到最精彩之處，著實讓人豔羨。

「沈蘭溪！」祝煊低吼一句，把手裡的燙手山芋丟開。「妳不知羞！」

怎的反應這般大？

沈蘭溪疑惑的瞧他一眼，去撿那本冊子來看，瞬間眼眸彎彎，恍若閃著天上星。

「不就是春宮圖嘛，郎君先前不是學過了幾本，怎的還丟了呢？這本也好看，郎君多學學。」沈蘭溪故意把手裡的圖冊塞給他。

祝煊被她氣得氣息不勻，脹紅著臉說不出話來，好半天才憋出一句。「妳何時看的？」

沈蘭溪裝模作樣的思索一息。「嗯……約莫郎君通曉床事之時？」

兩人相差六歲，他通曉人事，她還未至及笄。

「沈蘭溪！」祝煊氣得瞪她，哪裡還是那個風雨不動安如山的君子？

「在呢～～」沈蘭溪可愛的應一聲，又反過來哄他。「哎喲，郎君莫氣，我當真是記不得了，從前只是好奇，便讓人買了兩本來，也沒細看，還不如我話本子瞧得仔細呢，郎君放心，我只瞧過你一個男子的身子。」

祝煊深吸口氣，不欲與她計較，垂首在一堆畫本子裡挑冊子。「還有幾本？」

「好像兩本？還是三本……」

祝煊抬頭，目光不善的盯著她。

「三本。」沈蘭溪立刻肯定道。

「妳來一起找，找不到不許用飯。」祝煊含著些說不清的心思，明晃晃的出氣。

沈蘭溪哼了一聲，不以為意。「就那青菜豆腐，不吃就不吃，郎君多吃些，長壯壯哦～～」

祝煊無語。

那張嘴氣人也哄人，祝煊被她哄著，親自刻了枚印章給她，瞧她歡歡喜喜的在自己那幾箱的話本子上戳得不亦樂乎。

「這是做甚？」祝煊疑惑的瞧她。

「做標記啊，我這麼多書租賃出去，以防旁人給我掉包，自是得做些記號才行。」沈蘭溪頭也不抬道。

「租賃？租書？」祝煊聲音裡難掩驚喜。

沈蘭溪甩了甩發疼的手，把手裡的印章遞給元寶。「妳來接手。」

元寶早就躍躍欲試了，此時也不推諉累人，立刻接過。

沈蘭溪拉著祝煊走到一旁坐下，支使道：「倒杯茶給我，先生必定對你傾囊相授。」

阿芙與綠嬈偷偷看了眼那主子倆，對視一眼，又收回了視線。

也就她家娘子敢這般差使郎君了。

祝煊輕笑一聲，聽話的為她斟茶，還拿了塊點心給那不願累一根手指的人佐茶。

沈蘭溪滿意了，自是知無不言言無不盡。

「當世之人，皆愛藏書，尤其是孤本，但事實上，這是很大的資源浪費，但這是時代侷限性，就不說了。」沈蘭溪一本正經道，一副很厲害的樣子。

「我這些書，我看過了便不會再看，留著占位置不說，還浪費，畢竟當時買時也花了不少銀子。」沈蘭溪說著有些肉疼。「既如此，那不如租賃出去，收點銀錢來花呀！」

「妳如何知道，會有人來租？」祝煊被她說得犯了傻。

「當然是便宜啊！」沈蘭溪就著他的手咬了口梅花糕。「這種話本子，幾日便能讀完一本，按照他們租賃的時日來算，怎麼都比買一本新的便宜許多，高門富貴院裡的小娘子瞧不上，但這京中多的是平頭百姓，他們會喜歡的！」

這個朝代的娛樂項目著實太少，許多女子相夫教子，操持後院，閒來便是繡帕子打發時間，著實無聊。

她自知做不了什麼造福百姓的事，只是想給她們多一個選擇，也給自己多一點銀子罷了。

「多謝先生賜教。」祝煊有模有樣的與她行了一禮，把手裡還剩一口的梅花糕塞進自己嘴裡。

「欸！」沈蘭溪盯著那一口梅花糕。

整個下午，祝煊都沒再出現，連晚飯都沒過來用，沈蘭溪貼心的讓阿芙裝了些飯菜給他送去，自己用飯後乖乖爬上床睡覺。

這個夜晚，沈蘭溪夢裡有大雞腿、麻辣兔丁、薯條炸雞和可樂，只是她剛要張嘴時，那些東西就被人拿走了。

祝煊是狗！

沈蘭溪在夢裡大罵一聲，硬生生把自己氣醒了。

黑暗中，她忽地察覺身邊躺著一人，想都沒想一腳蹬了過去。

「嘶——」祝煊倒吸口涼氣，瞬間清醒過來，側頭瞧她。

披頭散髮的人筆直坐著，瞪他。

饒是祝煊不信鬼神，也被她嚇得一個激靈。「作惡夢了？」

他問著，伸手想要拉她躺下。

沈蘭溪一扭，不給他碰，夢裡的火氣都被她發在了他身上。

「祝煊你混蛋！你不給我吃肉，我好餓……」原本的控訴不覺帶了些哭腔，變得委屈至極。

祝煊聽得耳根一動，面露詫異。

這是哭了？

他好脾氣的坐起身來去掌燈，回來瞧她。「明日祭祖後，後日便能吃肉了。」

沈蘭溪吸吸鼻子，覺得自己矯情，但又有些說不出來的委屈，紅著眼睛不給他看。

「怎麼還饞哭了？澄哥兒都不會隨意哭了，羞不羞？」祝煊嗓音輕柔。

「羞什麼！」沈蘭溪凶巴巴道：「還是沈家好，說祭祖就祭祖，哪有這麼些規矩，什麼七齋五戒的，太欺負人了……」

她說著又要哭，聲音又奶又軟，委屈的讓人心疼。

祝煊揉了揉她腦袋。「餓了？我去讓人給妳煮碗麵條來，可好？」

「誰要吃清湯寡水的麵條，我要吃肉！」被這般哄著，沈蘭溪忍不住像小孩子似的撒潑耍賴。

祝煊嘆口氣，頭疼的瞧她。

便是澄哥兒幼時，也不曾這般鬧過脾氣，卻又讓人沒法子。

「起來穿衣裳。」他拍了下她的腦袋。

「幹麼？」沈蘭溪帶著鼻音問。

「出去吃肉。」祝煊說著，拿了衣裳來穿。

沈蘭溪一怔，又瞬間歡喜，紅著眼睛對他笑。「郎君～～」

「多穿些，外面冷。」祝煊說著，幫她把架子上的衣裳遞來。

沈蘭溪眼珠子轉了轉，忽地與他勾了勾手指，示意他附耳過來。

祝煊照做。

「倒也不必出去吃，咱們院子裡有肉。」沈蘭溪神秘兮兮的道。

兩刻鐘後，祝煊把清理好的雞遞給沈蘭溪拿著，自己去點火。

橙黃的光亮，照亮了這逼仄角落。

沈蘭溪幫雞抹好調味料，這才交給他來烤。

兩人全程沒說一句話，幹壞事卻是配合得甚是默契，又透著股難言的歡喜。

「祝煊，你從前有沒有幫你娘子這樣做過？」沈蘭溪忽然幽幽的來了一句，那些小心思蠢蠢欲動的要冒頭。

「沒有。」祝煊頭也沒抬。「澄哥兒他娘端莊賢淑，恪守禮儀，逾矩的事從未做過。」

沈蘭溪哼了聲，不再開口了，酸得冒泡泡。

就是她不賢淑，她不端莊唄！就她喜歡做逾矩的事唄！

「妳不是喚牠旺財？」祝煊問。

「嗯，怎麼？」沈蘭溪粗聲粗氣道。

祝煊抬頭瞧這突然變得陰陽怪氣的人。「都給牠起了名兒，還把牠吃了？」

沈蘭溪坐在火堆前，雙手托腮，坦白道：「也不是我喜歡養，我本來是準備把牠給祖母的，讓她別太生我的氣罰我，誰料祖母沒瞧上牠，就落在我手裡了，無法，話都說出去了，只能養著唄！」

祝煊低低笑了一聲，想起那日她在祖母院裡旁敲側擊的話，便忍俊不禁。

這世間怎會有她這般奇怪又好笑的人？明明什麼都算好了，結果卻又不如人意。

「再說了，牠既名喚旺財，吃到我肚子裡，才能給我招財運。」沈蘭溪理直氣壯道。

「歪理。」祝煊點了點她額頭，不防給那白淨的皮膚抹了點黑印，瞧著滑稽又可愛。

沈蘭溪坐過來一點，大半個身子的重量都壓在他身上，沒骨頭似的賴著他，催促道：

「旺財好肥，要多久才能烤好啊？」

兩個背對著寒風坐在一處守著烤雞的人，沒察覺到身後輕輕來又輕輕走的人。

元寶裹著衣服，躡手躡腳的走了，神色恍惚又有些歉疚。

唉！她家娘子還是把郎君帶壞啦！可憐的旺財，烤得真香，也不知道她家娘子記不記得給她留隻雞腿？

小半個時辰後，沈蘭溪再次問：「烤好了嗎？旺財都流油了。」

油滋滋的雞肉上抹著她的獨家調味料，香味勾得她肚子咕嚕嚕的響。

祝煊無奈的笑了下，怪不得先前還哭了，這是真的饞得緊。

他撕了隻雞腿，餵到她嘴邊。「先吹吹——」

話還沒說完，那人已經餓狼撲食般咬了一大口，燙得只能一排小白牙咬著。

「真香！」沈蘭溪眼睛亮晶晶的誇讚。

一隻雞，沈蘭溪吃了大半，祝煊只被她餵著吃了一隻雞腿。

吃得滿足，沈蘭溪也願意陪他收拾殘局，還給元寶藏了兩隻雞翅。

「妳先回去睡，這裡我收拾便好。」祝煊指著地上的一堆灰燼道。

「這怎麼好呢，」沈蘭溪扭捏一句，踮腳在他唇上香了一口。「那便多謝郎君啦！」

一炷香後，角落裡的灰燼被清掃乾淨，祝煊卻沒回屋子，繞過拱花門去了祠堂。

這個夜，一人沒心沒肺，吃飽喝足睡得香甜，一人跑去請罰跪宗祠，心甘情願。

翌日一早，元寶和綠嬈早早的便來喚沈蘭溪，兩人手腳麻利的給她梳妝。

「娘子臉上怎麼髒了一塊？」綠嬈疑惑道。

沈蘭溪張口就來。「許是那軟枕脫了色。」

元寶知道緣由，但她不說～～

「你們瞧見郎君了嗎？」沈蘭溪問著打了個呵欠。

她方才摸了下，祝煊的被子都涼了，不知幾時起來的，她竟一點都沒察覺。

「婢子起來便沒瞧見了，郎君許是有事去了前院書房吧。」綠嬈道。

元寶也點頭附和。

先要祭祖才能用早膳，沈蘭溪就著冷茶吃了兩塊糕點，頓時被冰得神清氣爽了。

主僕三人先去主院，外面祝夫人已經到了。

「母親安好。」沈蘭溪過去與她請安。

「來了。」祝夫人笑了笑，安撫道：「妳頭一回祭祖，一會兒莫怕，我做什麼妳便做什麼。」

沈蘭溪點點頭，倒也不慌。

沈家祭祖雖是不重禮，但她從前禮儀學得好，怎麼做還是知道的。

「母親可瞧見郎君了？我起來便沒見到他了。」沈蘭溪問。

聞言，祝夫人彎起唇角，笑得溫和。「二郎他一會兒便不過來了，直接去宗祠，叔伯他們早就到了。」

沈蘭溪被她笑得突覺不好意思，吶吶點頭。

等到老夫人梳洗好，三人才一同往宗祠去。

確如祝夫人所言，族中長輩與一些子弟已經到了，連幾個比澄哥兒還小的孩子都規矩的站著了。

祝家的宗祠修葺得很大，每個靈位前都點著一炷香火，意為長明。

「阿窈還沒回來？」祝家主問。

祝煊「嗯」了聲。「我讓人去接了，再等等。」

「不像話，讓這麼多長輩等她。」雖是這般說，卻沒有要先行開始的打算。

沈蘭溪睏得眼冒淚花，腦子也混沌。

祝窈是出嫁女，祭祖還要回來嗎？

宗祠裡肅穆，一點聲響都沒有，一個個規矩的立著，安靜得讓沈蘭溪睏意來襲，有些無力招架。

直至天色泛起魚肚白，外面才進來一人。

「妳怎麼回事？」祝家主皺眉訓斥道。

沈蘭溪被那一聲喊得瞬間清醒，循聲瞧了過去。

祝窈站在門口，衣裳雖素淨，但綴巴巴的，髮髻散亂，面色也難看得厲害。

她走近，身上似乎還有一股男女歡好過後的味道……

沈蘭溪眼珠子轉得飛快，卻是不防被人盯上了。

「呵！怎麼回事？父親不如問問我的好二嫂？」祝窈冷笑一聲。

沈蘭溪迎上她陰惻惻的視線，理直氣壯道：「關我何事？」

哪有人一大早就找人晦氣的？就算她是祝煊的妹妹也不行！

「妳找二娘的麻煩做什麼？還不趕緊去收拾，這副模樣怎敢進宗祠！」祝夫人疾言厲色的訓斥道。

同為女人，沈蘭溪發覺的，祝夫人也一樣發覺了。更何況，祝窈脖頸上的紅印根本遮掩不住。

「妳們倒是婆媳情深，妳不就是欺負我娘不在這裡，我無人護著嗎！」祝窈與她吼道。

「妳在這兒發什麼瘋？妳面前的人便是妳母親！」祝家主怒喝一聲。

「發瘋？父親說得不錯，我是瘋了，你這好兒子、好兒媳，可給我一條生路了？」祝窈聲嘶力竭的吼，像瘋子一般。

她說著，又瞧向素衣端莊的祝夫人，冷笑著紅了眼。「妳說我這副模樣，我這副模樣都是拜我那好二哥所賜！他多忠心耿耿啊，為皇上辦差，查自己的妹夫，大義凜然，不包藏，不徇私，我今日所遭，不過是報應罷了，他就是要我這副模樣回來，就是要我身上帶著歡好的痕跡來祭拜列祖列宗！」

「孽子！」祝家主氣極，指著祝窈的手都在發抖。「滾出去，滾出去！」

「父親這就動怒了？」祝窈抹掉眼淚，眼神諷刺的落在沈蘭溪身上。「若我告訴您，您這好兒媳、我的好二嫂是娼妓之子，父親待如何？」

一語出，眾人譁然，面面相覷後，皆朝沈蘭溪看去。

立於一旁的人，皓白素衣，髮髻上只一根銀簪，神色淡然，瞧向一步遠的人，恍若在看跳梁小丑。

「她不是。」一直未出聲的祝煊突然道。

祝窈笑了，笑得渾身顫抖。「我的好二哥啊，你以為你說謊便能瞞天過海嗎？我敢對天發誓，她沈蘭溪就是娼妓之子，如有假話，天打雷劈，二哥，你敢嗎？」

沈蘭溪呼吸一滯，心口疼得厲害，下一瞬間所有感覺都消失了，整個人虛的像是飄在外太空，周遭不見一人。

轟隆隆——

外面陰沈的天一道悶雷聲響。

眾人眼觀鼻、鼻觀心不語，但眼神裡滿是驚詫，神色古怪的瞧著祝窈。

打雷了，這若不是上天警示，便是祖宗顯靈。

祝窈臉色發黑，扭頭瞪向沈蘭溪。

沈蘭溪方才那疼得一下，臉色有些發白，對上她恨恨的視線，面色無辜。「妹妹若是不服，不如出去，試試那驚雷會不會劈在妳身上？」

這話說得有些毒了，但是比起方才祝窈說的那些，倒是小巫見大巫，不值一提了。更何況，她要是不說得狠一些，這些人怕不是以為她是個沒脾氣的泥菩薩？

「沈、蘭、溪！」祝窈氣得咬牙，全身止不住的發抖。

沈蘭溪朝她走近一步。「如何？妳以為妳在欺負誰？妳今日所遭，先前分毫沒有想過？便是妳自己無知，妳二哥、父親和祖母也應提醒過妳，但妳執意要入三皇子府，該妳受的，便自己好好受著！」

沈蘭溪瞧她氣得臉紅脖子粗，依舊不住嘴。「眼下覺得委屈了？我郎君、父親，食君之祿，蒙受皇恩，自當忠君，他們行事問心無愧，對得起列祖列宗，妳呢？妳委屈，父親母親體諒，緣何大鬧祠堂，擾得列祖列宗不安？妳敗壞我名聲，無妨，左右都是自家人，我不與妳計較便是，但妳憑什麼欺負妳二哥？他有何處對不住妳，讓妳這般詛咒他天打雷劈？」

清脆響亮的一巴掌，整個世界都安靜了。

沈蘭溪手掌立刻變得滾燙，她努力壓住心虛。

不好意思，她說謊了。她這人愛計較，她可以說自己是娼妓之子，但旁人不能說。

這一巴掌，說是為祝煊，但更多是為她自己。

站在祝煊身後的祝允澄眼睛瞬間瞪圓了，嘴巴也小聲「喔」了聲。

祝煊則淡定許多，這才是她的性子。

「沈蘭溪！」祝窈低吼一聲，立刻要撲上來。

沈蘭溪早就防備她這反應，身子靈活的往旁邊一躲，一腳踹在她膝窩上，「撲通」一聲，祝窈被踢得跪在了地上，正對祖宗靈位。

這倒是有些靈性。

「不肖子孫祝窈，給列祖列宗賠罪了。」沈蘭溪慢悠悠的替她說。

第十四章

祝夫人嚥了口唾沫，默默收回邁出去的腳。

便是老夫人聽得那一聲，也舒服得輕挑了下眉梢。嘴巴凌厲，氣勢足，話也說得讓人挑不出錯來，比那泥性子好多了，這才有祝家主母的樣子。

祝窈神色猙獰，回頭瞪向沈蘭溪。「混帳東西！憑妳也敢與我動手?!」

說著，便要起身再次朝沈蘭溪撲去。

沈蘭溪面無表情，直接抬腳。

砰！

剛離地的膝蓋又狠狠磕了回去，祝窈有些狼狽的摔倒在地，一張臉疼得泛白。

眾人皆倒吸一口涼氣，半分不敢出聲。

今日之前，哪曾想到，小門戶出身的人能夠在夫家這般硬氣，不該是各種軟話哄著嗎？

「天子重孝，妳是三皇子側妃，但也是祝家女，我沈蘭溪身為妳二嫂，便是妳長輩，如何訓妳不得？妳今日先是儀容不整的衝撞先靈，又口出惡語重傷我與妳二哥，稱妳小娘為母，妳將母親置於何地？」沈蘭溪走到她面前，語氣威嚴。「前兩事暫且不論，我與妳二哥體諒妳受三皇子搓磨，心裡苦悶，但是妳今日又是晚歸，又是在列祖列宗面前鬧事，擾祖宗不寧，令人蒙羞，長輩心疼妳遭遇，但妳卻讓長輩心寒，祝窈，妳好自為之。」

一向溫軟的人突然發火，眾人也只是以為被逼得狠了，沒有半分責怪。

「來人，將三娘子綁了送去主院。」祝夫人抬手喚了人來，眼神清冷的掃了眼跪在地上的人。

祝窈被拖了出去，祝家主深吸口氣，臉色依舊發黑，主持大局道：「祭祖吧。」

沈蘭溪收斂鋒芒，站回到祝夫人身後側，悄悄揉了揉發燙的掌心。

果然脾氣還是要發洩出來，好爽！

一早上，碰上這般晦氣的事，誰都沒了好心情，沈蘭溪除外。

規矩繁多的祭了祖，眾人去前廳用飯。

都是通曉眉眼官司的人，誰都不提方才的不快，說起過年輪流去誰家吃飯的事，氣氛倒是稍稍和緩了些。

沈蘭溪對那些若有似無落在她身上的視線裝作沒察覺，背脊挺直，恪守禮儀的小口吃飯，與平時模樣判若兩人。

眾人暗暗咋舌。先前以為祝煊眼光不好，娶了那樣低門戶的女子為繼室，哪知這人眼光獨到，挑了個這樣出彩的來。

用過飯，沈蘭溪陪同祝夫人送宗族的女眷出門，給她們看見了一個進退有度的沈二娘。

「今日起得早，累了吧，方才瞧妳沒用多少飯，可是還難受？」祝夫人問。

沈蘭溪蕙質蘭心，頓時懂了她話裡的意思，乖軟搖頭。「只有一點點難受，替郎君覺得委屈。」

擅長洞察心思的人，隨意一句便能說到心坎上，祝夫人無奈嘆口氣，眼眶溫熱。她拍了拍沈蘭溪的手。「好孩子，二郎有妳這個知心人陪伴，是他的福氣。」

沈蘭溪贊同的點點頭，嘴上卻是道：「得以遇郎君，是二娘之幸。」

這話她是真心誠意的，憑她在祝煊面前越來越蹬鼻子上臉的行徑，這人是包容她的，換作旁的男子，她雖也會活得快活，但少不得要裝模作樣些，比不得現在的日子自在。

更何況，祝家雖是規矩多，但不管是口不對心的老夫人，還是溫和敦厚的祝夫人，亦或是甚少見到的祝家主，無一不是良善之輩。

祝夫人拉著她的手，摘下自己腕上的白玉鐲，順勢戴在她手上。

沈蘭溪一驚，趕忙推拒。

饒是她不懂玉，也能瞧出這玉鐲品質上佳，不是俗物，況且這樣貼身配戴之物，想必是心頭好，她如何能坦然接受？

「母親……」

「好孩子，給妳便是妳的了，不必推拒。」祝夫人道：「回去吧，一會兒我讓人熬碗參湯給妳送去，去吧。」

沈蘭溪屈膝行了一禮。「多謝母親。」

哎呀呀！她推不掉呀～～

行至後院，綠嬈妥帖提醒道：「娘子，您要不要去老夫人院裡瞧瞧？」今日她家娘子打的可是老夫人的親孫女，不知她可介懷？

沈蘭溪搖搖頭。「不必，老夫人甚是滿意。」

她可是眼觀六路沈二娘，自是瞧見方才那一巴掌後，每個人的反應。

只是她還是低估了老夫人的滿意程度，一進西院，只見花嬤嬤捧著只匣子等在院裡。

沈蘭溪微微詫異，快走兩步迎了上去。「嬤嬤怎麼來了，是祖母尋二娘有事嗎？」

花嬤嬤笑盈盈的與她屈了屈膝，把手裡的漆木匣子遞給她。「這是老夫人差老奴送來的，老夫人說了，知曉少夫人今日受了委屈，但三娘子的話還請少夫人莫要放在心上。」

沈蘭溪一副受寵若驚的模樣，連連擺手道：「先前也是我氣狠了，一時衝動才與妹妹動了手，祖母不怪罪，二娘便感激涕零了，哪還敢要祖母的東西？還請嬤嬤回去稟告祖母，今日之事已了，二娘不會放在心上，家和萬事興，二娘知道的。」

這一番說辭，花嬤嬤瞧著她越發滿意了，上前湊近與她低語道：「老奴偷偷與少夫人說一句，老夫人甚是滿意少夫人今日作為，她老人家嘴硬心軟，不會說什麼好聽話哄人，這步搖與手釧是老夫人的陪嫁之物，先前三娘子想要，老夫人都不捨得給，今日讓老奴送來，實則是嘉獎少夫人的，少夫人便不要推拒了。」

聞言，沈蘭溪面露驚訝，又有些小害羞。「多謝嬤嬤告知，如此，二娘便卻之不恭了，還請嬤嬤替二娘與祖母道聲謝，就說二娘明白祖母心意。」

後面，聽了全程的元寶面色波瀾不驚，雖然她也不知為何她家娘子打了人還會有賞，但她家娘子最是聰明啦！

「還有一事，老夫人體諒少夫人明夜守歲熬人，特地吩咐說，明早少夫人不必去請安了，可多睡幾個時辰。」花嬤嬤笑道。

「祖母最是寬厚仁慈啦！」沈蘭溪說好聽話哄道。

花嬤嬤走後，院裡靜了小半刻，綠嬈忽地腳步匆匆的進來稟報。

「娘子，韓氏在院子外跪著了，說是求娘子莫要怨怪祝三娘子。」

沈蘭溪喝了口橘子茶，吃掉元寶餵到嘴邊的無花果，道：「去與她傳話，我不怪祝窈了，讓她回去吧，不必跪著了。」

這話是真的，祝窈罵她一句，搧她一巴掌，又踹了兩腳，氣出完了，又何必放在心上？

「是，娘子。」綠嬈微微屈膝，轉身出去了。

不過片刻，卻又回來了，這反應倒是在沈蘭溪預料之中。

花嬤嬤前腳剛走，韓氏便來跪著了，說是巧合，她才不信。如今這長跪不起的架勢，不過是想要從她這裡，讓祝家主與祝夫人不與祝窈生太大的氣，好免了祝窈的罰。

但她沈蘭溪是這般好算計的人嗎？

「元寶，去請大夫來，順便讓阿芙去前院請郎君來，便是在宴客，也要請來，聲勢越大越好。」沈蘭溪側躺在軟榻上吩咐著，漫不經心的翻了一頁手裡的話本子。

「是！」元寶脆生生的應下，立刻跑了出去。

不過片刻工夫，少夫人身子有礙的事便在府裡傳開了。

祝煊來得很快，進院子時，韓氏都沒來得及喚他。

那尋常穩重的人，腳步急促，匆忙得很，如一縷風飄過。

只是門推開，卻與那趴著看話本子的人對上了視線，白嫩臉頰一側鼓起，裡面藏著顆小橘子。眼神清明，臉頰微微透著粉，哪裡有半分病態模樣？

祝煊停在門口，一瞬不瞬的瞧著她。心裡那些驚慌失措與害怕如潮水般褪去，慢慢的鬆了口氣。

沈蘭溪一臉神秘的與他招手。「把門關上。」

祝煊走近，忽地抬手在她腦袋上敲了下，這次是真的在教訓人，力道稍重。

沈蘭溪立刻捂住被他敲痛的地方，皺著臉不高興的瞪他。「打我幹麼？」

「又說謊，還想挨家規？」祝煊也氣她拿自己身子說事的行徑，語氣冷冰冰的。

沈蘭溪眼珠子轉了下，手從腦袋上挪開，拉著他的腰封把人拉近，眼巴巴的仰頭瞧他，撒嬌認錯。「我錯了，不打好不好？」

祝煊狠不下心腸，又著實氣，忽地彎腰，俯身在她粉桃子似的臉上咬了一口。

「啊！」沈蘭溪痛呼一聲，瞬間瞪圓了眼。

祝煊就是狗！

元寶機靈，請來了一位沈家常用的老大夫。

那人不知是不是被交代了什麼，請安後熟稔的上前為沈蘭溪診脈，沈吟一瞬，摸著自己的山羊鬍，正兒八經道：「尊夫人氣結於心，胸口鬱鬱，是以才會頭暈眼花，她身子虛……咳，靜養便是，倒也不必大補。」

祝煊朝那臥床靜養的人瞧了眼，深吸口氣。「有勞。」

竟編這般謊話來唬人。

沈蘭溪故作柔弱的輕咳兩聲，喚道：「元寶，去給大夫拿診金。」

「是，娘子。」

大夫來去匆匆，沈蘭溪卻順勢躺在床上睡了，早上起得太早，著實睏得很，絲毫不管外面那位是否還跪著。

祝煊替她放下簾帳，拔下烏黑髮間的那根白玉簪，輕手輕腳的出去了。

晌午，祝煊回來院裡用膳，便見那吃著青菜豆腐的人，眉梢眼角透著喜意，不似昨夜那般哭著抱怨吃不到肉。

歇上一覺，便這般高興？

「韓姨娘被父親禁足了。」祝煊忽地道。

「哦。」沈蘭溪不甚在意的應了一聲，挾了根青菜送進嘴裡。

她與韓氏無甚仇怨，只是她要算計她，她便回擊一二，才不會為她勞神費心。

祝煊停筷，略一思忖，道：「母親給妳東西了？」

沈蘭溪咬著青菜抬眼，一雙眸子瞬間彎起。「嗯呢！」

她應著，得瑟的晃了晃手腕，寬袖垂到小臂，細腕上的白玉鐲子瑩瑩發光。

祝煊忍不住發笑。這人總是奇奇怪怪，本來早上那一齣，任誰都得滿心介懷得不高興幾日，她倒好，甩了一巴掌，再收個玉鐲子，便能歡歡喜喜的吃素齋了。

沈蘭溪與他炫耀完手腕上的玉鐲子，又撂下筷子跑去拿來那匣子，把裡面典雅貴重的步搖與手釧給他看。

「這是祖母讓花嬤嬤給我送來的哦～～」

祝煊略一挑眉，有些吃驚。

沈蘭溪不知道，但他卻知曉，這兩樣東西是祖母的心頭好，祝窈要了幾次都沒得一樣。

「財迷。」祝煊屈指在她腦袋上輕敲了下。「去放好，過來老實用飯。」

「哦。」得了東西，沈蘭溪高興，也樂意聽話。

放好東西過來，又繼續吃碗裡的青菜，她忽地想到一事，問道：「你膝蓋怎麼了？」

「嗯？」祝煊心裡一動，故作不解。

「方才瞧你走路有些不對，磕到什麼了？」沈蘭溪又道。

祝煊淡定的應了聲。「不慎撞到了桌子，無礙。」

沈蘭溪絲毫沒生疑，舀了碗湯給他，道：「母親讓人送來的參湯，大補。」

祝煊深吸口氣，咬牙。「沈蘭溪，妳知不知道跟一男人說『大補』是何意？」

沈蘭溪藏著壞笑，故意逗他玩。「郎君覺得我知不知？」

她總有法子惹他氣血上湧，祝煊使壞功力不及她，只好挾了塊豆腐堵住她的嘴。「吃飯。」

沈蘭溪見好就收，咬走他餵到嘴邊的豆腐，還嘟囔一句。「還是鯽魚豆腐湯好喝。」

「想喝明日讓廚房做。」祝煊順著她的話道。

說罷，他又想起一事。「方才父親作主，罰了祝窈三十，讓人把她送了回去。」

說這句也是給她今早所受的委屈一個交代。

沈蘭溪也懂他的想法，點點頭，忽地小聲問：「她的兩隻手該腫得不能用飯了吧？」

嬌慣著長大的小娘子，細皮嫩肉的，哪裡禁得住那些板子？

祝煊挾菜的動作一頓，默了默，道：「不是打在手上。」

他後半句沒說，沈蘭溪卻懂了。

臀杖？罰的還挺重。

不過也是，她今天那模樣進宗祠，衝撞的可是列祖列宗，祝家這樣的人家重規矩，祝家主就算再疼寵祝窈，也得重罰她才能給族人一個交代。

沈蘭溪若有所思的想了想，忽地抬頭。「但這樣一來，不就是打了三皇子的臉面？」祝窈是外嫁女，雖是祝家人，但更是三皇子府上的人。早上祝窈那樣回來，是三皇子在打祝家人的臉面，現在祝家主是還回去了？

沈蘭溪突然有些同情祝窈了，夾心餅乾可不好當。

祝煊神色不變。「父親問她了，她不回來。」

聞言，沈蘭溪一怔，有些說不出的滋味。

情之一字，最是艱難，經受什麼，都是各自的選擇。

祝窈竟比沈蘭茹還要戀愛腦，都這般難以自處了，卻還不願意離開三皇子府？

一個庶女，被祝家主當作嫡女寵愛著長大，她要星星，便不會被人塞來月亮，事事得以如願，自是學不會收斂。

如此相比，倒顯得沈蘭茹只是任性些罷了，不然沈家可替她兜不住底。

「父親與她說，若是願意回來，便入宮向皇上求一道旨意。」祝煊說著嘆了口氣。「只願她不要活得像妳看的那話本子上的女子一般。」得那樣一個慘烈下場。

沈蘭溪聽出來了，這人還是有兄妹之情的。但感情之事，事關兩人，旁人又何必多說什麼討人嫌？

「郎君若是擔心，多去瞧瞧便是，你們時常看顧著，雖是辛苦了些，但也安心不是？」沈蘭溪安慰道。

祝家不做三皇子的黨羽，但不是不把祝窈當家人。

祝煊「嗯」了聲，等她吃飽才道：「晚上我歇在前院，不必給我留燈。」

「你不回來睡嗎？」

脫口而出的一句，兩人皆是一愣，氣氛瞬間變得有些不對勁。

沈蘭溪率先回過神來，面色尷尬的挪開視線，嘀咕道：「知道了，郎君去忙吧。」

祝煊深深瞧她一眼，無聲的笑了。「好。」

腳步聲離去，門被打開又闔上，沈蘭溪一臉懊惱的揉了揉臉頰。

她在說什麼啊！祝煊該不會以為她想……

夜裡，前院的燈火未亮，心懷牽掛的人在祠堂跪得筆直，直至天亮。

年前的最後一日，各院的人都早早起來忙活了，笑鬧聲吵雜，唯獨西院聽不到動靜。

一個個走動的人都放輕腳步，不去打擾屋裡睡得正香的主子。

元寶幾人看著粗使婆子把院子裡打掃乾淨，閒不住的往廚房去了。

「郎君昨日交代的鯽魚豆腐湯做好了嗎？」元寶從支開的窗戶探了腦袋，問道。

做飯的廚子長得壯實，人也憨厚，院裡的人有什麼事，他都能幫則幫，此時也笑呵呵的道：「做好了，小火煨著呢，少夫人起來便能喝了。」

「劉大哥，雖然你今夜不在府裡過年，但也要把飯菜做得好吃些，不然我就跟娘子說，不給你紅封。」元寶故意使壞威脅人。
她家娘子可是早就吩咐過了，今夜不用她們幾個伺候，讓她們在西院擺一桌團圓飯吃。她家娘子最好啦！
「哎喲，小姑奶奶，饒了我吧，我怎麼敢？」劉長歲立刻配合著拱手告饒道。
綠嬈瞧得好笑，輕拍了元寶一下。「嚇唬人。」
元寶眼珠子一轉，小聲道：「綠嬈姊姊莫不是心疼了？」
這話一出，綠嬈又羞又惱的抬手搥她。「淨胡說！」
兩人笑鬧著跑開，身後的劉長歲一張臉紅得似豬肝。
新年伊始，到處是新景，屋裡貼了窗花，瞧著喜慶。
臨近傍晚，沈蘭溪沐浴出來，元寶幾人樂顛顛的過來伺候，都換上她之前讓人給她們裁的新衣裳，瞧著便讓人歡喜。
「娘子，您與郎君的新衣裳，婢子都熏過了，香噴噴的！」元寶邀功道。
「真懂事，妳的紅封我給妳多包五兩銀子。」沈蘭溪小手一揮，大氣道。
聞言，綠嬈也學那喜孜孜憨笑的模樣，道：「娘子，新鞋婢子給您烘過了，很暖的。」
沈蘭溪笑得歡喜。「行，妳的紅封也多包五兩銀子。」
說罷，屋裡三人的視線皆落在那笨嘴拙舌的阿芙身上。
阿芙被她們瞧得嚥了嚥口水，伸手從袖袋裡掏出一團紅色，小心翼翼道：「婢子繡了個荷包，想送給少夫人。」

那荷包，絳紅色為底，金線編帶，小巧的荷包身上繡著一個金元寶。

一段時日相處，她精準的拿捏了沈蘭溪的喜好。

沈蘭溪愛不釋手的翻看了下，喜不自勝。「妳的繡工如此精妙，比元寶繡的都好。」

後者也湊過腦袋去瞧，一臉贊同的連連點頭。「還用了蘇繡，這個最難了，日後妳可以幫娘子繡一些東西了。」

多了個幫她分擔的人，元寶笑得瞇了眼。

「阿芙的紅封多包十兩銀子。」沈蘭溪直接拍板定案道。

另外兩個對她這決定一點異議都沒有，皆忙著央求阿芙幫她倆也繡一個來。

沈蘭溪被伺候著換上新衣裳，絳紅色的衣衫，是她自己挑的顏色，起於藕絲褐，承之葡萄褐，轉而蘇方，合乎福色，最是適合過年穿了。兩只寬袖上左右各一枚金元寶，精緻小巧，正好垂在她手心裡。

沈蘭溪不禁感嘆，這繡娘也當真是個妙人兒。

「娘子，您今日要用那副紅寶石頭面嗎？沈夫人送給您之後，您還沒用過呢。」元寶興沖沖的問。

「那就那副，妳去取吧。」沈蘭溪甚是聽勸。

那副頭面雖是奪人目光，但今日這日子用，並不出格。

「是。」元寶略一屈膝，立刻跑去翻箱子。

祝煊回來時，便聽屋裡一陣熱鬧，眉眼間也不禁浮上暖意。

他推門而入，視線落在一處，忽地怔住了。

梳妝鏡前那人一身紅裳，髮髻上的頭面也殷紅，卻絲毫壓不住她那張臉，豔得如烈陽。

三個小丫頭互相對視一眼，推推攘攘的過去，阿芙被擠在前頭，結結巴巴的率先說了句吉祥話，元寶立刻跟上，綠嬈殿後。

祝煊搖搖頭，從袖袋裡掏出紅封遞給三人，隨後她們動作輕快的屈膝行禮後退了出去。

沈蘭溪學人精，也起身走到他面前，盈盈一拜。「郎君萬安，好事連連，財源廣進，心想事成。」

祝福得簡單直接，白嫩的掌心伸到他面前。

祝煊輕笑一聲，從另一側的袖袋裡拿出一個紅封放在她掌心。

沈蘭溪略一挑眉，還挺沈。

「怎麼穿得這般豔麗？」祝煊出聲道。

沈蘭溪不答，催促道：「郎君快去沐浴吧，該去祖母院裡用團圓飯了。」

回來得著實有些晚了，祝煊也不耽擱，準備要去拿換洗衣裳。

沈蘭溪把他推出內室。「快去，衣裳我幫你拿，莫要晚了。」

這般貼心？

祝煊面色略顯狐疑的瞧著這「賢妻」。

「郎君這般瞧我做甚？莫不是以為我誆騙你，想讓你光著身子出來吧？」沈蘭溪對上他懷疑的視線，故意道。

祝煊呼吸一緊，耳根又開始發燙了，教訓一句。「口無遮攔。」

說罷，腳步凌亂的去沐浴了。

水聲起又停，沈蘭溪占據最佳觀測位置，等著那人出來。

裡面靜了一瞬，傳出一道聲音。「沈蘭溪。」

「嗯？」沈蘭溪兩手托腮，樂顛顛的應。

「換一套。」祝煊言簡意賅，只那聲音，聽著有些咬牙切齒的隱忍。

「郎君說什麼？聽不見！」做作又故意，絲毫不藏。

裡面的人靜默幾息，再次出聲。「換一套，我贈妳一新年禮。」

沈蘭溪不上當，翻了個白眼給他。「不換就不給新年禮了嗎？哪有這樣當人郎君的？」

裡面的人被氣得臉紅脖子粗，終是耐不住，氣急敗壞的直言。「我不穿這個。」

沈蘭溪這才哄他。「為何？不好看嗎？郎君那裡衣與我的可是一塊布料裁剪的，就連花色都一致，這才是夫妻～～」

絲滑的紅綢做裡衣，巴掌大的布料裹在那白玉般的玲瓏身段上，還被她這般說出來，著實勾人。

只是這人不覺，還滔滔不絕的勸他。「你那外袍與我的也一樣，新年嘛，穿點紅色最是吉利，郎君容貌絕色，不必擔心會被我的光芒蓋過，你我郎才女貌，這樣穿著甚是好看，郎君方才進來，不是還瞧我瞧得愣了神嘛——」

「好了，閉嘴。」裡面的人忍無可忍道。

沈蘭溪乖巧照做。

緊接著，裡面傳來一陣窸窸窣窣的聲音。不多時，一道紅色身影緩步出來。

黑色皂靴，絳紅色衣袍，寬大的袖襬上與她一致的繡著兩個金元寶。長身玉立，丰神俊朗，只那面色不甚自在，耳根紅得似是著了火。

沈蘭溪也知道收斂，視線快速從他耳根上滑過，朝他勾了勾手指。「過來。」

祝煊抿了抿唇，難得與稚童一般鬧脾氣，站著不動。「做什麼？」

這態度，沈蘭溪笑得東倒西歪。

祝煊那股惱人情緒生生被她笑沒了，有些可憐的與她講道理。「太過豔麗了些，給我換一套吧？」

沈蘭溪又朝他勾了勾手指。「過來嘛～～」

這輕軟的嬌勁兒，哪裡讓人氣得起來？

祝煊嘆口氣，走近，忽地腰間一緊，黑色的大帶被她蔥根似的手指勾住。

她坐，他站，這般姿勢，還挨得極近，他瞬間渾身緊繃，氣息都燙了幾分。垂首，身前的小娘子卻是心無旁騖的在他的大帶上掛玉珮。

「今年是兔年，這是我特意讓人做的，甚是貼合，花了不少銀子呢，郎君要好生佩戴。」沈蘭溪絮絮叨叨的跟他說。

又是紅衣，又是青白玉兔子玉珮，祝煊已懶得掙扎，由她擺弄。

他喉結滾動兩下，「嗯」了聲，紅著臉勉強挪開視線。

「掛好了，郎君比城北徐公美。」沈蘭溪不吝誇讚道。

原本不情不願的人，被她誇得腳步虛浮，也沒再說要換下這身衣裳。

兩人走出西院時，天色已暗。

「不帶元寶她們？」祝煊問著，提著花燈照亮她腳下的路。

「不帶。我讓劉長歲買了些吃食，在院裡給她們做一桌團圓飯吃，她們自己熱熱鬧鬧的守歲吧。」沈蘭溪坦言道。

她不讓元寶她們將這事說出去，並非有意隱瞞什麼，只是怕府中其他下人聽了心生妒忌，惹來不必要的麻煩罷了。

祝煊心念一動，忽地道：「有時覺得，妳待她們不似婢女。」

沈蘭溪明白他的意思。

這個朝代的尊卑關係像是刻在人的大腦深處，難以扭轉。主人為尊，下人為卑，幾百年來皆是如此。

她不打算去努力改變，也無力去改變什麼。但她待身邊人，她付工錢，她們做事，僅此而已，對她們來說的心善恩賜，是她給的過年福利。

「人心換人心罷了，郎君瞧我待她們好，但同樣她們也待我好。」沈蘭溪說著湊近，笑得狡黠。「郎君不知道吧，阿芙如今也是我的人啦！」

祝煊挑了挑眉，忽地想到那日，一大一小的兩人在西院吃酒，阿芙還有意替她擋著。

「娘子真厲害。」

沈蘭溪笑得露出一排小白牙。

兩人到主院時，迎面遇上了祝家主。

沈蘭溪瞧了眼他身側，沒人。韓氏沒來？

「父親。」

「父親安好。」

「嗯，進去吧。」祝家主說著，率先抬腳走進院子。

老夫人在暖閣裡已經梳妝好，只等著他們來，聽見動靜，抬眼往門口瞧去，準備好的話突然消失了。

她那清俊雅致的孫兒呢?!

莫說老夫人，便連祝夫人瞧見自己兒子時，臉上的神色也是一怔。

祝煊把幾人的反應瞧在眼裡，包括一旁穿得像個紅燈籠的大兒子，掩著被打量的難為情，神色自若的上前行禮。

沈蘭溪跟在他身邊，儀態端方的也屈膝行禮。

老夫人瞧一瞧自己的乖孫，再瞧一眼旁邊穿著同色衣裳的裝乖的孫媳，哪裡還有不懂？

「倒是難為妳給他做這樣一身衣裳了。」老夫人輕咳一聲，收斂臉上的吃驚，又變回尋常泰然自若的睿智老太太。

聞言，沈蘭溪連連點頭。「郎君這般俏模樣，最適合穿這樣的豔色了，祖母也覺得好看吧？」

老夫人無語。這人怎麼有時跟傻子似的聽不出背後的意思呢？

她瞧一眼自己的乖孫，僵硬著脖頸點頭。「……好看。」

自己孫子，自是穿什麼都是好看的。

花嬤嬤忍著笑，稟報道：「老夫人，飯菜已經備好了。」

「好，今日團圓夜，妳不必在旁邊伺候了，快回去跟家人一同守歲吧。」老夫人拍拍她的手道。

「多謝老夫人。」花嬤嬤謝恩道。

飯廳裡，一家六口圍坐，滿滿一桌菜，沈蘭溪瞬間眼睛亮了。

老夫人也終是知曉了沈蘭溪的食量。

沈蘭溪之前還藏著些的，在主院吃一頓，回自己院裡再吃一頓，但今夜氣氛好，菜色也好，她便懶得裝模作樣了，更何況，還有一個小可愛生怕她吃不飽，時不時挾肉到她碗裡。

老夫人瞧得有些吃味。「曾祖母白疼你了，給你母親挾肉，只給曾祖母吃青菜？」

聞言，祝允澄一臉認真的與她解釋。「肉不易消化，曾祖母不能多食。」

「哎喲，祖母的乖曾孫可真聰慧，你父親與你一般大時，都不知道這些的。」老夫人一臉感動的誇獎，絲毫沒有察覺到自己踩了順位第二的孫子一腳。

聽到這話，沈蘭溪忍不住樂得側頭與一臉正色的人講悄悄話。「你幼時不聰慧呀？」

祝煊有些無奈。「不許偏聽偏信。」

他三歲便啟蒙了，怎會不聰慧？除了兄長，他可是族中最聰慧的子孫。

「那你與我說呀，我信你的。」沈蘭溪小聲道，仰著的眼睛亮晶晶的。

祝煊瞥她一眼，語氣清潤似尋常，卻有些藏不住的小驕矜冒出頭來。「我五歲便會作詩了。」

「哇！小郎君真厲害！」沈蘭溪立刻捧場讚嘆。

祝煊無語。這張嘴怎能這般氣人呢?!

用過飯，幾人隨老夫人去暖閣守歲。

許是過年，祝允澄比平日裡放肆許多，脫了鞋便上了暖炕。

「妳也上來，咱們玩馬吊牌。」老夫人對沈蘭溪道。

頭一回被老夫人邀請上炕，沈蘭溪頗為受寵若驚，想到自己那超神的牌技，悄悄放水讓老夫人贏了一回。

祝夫人垂首笑了下，卻也沒說破。

輸了兩、三把，沈蘭溪摩拳擦掌，準備放開手腳贏錢了，老夫人手邊匣子裡的金瓜子在與她招手呢！她荷包空空，正好填滿～～

然而……

接連輸三把，沈蘭溪面如土色，一副驚呆的模樣，瞧得一旁的祝允澄忍不住抬手掩額。母親太傻啦！

老夫人瞧她神色恍惚，哼笑了聲，壓著些驕傲道：「給誰放水呢？」

祝夫人彎唇淺笑，直白的與沈蘭溪透底道：「母親玩這個，妳我加起來都不是對手。」

沈蘭溪不服氣，她在沈家玩這個牌，可是超神的存在！

「我不信，從這把開始，祖母做莊，母親和澄哥兒與我一同攻莊，不信祖母不輸！」

忽然被激起的勝負慾，點燃了牌桌。

老夫人輕哼一聲。「出息，還玩真的了。」

話是這般說，臉上的笑卻是半分藏不住，手下更是不留情，把祖孫三人打得節節敗退。

輸了兩把後，祝允澄反水了。

又輸了一把後，祝夫人也反水了。

打不過，真的打不過！

「郎君～～祖母欺負我！」沈蘭溪突然出聲，明晃晃撒嬌的告狀。

那一左一右圍爐煮茶的人皆是一愣。

祝家主明顯驚詫的瞧一眼自己兒子，後者在心裡嘆口氣，強裝鎮定，手裡的茶盞放好，起身往暖炕邊走。

沈蘭溪抓住救星似的，拉著祝煊的手臂，央道：「郎君，我想要祖母的金瓜子。」

「我替妳玩一局？」祝煊問。

沈蘭溪剛要讓座，對面的老夫人卻擺手拒絕。

「想要我的金瓜子，自己來贏，二郎不能代替妳。」老夫人道。

沈蘭溪不依。「祖母不是說，夫婦一體嘛，郎君便是我，有何不可替？」

這話噎人得厲害，老夫人翻了個白眼，也禁不住揭自己乖孫的短。「這就該問妳那郎君了，誰玩牌還會去記牌的？我與妳母親索性直接把手裡的銀錢都給你們夫妻好啦。」

沈蘭溪眼睛瞬間亮起，歡喜道：「可以嗎？我還要澄哥兒的！」

祝允澄無語。

祝煊忍俊不禁的笑出了聲。

牌桌上的三人皆反對，祝煊替沈蘭溪玩一局便失去遊戲資格。

沈蘭溪把祝煊替她贏來的十幾個金瓜子裝進自己荷包裡，眼珠子轉了轉，道：「年年玩這個也該膩了，我們換一種牌來玩？」

本土的馬吊牌她打不贏，她就不信玩捉紅A還贏不了！

差使婢女去取來一沓厚紙，沈蘭溪拿馬吊牌給她們。「裁出與這個牌一般大小便可，要六十張。」

「是，少夫人。」幾個婢女笑盈盈的應聲，拿去了旁邊。

到底是手腳麻利的小姑娘們，不過片刻就裁好了一沓大小相同的紙牌。

沈蘭溪一手拿著烤柿子吃，一手執狼毫思索。「畫什麼好呢……嗯，畫個郎君吧！」她說著，在眾人灼熱的視線下，於那宣白的紙牌上畫了一顆心。

老夫人眼皮一抽，沒眼瞧，吐槽道：「真酸！」

立於一旁的小丫頭們卻是忍不住笑，視線在這郎才女貌的兩人身上來回打轉。

祝煊遞去濕帕子給她擦手。

沈蘭溪朝他露齒一笑，又瞧向那轉開頭不看她的老夫人，故意道：「再畫個祖母吧。」她說罷，筆墨在紙牌上打了幾個轉，呈半朵花形，下面的缺口卻是沒閉合，勾勒出一條樹根來。

聞言，老夫人禁不住轉回腦袋瞧一眼，忍不住皺眉。「這畫的什麼，醜得人眼睛疼。」

「梅花樹啊，畫得不像嗎？」沈蘭溪問著，瞧向祝煊。

祝煊張了張嘴，還是說不出那違心話，含蓄道：「日後我教妳畫。」

沈蘭溪幽幽的嘆口氣，狀似被打擊到了，再落筆時隨意又敷衍，一筆勾出一個菱形。

「母親，要不我來畫吧？」祝允澄搓搓小胖爪子，要奪她作畫之權。

母親畫的都是什麼呀，太丟臉啦！

只剩一個黑桃，也不甚重要，沈蘭溪直接讓了權，卻是道：「不必繁複，與我這般簡筆便好。」

祝允澄連連點頭，接過她手中的筆桿，思索一瞬，筆墨落於紙上。

祝煊眼皮狠狠一跳，面無表情道：「過了年，該給你請一個書畫先生了。」

祝允澄不滿，小聲嘟囔道：「我畫的哪裡不好了？這豬腳，旁人一眼便能瞧得出來，母親畫的梅花樹，父親都看不出來。」

「作畫，形似只是基礎，最重要的是要以畫作，見作畫之人的風骨。」祝煊緩聲道。

明明語氣溫和的教導，偏偏沒一個人敢說話，氣氛瞬間沈了下來。

沈蘭溪悄悄看一眼那有些委屈的小孩，對他今晚給她挾的肉投桃報李，打圓場道：「郎君好凶啊。」

祝煊垂眸瞧她，略一挑眉，意思明顯。說教而已，哪裡凶了？

沈蘭溪屈指在那豬腳上輕叩一下，道：「是我讓他畫簡筆的啊，郎君偏生要以風骨說事，況且，郎君自己瞧不出來，怎能說人家沒有？」

強詞奪理……

祝煊眉眼有些無奈。「妳瞧出來了？」

沈蘭溪神色驕傲的點頭。「這圓潤的豬腳，不肥不瘦，不管是紅燒還是滷煮燒烤都定然好吃，足以見得作畫之人是懂吃的。」

她說著，嚥了下口水。

老夫人硬生生壓抑著那蠢蠢欲動的白眼，深吸口氣，強硬附和一句。「沈氏說得是。」就知道吃！

得了這一句，沈蘭溪越發得意了，把四張畫好的紙牌分給幾個婢女。「每種圖案臨摹十三張，在右上角從一到十三標好便可。」

幾個婢女伶俐，不多時便湊齊了一副牌，沈蘭溪又添了兩張大小老虎進去。

沈蘭溪吞下嘴裡的桂圓肉，擦擦手道：「來，講規則啦！」

饒是祝家主那般沈穩的人，也湊過來仔細聽。

老夫人雖然嘴上嘟囔她胡鬧，卻也聽得認真。

「單張出牌時，老虎最大，大管小，緊接著是二大於一，剩下的牌的大小都是正常的……拿到紅心一和豬腳一的兩人是一家，另外兩人自成一家，切記，出牌一時要反扣過來，不能給人看見自己的花色——」

「就是摸瞎，不知道對家和本家是誰？」老夫人問。

沈蘭溪點頭。「不愧是祖母，真聰明！」

老夫人不受她的吹捧，輕哼一聲，給了評價。「亂玩。」

話是這般說，卻是配合她。

幾人都有興趣，倒把沈蘭溪和祝允澄擠了出去。理由倒也充分，一個定規則的，不給參與機會。一個是小孩，要尊老。

沈蘭溪腹誹他們過河拆橋的行徑，跳下暖炕又去烤了一個柿子吃，走到旁邊看祝煊的牌。

他們說好了，祝煊贏得的金瓜子要分她一半！

男人骨節分明的手裡抓著牌，等著上家出牌，察覺到她過來，瞧了眼她手裡的柿子，道：「別吃涼的。」

沈蘭溪一口把裡面的脆肉吃掉，拿著柿子碰了碰他的手。

熱的。

「你與母親是本家。」沈蘭溪沒有觀棋不語的精神，悄悄瞥了眼祝夫人的牌，腦袋湊過去小聲與祝煊通風報信。

唰的一下，沈蘭溪收到了一記眼風。

「嘿嘿……」沈蘭溪衝著瞪她的老夫人傻笑，裝作無事發生。

老夫人才不吃這套，公正的主持紀律。「不許偷看妳母親的牌，只能看一個人的。」

「……祖母耳朵真靈。」沈蘭溪真心讚嘆道。

老夫人驕傲了。「別以為我老了，我耳聰目明著呢！」

第十五章

一連五局，沈蘭溪邊旁觀邊吃掉兩個柿子，親眼見證老夫人贏了四局，其中兩局硬生生的在祝家主這個豬隊友的拖累下，憑著自己的一己之力殺出重圍，打了個平局。

沈蘭溪手癢了。「郎君，讓我玩一次嘛！」

祝煊往旁邊挪了點，給她讓位。

沈蘭溪熟稔的摸牌、整牌，運氣不錯，大老虎在她手裡。讓一下又吊一下，手裡的牌讓人捉摸不透。

老夫人擰眉盯著她手裡僅剩的兩張牌，問：「就這兩張了？」

「嗯！」沈蘭溪得瑟。「攔不攔？不攔我就走啦。」

老夫人瞧了眼兒媳手邊扣著的一張，又看了眼自己手裡抓著的「梅花樹」，丟出四張牌。「給妳。」

炸彈啊！嘿嘿！

沈蘭溪笑得眉眼彎彎，也丟出自己手裡的兩張。「撞啦！」

豬腳一和愛心一，最大炸彈。

「哎呀！承讓啦！」沈蘭溪樂顛顛的伸手，三人數了金瓜子給她這個最大的贏家。

老夫人沒好氣的把幾個金瓜子推給她。「妳自己抓著那兩張，方才給妳父親讓牌做甚？」

「我給父親讓一次，父親就會一局都給我讓牌啦！」沈蘭溪坦然道。

聞言，祝煊輕笑出聲。

祝家主神色略顯窘迫，也承認。「我不怎麼會玩。」

一會兒工夫，沈蘭溪殺得超神，把自己的荷包賺得滿滿的，又拿來祝煊的荷包掛在自己腰間，繼續塞！

祝夫人瞧著自己只剩一點的金瓜子沈默了，抬手喚自己孫子來。

祝允澄腦袋搖得像個撥浪鼓，縮在角落裡緊緊捂著自己鼓鼓的小荷包。

太可怕啦！他才不要跟母親一起玩！

於是，沈蘭溪被眾人一致趕下了牌桌，把祝允澄請了來。

坐得乏累，尤其是頭上的寶石頭面沈甸甸的，怪累人的，沈蘭溪不自覺靠在祝煊身上，吃著小婢女剝好餵到嘴邊的瓜果。

「小姊姊長得好看，剝的橘子也甜。」沈蘭溪輕誇一句。

這話惹得小婢女紅了臉，越發開心的剝果子餵她。

祝煊側頭瞧那懶骨頭一眼，道：「不必餵了，夜裡吃多容易積食。」

沈蘭溪嘴裡的橘子還沒吞下去，便見那小婢女連忙屈膝行禮後退下了，絲毫沒給她挽留的機會。

「不過是幾個橘子罷了，哪裡就積食了？」沈蘭溪不滿的哼道。

就這小橘子，一口一個，她一人便能吃一籃！

祝煊猝不及防的伸手，捏著她微微噘起的唇瓣。「少吃些。」

沈蘭溪瞪他。「唔唔！」

放開！她的口脂都掉啦！

「坐著悶？我帶妳去園子裡逛逛？」祝煊鬆開她的唇，手指上染了些紅。

「不去，外面多冷啊。」沈蘭溪想都沒想的搖頭拒絕。

不過，坐著也是有些憋悶的，悶得她靠在祝煊身上睡著了，手裡剝了一半的蜜糖橘骨碌碌的滾落到地上。

老夫人聽得動靜，哼笑一聲。「吃了便睡，真是心大，無甚煩憂事。」

祝煊腦袋微側，把靠在他身上的人抱在懷裡，輕聲道：「祖母，孫兒帶二娘先行回去了，過幾個時辰再來與祖母一同接神。」

老夫人忙著贏自己乖曾孫的銀子，頭也不抬道：「去側屋吧，花嬤嬤帶人清掃過了，屋裡暖炕也燒得暖和。」這是一早便備好了。

祝煊微微彎唇，笑著應下。「多謝祖母。」

沈蘭溪睡得沈，身上蓋了厚重披風，被人抱著換了地方，也絲毫沒有要醒的跡象。

西側屋裡昏暗，只點了一盞燭火，祝煊把人抱到暖炕上，這才騰出手來把她滿頭的耀眼珠翠和耳鐺拿掉。

手剛碰到她腰間滿滿當當的荷包時，那人嬌哼出聲。「做什麼？」

祝煊頗為無語的抬頭，與那睡眼惺忪的人對上視線。「幫妳拿下來，不然硌得慌。」

聞言，沈蘭溪才乖乖躺好，由得他動作，嘴裡叮囑。「荷包要給我放在枕頭旁哦。」

祝煊動作一頓，無奈的笑。「財迷。」

沈蘭溪對這話毫無反應，眼皮撐不住的又合上了。

砰！

膝蓋撞上暖炕邊，祝煊疼得臉都白了，拿被子的動作僵住，不待緩過來，那人又睜開了眼。

「你的膝蓋到底怎麼了？」沈蘭溪嗓音含著睏意，掙扎著坐起身，作勢要掀他的衣袍。

祝煊一把握住她伸來的手，道：「無礙，撞到了。」

沈蘭溪給他一記白眼，換另一隻手去掀他衣袍。「給我瞧瞧，昨日撞到，今日碰一下還能這般疼？你不知道吧，你的嘴唇都沒有血色了。」

祝煊難得慌亂，抓著她兩隻手困在自己手裡。「無大礙，睡吧，自己蓋好被子。」

沈蘭溪盯他一眼，忽地垂下腦袋，被他緊抓著的手也不掙扎了。

不等祝煊反應，便聽得這人忽地啜泣兩聲，很輕，像是微風拂過鬢間的髮一般。

「別哭。」祝煊脫口而出。「給妳瞧便是了。」

話音剛落，面前的腦袋抬了起來，哪裡有眼淚？就連眼眶都沒紅。

沈蘭溪才不等他與自己算帳，仰著腦袋驕矜道：「自己脫給我瞧。」

聽見這話，祝煊的思緒瞬間飄走，一張臉脹成了豬肝色。

「沈蘭溪，好好說話！」他低斥，只是語氣裡的惱意是對他自己。

沈蘭溪忽地湊近他，伸手，溫熱的手心貼在他臉上，很燙。

「郎君想到什麼了？怎的這般面紅耳赤？」她故意逗他，聲音又軟又嬌。

祝煊深吸口氣，放棄過去與長輩守歲的打算，脫靴上炕，把那鬧人的小娘子塞進了錦被裡。「睡吧，不是睏得緊？」

沈蘭溪被他捲成了蠶蛹，乖乖的平躺著，視線落在他的腿上。「給我瞧瞧。」

方才是玩鬧，但她確實也關心他的膝蓋。能讓這男人疼得臉色煞白，想也知道不是他說的無礙。

祝煊嘆息一聲，在她的目光中，慢條斯理的把紅腫的膝蓋露了出來。

沈蘭溪頓時瞪圓了眼，湊到他跟前。「你這是怎麼了？被人打了？」

祝煊把她抬起的腦袋摁回去。「不是，跪了祠堂。」

他編不出謊話，也不想騙她。

他未明緣由，沈蘭溪一想那兩個晚上他未回來，還有自己吃的香噴噴的烤雞，哪裡還有不明白的？她就說這人怎麼會主動陪她犯家規，原來是自己偷偷去領了罰。

「母親罰你的？」沈蘭溪問。

「不是，我自罰的。」祝煊說著，便要把褲腿放下去，卻被她一把按住了手。

「還未上藥。」沈蘭溪道，又咕噥一句。「你其實不必如此，要罰也該罰我。」

「主謀者是我，行事人是我，罰妳做什麼？」祝煊說著又輕聲一笑，罕見的表露情緒，輕聲問：「心疼了？還是自責？」

四目相對，一人溫切，一人倉惶。

沈蘭溪都擔心自己那顆心會從嗓子眼跳出來，激烈得讓人心慌。

他倆之間，向來是她調戲他，何時被他這般瞧著問過，還是吐露心意的話。

「這屋裡有藥嗎？還是我給你回去拿吧。」沈蘭溪說著便要起身，卻被人從身後一拽，跌坐在錦被上。

落荒而逃的人被拽了尾巴，她不敢回頭，只聽得身後人嘆了口氣。「不必麻煩，妳睡吧，我自去上藥。」

沈蘭溪沒應聲，垂著腦袋聽著那道窸窣聲，直至他穿鞋要出門，她喚他名。「祝煊。」

門口的人沒回頭，輕「嗯」了聲。

「你不必為我如此。」

話一出口，兩顆心頓時皆一揪。

「不是為妳，是我想這般做，順應自己心思罷了，妳不必自責。」祝煊說著嘆息一聲。「安心睡，待到時辰，我會讓人來喚妳。」

門關上，屋裡沒有一絲動靜。

好半晌，沈蘭溪才和衣躺進被窩。暖炕很熱，睡著很舒服，但她卻輾轉反側。

好慫啊，沈蘭溪！便是喜歡又如何？妳最愛的還是妳自己不是？有何膽怯的？

被窩裡的人氣餒的踢掉被子，一骨碌的坐起身，抓過枕邊的荷包繫好，穿了鞋襪出門。

西院裡，悄悄回來又悄悄走人的黑影，沒驚動那熱鬧聲。

走了一趟，沈蘭溪厚重的披風染上了夜裡的寒，到過老夫人暖閣門口，突然有些窘迫的駐足，不防被小婢女開門瞧了個真切。

「少夫人？」小婢女驚詫道。

沈蘭溪面色訕訕的應了聲，不等她問什麼，便趕緊抬腳往裡面走。

裡面幾人沒在打牌了，老夫人與祝夫人正坐著說話，瞧見她進來，道：「喲，醒了？」

沈蘭溪乖覺的行禮，瞧了眼與祝家主對弈的人，回話道：「郎君不在，睡不安穩。」

這一句，讓那人手裡的棋子忽地滾落。哪有人會把這般情話當著眾人的面說出來的?!

老夫人無語的瞧著沈蘭溪，又看了眼自己的乖孫。「去去去，說些不知羞的話，回你們屋裡膩歪去。」

一旁伺候的小婢女們捂著嘴笑，替老夫人把這對小夫妻趕了出去，還貼心的關上了門。

屋裡，祝家主輕咳一聲，道：「二郎媳婦這般，日後院子裡來了妾室可如何？」

本是感嘆一聲，老夫人直接斂眉瞪他。「納什麼妾，當煊哥兒是你不成？」

這一句，屋裡的幾人頓時沈默了。

祝夫人垂著眉眼沒出聲，手上剝開的橘子酸得緊。

「父親不會納妾的。」不知何時醒來的祝允澄，坐起身來忽地冒出一句。

他揉了揉睏倦的眼，又道：「母親都這般好了，院裡小廚房做了什麼好吃的，都會讓阿芙姊姊給父親送一份，就連天冷添衣的事，也是母親叮囑的，父親還納妾做甚？若是父親當真納妾，平白傷了母親的心，日後母親便自己吃好喝好，還管他做甚，便是讓他日日吃冷羹剩飯，冬日穿薄衣受凍，也是該的。像我，我日後就不會納妾的。」

童言無忌，卻最是往人心上插刀。

祝家主面色尷尬的點點頭，沒再開口。

老夫人摸了摸自己乖曾孫的腦袋。「這般喜歡你母親？」

祝允澄點點頭，忽地想起什麼，神色有些低落。

「她與我阿娘不一樣，但是她又與我阿娘一般好，阿娘督促我讀書，盼望我上進，也希望我開心，會給我買吃的玩的。母親也是這般，我屋裡的那方硯臺便是母親所贈，若是我阿娘在天有靈，瞧見母親待我這般好，該是安心的。」

站在門口的兩人沒聽到屋裡的這番話，都默默地避開對方的視線，面色微紅。

「咳……可是冷了？」祝煊率先開口，聲音低啞。

「不冷。」沈蘭溪吶吶的說了句，抬腳往西屋走。「你上藥了嗎？」

貼心不過一瞬，不等他答，她又凶巴巴道：「便是上過藥了也要擦掉，用我給你拿來的。」

祝煊彎了眼眸。「好。」

兩人前後腳進屋，沈蘭溪直奔那炭火盆前烤手。

祝煊自覺地坐到暖炕上，挽起褲腿。膝蓋沒上藥，跪了兩夜，紅腫得厲害，饒是燭火昏暗，也瞧得出上面的青紫，顯得尤其可怖。

「你不覺得疼嗎？」沈蘭溪過來，蹲在他面前看著他的膝蓋直皺眉，從袖袋裡掏出一只白瓷瓶。「這藥是大哥從前給我的，也不知道過期了沒。」沈蘭溪嘟囔一句，又自言自語。

「在這兒應是不會過期吧，不是都講究年分越久越好嘛……」

祝煊只能隱約聽見幾個字，問：「什麼？」

沈蘭溪搖搖頭，用手指沾藥膏，動作輕柔的給他上藥。微熱的指腹甫一碰到傷處，祝煊克制不住的抖了下。

沈蘭溪仰頭瞧他。「弄疼你了？」

「不疼。」祝煊說著稍頓。「有點癢。」

聞言，沈蘭溪把手裡的藥膏塞給他。「那你自己上藥吧。」

祝煊與她對視，忽地輕笑一聲，喉結滾了兩下，嗓音輕潤。「可我，想讓妳疼疼我。」

這話與求偶的孔雀有何區別！

沈蘭溪難得生出幾分羞臊，避開他赤裸裸的眼神，手指輕輕落在他膝蓋上，把那藥膏塗勻，低聲吐出一句。「已經心疼了。」

屋內很靜，但氣氛卻又莫名膠著。

兩個膝蓋塗好，沈蘭溪身上已然冒了汗，把白瓷瓶蓋好，扔到他懷裡。「只此一次，再傷了自己，便不要讓我知道。」

這話說得彆扭，明明是不想他再受傷，但出口後卻顯得不近人情。

「我睡了，你自己晾著吧。」沈蘭溪說罷，脫下鞋襪鑽進被窩裡，這次倒是一沾枕頭便睡了過去。

燭火燒到頭，火焰跳了兩下後忽地熄滅。

黑暗裡，男人低低的笑了一聲，語氣無奈又寵溺。「傻子。」

初二一早，沈蘭溪與祝煊去正院請安，順便留在老夫人院子裡用了膳。

自年夜飯知道沈蘭溪食量，老夫人一邊說她吃得多，一邊又讓人多備一些吃食，沈蘭溪喜歡吃的那幾道都有。

她總算知道祝允澄小朋友的傲嬌和彆扭是哪來的了。沈蘭溪腹誹一句，又挾了顆湯包送進嘴裡。
「車已經讓人裝好了，你們慢慢吃，不必急。」祝夫人道。
沈蘭溪點點頭，笑盈盈道：「多謝母親。」
大贏朝沒有初幾回娘家的規矩，隨興得很，今兒回去也不過是沈蘭溪想見見她那大哥。
用過早膳，沈蘭溪便拖家帶口的帶著那父子倆回到沈家，卻見府中氣氛沈重得很。
「怎麼了，出了何事？」沈蘭溪敏銳的覺察出不對。
被林氏派來迎接她的紅袖垂著腦袋，面色難看，低聲與她耳語。「郎君前兒回來時，帶回一女子，說是要納為妾室，少夫人當晚便把郎君趕出了院子，自己也鎖了院門，至今未出，便是年夜飯也沒吃。」
聞言，沈蘭溪立刻止住腳步，掉頭就走。
祝煊趕緊抓住她的手臂，小聲道：「怎麼？」
「回家去！」沈蘭溪惱道：「我那混球哥哥還帶回來一個小的！」
同為女子，她自是站在她嫂嫂的立場去想這事，壓不住的怒火猛然直冒。
聽見下人稟報，匆匆趕來的沈青山便聽得這麼一句，額上的青筋直跳。
「沈蘭溪！」
有些嚴厲的一聲，引得兩大一小皆回頭。
男人身形魁梧，瞧著就結實，面皮黝黑，是積年累月曬出來的，一身勁裝穿在他身上顯得很有精神，只是臉色不算好。

沈蘭溪臉色黑乎乎的瞧他，一點都沒了重逢之喜，開口便道：「虧我還眼巴巴的來瞧你，你倒好，自己回來就算了，還帶回來一個，你讓嫂嫂如何自處？」

「兩年不見，脾氣長進了不少啊，回到家，院子還未進便扭頭要走？」沈青山無奈的嘆息一聲。「月前收到母親來信，說妳出嫁了，都為人婦、為人母了，脾性卻是越發的急了，過來，給哥哥瞧瞧。」

他說著與她招手，如從前從校場回來給她帶了好吃的一般。

到底是多年未見，沈蘭溪瞪他一眼，但也走近了。

沈青山在她腦袋上輕拍兩下，笑道：「好似長高了些，也出落得更好看了，此次回家，蘭茹不在，妳也出嫁了，倒是冷清了些。」

沈蘭溪毫不客氣的翻了個白眼。「你再回來得晚些，瑩姐兒都出嫁了。」

「淨胡說。」沈青山教訓一句，這才瞧向祝煊。「這位便是妹夫吧？」

祝煊上前兩步，拱手道：「正卿見過兄長。」

「沈家舅舅。」祝允澄也問安道。

「一家人，不必多禮。」沈青山笑得滿意。「從前只是聽聞祝家二郎才高八斗，如文曲星下凡，今日終是得見了。」

沈蘭溪不耐得聽他們之間客套，率先往廳堂走。

「你與那女子如何了？肌膚之親？海誓山盟？」沈蘭溪問。

「說甚胡話呢！」沈青山黝黑的面上竟是有些紅，窘迫道：「我與她什麼都沒有，她無處可去，我既是救下了她，她要跟著，我也不能把人趕出去，家裡別的不說，給她一口飯吃還是行的。」

這話是真心的，他回來得晚了些，剛巧趕上年夜飯，誰知不等他把話說完，潘氏便起身回院子，還讓人把他的東西都扔了出來。

「行個屁！」沈蘭溪簡直要氣得冒煙，控制不住的一腳踹在他小腿上，藏藍色的衣袍上頓時沾染一個鞋印。

祝煊悠悠的挪開視線，只當沒瞧見。

下首坐著的祝允澄卻是瞧得津津有味，神色靈動得緊。

沈青山聽她罵粗話，太陽穴的青筋狠狠一跳，剛要開口，卻又被這個小混蛋搶了先。

「你就是個傻的！」沈蘭溪怒其不爭的罵一句。「她要給你做小，這事也是她說的吧！」

「她在府中，總得有個名分——」沈青山開口。

「我問你一句，你是想給她一個容身之所，還是也有心思要納她為妾？」沈蘭溪打斷他的話。

「前者。」

沈蘭溪心裡有了數，不欲與傻子多說，直接吩咐道：「你去把人找來，帶去母親院子裡。」又吩咐元寶。「妳去嫂嫂院子請人，若是還不開門，便讓婢女傳話，說是母親作主，許他們和離。」

潘氏這般，不過是不想和離，也不想同意沈青山納妾，這才躲著。只是這事終歸要解決，拖一日，夫妻便離心一日。

聞言，沈青山立刻急了。「和什麼離？妳別瞎胡鬧，我不和離。」

沈蘭溪白他一眼。「這時知道急了？早幹啥去了？嫂嫂為你養兒育女，在家替你侍奉雙親，你倒好，帶回來一小的，開口便是要納妾，若我是嫂嫂，把你趕出院算什麼，還要斷了你第三條腿，日日替你招妓，讓你眼瞧著那女子，卻是碰不了！蟻噬之痛，才是我送你的和離禮。」說罷，衝元寶側了側頭，道：「元寶，去！」

「是，娘子！」元寶眼珠子在兩人身上轉了一圈，麻溜的去替她家娘子請人了。

「言語粗俗！比我這個粗人還粗！」沈青山斥責一句，深吸口氣，眼神往旁邊靜坐喝茶的人身上瞥了眼，又忍不住替她解釋。「就這張嘴厲害。」

奈何沈蘭溪不領他這份情，冷哼一聲。「真與假，一試便知。」

說罷，她便要往林氏院子裡去。

身後忽地一陣腳步聲，祝允澄興沖沖的跟了上來。「母親，我與妳一起。」

「你去做甚？看戲？」沈蘭溪垂眸瞧他。

祝允澄連連點頭，一雙眼澄澈，閃著些興奮。

「澄哥兒，不許胡鬧。」祝煊放下茶盞，訓斥道。

沈蘭溪回頭瞧他，面色不善，有些遷怒的意味。「雖然澄哥兒年紀尚淺，但也該學著識人了，不然像某人似的，孩子都能打醬油了，自己還像個木頭樁子任人攀爬，惹人心煩。」

這話含沙射影得厲害，沈青山卻半句辯駁不得，搖搖頭，敗給了她那張嘴。

主院裡，林氏靠在榻上，紅袖立在旁邊給她揉額角。

「母親。」沈蘭溪入內，屈膝行禮。

祝允澄跟在她側後方，也拱手行禮。

「來了？」林氏睜開眼，微怔。「澄哥兒也過來了，與你母親坐。」

林氏問道：「聽說妳方才把妳兄長罵了一頓？難得見妳管這些事。」

沈蘭溪在沈家二十年，莫說發脾氣，便是與人爭執都很少，旁人說她性子沈穩，大氣端莊。林氏卻知曉，她這是什麼都不往心裡去，把自己置於旁觀者的椅子上，瞧著這一大家子像是唱戲的角兒似的，自是活得自在。

沈蘭溪坐在凳子上，面色猶不好看，坦然道：「兔死狐悲罷了，嫂嫂的今日，誰知是不是我的明日。」

一想到若是哪日，祝煊也帶回一女子，說是要納妾，若是放在從前，她只管給他納了便是，無關緊要，她照常過她的日子。

但是換作如今，祝煊若這般，她必定離棄，至於他，那條腿也別想要了。

祝允澄聽見這話，卻是渾身一緊，連忙道：「母親，父親不會納妾的！」

沈蘭溪哼笑一聲。「你何時能作得你父親的主了？今日給你上一課，吃些瓜果，好好學著。」

祝允澄點點頭，拿了塊蜜瓜來啃。

「母親以為大哥這事當如何？」沈蘭溪問。

「日子是他們兩人過的，得緊著他們的心思來。」林氏道。

沈蘭溪點點頭。「我方才也問過大哥了，大哥是瞧那女子無依無靠，這才把人帶回府，若說納妾，他沒這心思。至於嫂嫂，心思淺顯，我已讓人去把人都請來，母親還是早早處置的好。」

祝窈那事，也算是給她敲了一記警鐘，在這個朝代，一家人同氣連枝是最好，若是生了齷齪，惹來災禍，誰也避不開。

她沈蘭溪是祝家少夫人，也是沈家二娘，她不求沈家庇護一二，但也不想被牽連。

不多時，一個弱柳扶風的女子被人領了進來，前後腳過來的還有潘氏，後者臉色蒼白，瞧見那跪在地上的人時，嫌惡的撇開頭，上前與林氏見禮。

「妳身子不好，不必多禮，坐吧。」林氏擺擺手道。

沈蘭溪坐在林氏身側的凳子上，剛想給潘氏讓座，卻被她伸手按了下。

「不必麻煩。」潘氏說了句，挨著她身側坐下。

林氏面色肅靜的瞧了眼跪著死活不起的女人，側頭對身邊的婢女發作道：「紅袖，我往日怎麼教妳的，怎能讓客人跪著？」

「夫人恕罪。」紅袖連忙屈膝認錯，與門口候著的兩個小婢女道：「快讓秦娘子落坐。」

這話等同於斷了秦嫣做妾的路，她如何能起？卻是不防被兩個婢女拉著按在了凳子上。

林氏這才道：「我們沈家，雖不是什麼清貴人家，但也不是什麼人都能往府裡領的，大郎救妳一命，憐惜妳無處可去，這才帶妳回來。兒郎志在四方，這後宅之事，我這為母的，潘氏這當媳婦的，自是要替他打理好，如今年關，秦娘子先在府中安心住下，待半月後，街上鋪面開了，秦娘子再出去找一份工作吧，好手好腳的，總歸不會餓死。」

「求求夫人，秦嫣在這世間已無親人，還請夫人莫要趕秦嫣走，大人救我一命，我甘願跟在大人身邊伺候，便是為奴為妾也無妨，還請夫人成全！」秦嫣掙扎兩下，又跪到地上，磕頭道。

秦嫣？

蒲柳之姿惹人憐，這般可憐模樣，難怪那些男人都把持不住呢。沈蘭溪坐在一旁，扶額瞧著，忍不住搖頭。

「大郎已然說了，不會納妳入府。」林氏冷著臉道。

秦嫣紅了眼圈，笑得可憐又委屈。「妾能伺候在大人身旁便夠了，不奢求名分，更不會與少夫人爭什麼，少夫人為何就容不下我呢？」

潘氏氣得胸口疼，剛要開口，就被人搶了先。

「容不下妳？」沈蘭溪輕笑一聲，把吃完的瓜皮放到一旁。「我這嫂嫂自進來可是一句話不曾說，秦娘子這話，倒是輕易給我嫂嫂扣了一頂妒婦的帽子啊。」

秦嫣臉色一僵，這才把視線落在沈蘭溪身上，楚楚可憐道：「二娘子誤會我了，我不曾有這意思。」

弱者的姿態倒是做得足，只是可惜，沈蘭溪最不吃這一套。

「澄哥兒，瞧好了，這般女子，日後定要離得遠些，你便是出於好心救她一命，她卻是恩將仇報要拆你家，一旦沾染上，像是踩到屎般擦洗不乾淨。」沈蘭溪溫言教導道。

「……兒子記下了。」

說罷，他瞧了眼手裡還沒吃完的半塊點心，默默地放到一旁。

沈蘭溪滿意了，這才瞧向那明顯憋著氣的人，輕聲細語道：「妳有沒有這意思，與我何干？我母親、嫂嫂心腸好，憐妳得緊，這才把妳奉為座上賓好生照料，哪想妳竟看中了我家的銀錢，想要靠伺候男人便能衣食無憂，真讓人噁心，要我說，直接轟出府去，讓京城中的人都瞧瞧，哪裡來的這般貨色，不比紅樓的姑娘好看，卻還作著攀扯男人的青天大夢。」

「妳！」秦嫣深吸口氣，怒容遮掩不住。

沈蘭溪剝了個橘子，慢條斯理的撕下白色經絡，往嘴裡扔了一瓣，酸得牙疼。「怎麼，這就生氣了？不是還要為奴為婢嘛，主家莫說是罵妳幾句，便是亂棍打死，妳也得受著！」

她語氣陡然變得嚴厲，把手裡的酸橘子扔到她面前，餵狗似的，盛氣凌人道：「吃掉，我賞妳的。」

這話，羞辱人得緊，像是把她的面皮扯掉扔到腳下踩，帶著上位者不可一世的驕矜。

橘子自是沒撿起來，那人跪在地上哭得梨花帶雨，不斷重複。「我不知哪裡惹二娘子不滿了，二娘子竟這般羞辱我。」

沈蘭溪冷笑一聲，指著候在門口的婢女道：「這位要為奴為婢的不會呢，勞姊姊幫幫她。」

她一手撐著下巴，聲音輕飄飄的，似是觀獸臺上的上賓，漫不經心的瞧著底下的鬧劇。

那被點名的婢女登時一愣，又瞧了眼沒有笑模樣的沈蘭溪，詫異到同手同腳，彎腰撿起沾上灰塵的橘子，作勢要塞到秦嫣嘴裡。

剛才還哭哭啼啼的人，此時也顧不得哭了，一把推開婢女的手，氣道：「滾開！」

那般髒的東西，也敢塞給她？

婢女被她推了一下，橘子再次滾落，滾到了牆角，她有些手足無措的抬眼去瞧今日莫名盛氣凌人的二娘子。

沈蘭溪沒看她，不動聲色的挑了下眉，對秦嫣道：「妳該問，妳有何處讓我滿意的。我是要謝妳賴上我哥哥，讓我母親、嫂嫂這個年過得心口憋悶？還是該謝妳，刷新了我的三觀，讓我有幸一見妳這般不要臉的人？

「我母親、嫂嫂是寬和之人，但我沈二娘不是。」沈蘭溪說著，又側頭對林氏火上加油道：「母親，郊外那尼姑庵，靜雲師太曾許我一諾，秦娘子既是無處可去，又不服管教，那索性送去庵裡吧，日子雖是清苦些，但好在不會餓肚子，不枉費哥哥救她一命了。若是她哭鬧不休，便堵上嘴綁了去，她若是敢跳車，也好，摔死還是被馬踏而死，皆是她自找的，怨不得旁人。」

林氏思忖一瞬，點點頭。「紅袖，把她綁了送去，多帶些人手。」

不等紅袖應下，那跪在地上的人忽地站起身。

「沈蘭溪，妳個毒婦！」秦嫣怒目相視道。

沈蘭溪略一挑眉，給了元寶一個眼神。

早就氣得捏拳頭的人立刻衝了過去，一巴掌甩在那人臉上，瞬間腫起幾道指印。「膽敢辱罵我家娘子！」

那被打得偏了頭的人，不等發作，便被兩個婢女抓住，眼瞧著要被綁了去，登時破口大罵。「混帳東西，憑妳們也敢碰我！」

「為何不敢？」沈蘭溪輕笑一聲，盯著她，慢慢吐出幾個字。「憑妳是秦家小娘子？」

那張印著指印的姣好面容上閃過明顯的錯愕。「妳、妳怎會知曉?!」

「那也得多虧秦小娘子多年前來找我尋釁滋事。」沈蘭溪答她疑惑。「我沈二娘雖記性不好，但最是記仇，多年來未曾敢忘秦小娘子的模樣。」

她自來到這個朝代，吃的虧不多，眼前這位算是一個。

方才其實她也沒認出來，是聽那名字覺得有些耳熟，秦元壽的案子尚在日前，她這才想起這人是誰。

「只是秦小娘子有些自傲啊，要掩人耳目，卻連姓名都不屑換。秦嫣，名不錯，只可惜人不怎麼樣，這般沈不住氣，想要俯首做小，給人為奴為婢，首先便要聽得教訓，我若是妳，方才那橘子，我便吃了。」沈蘭溪說著，一副可惜的模樣。

祝允澄瞬間瞪圓了眼，神色有些一言難盡。

倒也不必吃了吧，那橘子都滾了一圈土了，多髒啊……

「妳在說什麼，我聽不懂。」秦嫣梗著脖子，拒不承認，垂在身側的手卻緊抓著裙子。

沈蘭溪上下打量她一圈，諷笑一聲。「我管妳聽不聽得懂。」說罷，差使道：「元寶，把人扭去送官，多帶些人，大張旗鼓的去，至於罪名，便說……秦小娘子不知是誰派來的暗樁，窺探郎君公牒，請大人務必嚴查，我在府中等一個回信。」

元寶瞬間眼睛亮晶晶。「是，娘子！」

她最愛做大張旗鼓的事啦！

秦嫣瞬間慌了，立刻跪下死賴著不走。「沈蘭溪，妳不能！我沒有窺探公牒，妳這是栽贓陷害！」

沈蘭溪莞爾一笑，悠悠道：「那妳便是認了，是旁人送來當耳目的？」

「不！我不是！」秦嫣慌忙搖頭，一張臉上憤怒與慌張交加，哪還有半分可憐模樣？

「送去官府……不太好吧？」潘氏猶疑道。

家醜外揚，誰知道外人會如何指指點點，總歸於名聲有害。

沈蘭溪拿了蜜棗給潘氏。「嫂嫂，咱家又不是陰私人家，沒有私刑可用，這等勞心勞力之事，自是要有勞官府了，官府的刑具千萬，想來不日便會有好消息。」

有事當然要報官，幹啥要自己費勁兒呢？

「但大張旗鼓的去，恐會打草驚蛇。」林氏也瞅她，不解地道。

沈蘭溪吃了個蜜果子。「自是要讓秦小娘子的上頭知曉啊，不然，怕是那人還以為她在咱府裡美滋滋的做妾呢。」

秦嫣儼然已經是一顆廢棋，她身後之人若要保她，便做好被揪出來的準備，但若是想斷尾自救，便要想方設法圓了這棋局，哪怕是揪不出來，她動不得，至少也要知曉那魑魅魍魎是誰。

她不入混沌，但混沌偏要尋她，能奈何？

「我——唔唔——」秦嫣憤而出聲，忽地被一角帕子堵住嘴。

元寶嫌棄的把手指上沾到的口水蹭在她衣裳上，揚著小下巴驕傲道：「我家娘子與夫人說話，也有妳插嘴的分？」

林氏按了按額角跳動的青筋，打發紅袖與元寶一同去了。

鬧哄哄的屋子頓時安靜下來，靜默一息，沈蘭溪噘著嘴道：「我想吃蒸魚了。」

「一早就讓人準備了。」林氏說罷，又瞧向下首。「澄哥兒喜歡吃甚？」

沈蘭溪也轉頭瞧向那穩坐著的小孩。「想吃什麼便說。」

「上回吃的蟹粉獅子頭甚是好吃。」祝允澄矜持道，一副貴家公子的姿態。

林氏笑笑，吩咐道：「讓人去廚房吩咐一聲，加一道蟹粉獅子頭。」

「是，夫人。」

用飯時，沈岩也沒回來，在外頭與同僚吃酒，派身邊的小廝回來說了聲。

林氏渾不在意的擺擺手，招呼桌上的人用飯。

沈家沒有食不言的規矩，沈蘭溪邊吃邊把方才的事說了，沈青山聽得三心二意，只頻頻瞧向另一側的潘氏。

沈蘭溪瞧在眼裡，心裡罵了句活該，也樂得看戲，接著轉頭與林氏道：「說來今日之事，倒是牽連家裡了。」

她在沈家多年，哪裡有過這些亂七八糟的事，一想便知是祝家那邊牽扯來的。

祝煊也頷首，道了句。「對不住。」

林氏面色並未鬆泛，張了張嘴，稍頓。「左右無事，不必掛心。」

用過飯，沈蘭溪一副沒有打算回家的架勢，帶著綠嬈往自己的小院去。

祝煊一愣，抬腳跟上。

祝允澄吃飽喝足，還瞧了一場戲，行禮後，便歡歡喜喜的要去梁王府尋褚睢英玩了。

祝煊喚他一聲，囑咐一句。「若是想住下，可小住幾日。」

祝允澄恭敬的面色瞬間一喜，誠心誠意道：「多謝父親。」

小院裡，沈蘭溪靠在迎枕上喝花茶，元寶貼心的給她加了些蜜，喝起來甜絲絲的，蓋過了原先的澀。

「再端杯茶來。」祝煊吩咐道。

元寶剛要應下，忽地窘迫回頭，道：「郎君，院裡沒有您慣喝的茶。」

她家郎君雖不鋪張，但喝的茶卻很講究，一般鋪子裡都難尋，更何況是她家娘子院裡？那一包包收好的，只有些春夏時曬的花瓣。

「與妳家娘子一樣的便可。」祝煊溫聲道。

元寶這才屈膝行禮，掀簾出去。

「不想回家？」祝煊瞧向那氤氳熱氣後的粉面桃腮，她垂著頭不言語，瞧得出來心緒不佳。

祝煊嘆口氣，上前在她身旁坐下。「這是……遷怒？」

沈蘭溪被他戳中了心思，抬眼瞪他，咕噥一句。「男人都是混蛋。」

祝煊聽得眉梢一挑，俯身去親她的唇，堵住那些誣衊人的話。

天下男子眾多，哪裡就一般無二呢？

沈蘭溪來不及躲，唇被他啄了下，聽得一句哄人的話。

「妳與我白首，好生瞧著我會不會與旁的男子一樣，嗯？」

尾音上揚，撩撥得沈蘭溪吞了吞口水，翻身壓著他去親他。

祝煊不覺倒在榻上，察覺到那人往下，眉眼間閃過些羞臊，含糊不清的提醒。「沈蘭溪……尚且是白日……」

沈蘭溪像個土匪流氓，跨坐在他腰間，氣人道：「給不給？」

祝煊一張臉爆紅，雙手握拳又鬆開，忍無可忍的把她掀翻在榻上，扯下那露出一角的香帕堵住她的嘴，薄唇含著她脆弱的耳垂欺負，含得那珍珠大的軟肉滿是水光，瞧她面色泛紅，氣息急了些，薄唇輕啟，在她耳畔低啞道：「別喊。」

伴著那話，腰間的細帶被骨節分明的手指輕扯了下，花褶裙頓時散了開來。

小半刻後，元寶端著熱氣騰騰的花茶過來，倏地腳步頓住，停滯一瞬，生無可戀的轉身去門口守著，迎著呼嘯的北風，默默地品嚐著手裡的茶水。

咳！好澀，忘記加花蜜了。

——未完，待續，請看文創風1192《娘子扮豬吃老虎》2

為流浪貓狗加油 和貓寶貝 狗寶貝

廝守終生(一定要終生喔！)的幸福機會

對人來說，貓寶貝狗寶貝只是生活的一部分，但妳(你)對牠們來說，卻是生活的全部，領養前請一定要考慮清楚——

▲ 眼神煥發光彩的小天使——牛奶

性　　別：男生
品　　種：米克斯
年　　紀：2歲
個　　性：親人親狗、愛撒嬌
健康狀況：已結紮，已施打八合一預防針、狂犬病疫苗，
每月例行洗耳、除蚤、投心絲蟲預防藥，
四合一和血檢報告結果均正常
目前住所：台中市南區（月園流浪動物照護協會A14籠位）

本期資料來源：月園流浪動物照護協會

『牛奶』的故事：

今年過年假期中，園區收到救援人的求救信息，告訴我們在通霄的某處施工案場，有一隻長期餵養的狗狗「牛奶」，右前肢疑似中了山豬吊陷阱，躲在案場建到一半的小木屋裡。身負重傷的牠膽小驚恐，非常警戒人類，接近不了牠以致傷口腫脹成兩倍大，經過兩次埋伏後，才成功誘捕順利送醫。

歷經兩星期不間斷施以強效消炎藥和抗感染藥點滴，加上雷射輔助等密集治療，傷口壞死的痂皮逐漸脫落，長出新的肉芽組織，終於脫離險境，可以出院接回園區照護，也免於截肢的命運。

更讓人欣慰的是，牛奶的個性就此一百八十度大轉變，從怕生變成黏人愛撒嬌的小可愛。康復後的牛奶，前肢幾乎看不出曾經受過傷的痕跡，現在可是活蹦亂跳的健康寶寶！

牛奶親人親狗，互動零距離，連第一次到訪的善心朋友也來者不拒，是隻適合新手爸媽收服的極品狗狗。有意願者可洽月園流浪動物照護協會各官方平臺，如：IG、FB等，我們將為您與牛奶安排令人怦然心動的會面，請接招吧！

認養資格：

1. 認養人須年滿20歲，有穩定的經濟能力，必須取得全數同住室友同意，
   確定狗吠叫時不會對鄰居造成影響，本人須親自到園區探訪有意認養的牛奶。
2. 請了解並願意配合認養手續，必須簽署一份申請書、兩份切結書，
   簽署磨合期切結書時，必須提供身分證正、反面影本。
   限認養人本人簽署以上切結書，請勿代替別人認養。
3. 毛孩是家人！不接受工具狗、放養、長期關小籠飼養、再度棄養、飼養在惡劣的戶外環境，如：
   牽繩太短、無遮蔽處、吃餿水等等。
4. 同意並能配合本會飼養理念：每年定期健康檢查，施打狂犬病、預防針（八合一或十合一）等疫苗，
   每月固定洗耳、預防心絲蟲、除蚤。
5. 須同意送養人日後之追蹤探訪，對待牛奶不離不棄。

來信請說明：

a. 個人基本資料：姓名、性別、年齡、家庭狀況、職業與經濟來源等。
b. 想認養牛奶的理由。
c. 過去養寵物的經驗，及簡介一下您的飼養環境。
d. 若未來有結婚、懷孕、出國或搬家等計劃，將如何安置牛奶？

文創風
1191

娘子扮豬吃老虎 1

國家圖書館出版品預行編目資料

娘子扮豬吃老虎 / 芋泥奶茶著. --
初版. -- 臺北市 : 狗屋出版社有限公司, 2023.09
冊 ; 公分. --（文創風 ; 1191-1193）
ISBN 978-986-509-452-2（第1冊 : 平裝）. --

857.7 112012804

著作者	芋泥奶茶
編輯	王冠之
校對	陳依伶
發行所	狗屋出版社有限公司
地址	台北市104中山區龍江路71巷15號1樓
電話	02-2776-5889～0
發行字號	局版台業字845號
法律顧問	蕭雄淋律師
總經銷	知遠文化事業有限公司
電話	02-2664-8800
初版	2023年9月
國際書碼	ISBN-13　978-986-509-452-2

本著作物由北京晉江原創網絡科技有限公司授權出版

定價280元

狗屋劃撥帳號：19001626

網址：love.doghouse.com.tw　E-mail：love@doghouse.com.tw